Miscellaneous Musings

图书在版编目 (CIP) 数据

我眼中的风景：生·死 / 焦加著. —北京：中央编译出版社，2015.10
ISBN 978-7-5117-2792-3

I. ①我… II. ①焦… III. ①散文集－中国－当代 IV. ① I267

中国版本图书馆 CIP 数据核字 (2015) 第 235039 号

我眼中的风景：生·死

出 版 人：刘明清
出版统筹：董 巍
责任编辑：曲建文
责任印制：尹 珺
出版发行：中央编译出版社
地　　址：北京西城区车公庄大街乙 5 号鸿儒大厦 B 座 (100044)
电　　话：(010) 52612345（总编室）　　(010) 52612370（编辑室）
　　　　　(010) 52612316（发行部）　　(010) 52612317（网络销售）
　　　　　(010) 52612346（馆配部）　　(010) 66509618（读者服务部）
传　　真：(010) 66515838
经　　销：全国新华书店
印　　刷：山东鸿君杰文化发展有限公司
开　　本：880 毫米 ×1230 毫米　1/32
字　　数：210 千字
印　　张：11.25
版　　次：2015 年 10 月第 1 版第 1 次印刷
定　　价：46.00 元

网　　址：www.cctphome.com　　邮　　箱：cctp@cctphome.com
新浪微博：@ 中央编译出版社　　微　　信：中央编译出版社（ID：cctphome）
淘宝店铺：中央编译出版社直销店 (http://shop108367160.taobao.com) (010)52612349

本社常年法律顾问：北京嘉润律师事务所律师　李敬伟　问小牛
凡有印装质量问题，本社负责调换，电话：010-55626985

我眼中的风景

生·死

焦加 著

中央编译出版社
CCTP Central Compilation & Translation Press

前　言

一生风景和一扇窗户

　　本书其实没有写多少自我，却与作者平淡一生的各个时期密切相关。如果不是从大山深处来到都市，如果没有学过哲学，没有做过副刊编辑、报纸评论员，没有编辑和写作过杂文，总之，如果没有从那时到现在的读书写作，就不会有这本书，有也不会是这个样子。所以，书中虽然没有写自我，从中却可以看到自我。

　　人所以会有不一样的自我，在很大程度上缘于不同的阅历，包括读过不同的书。学过哲学却没有从事学术工作，注定了我一生的走向。正由于此，我能读费尔巴哈，却不能读黑格尔。费尔巴哈对我的影响，这本书可以作证。他的唯物主义和人本学观点，他的著作中丰富的人文资料，以及他的缺点——"美文学的、有时甚至是夸张的笔调赢得了广大的读者"，这在恩格斯看来是费尔巴哈《基督教的本质》一书的缺点。总之，费尔巴哈的哲思、渊博和美文，无不适合我的胃口。读书如此，写作亦然，特别是从职业中解脱，可以随自己的爱好写点东西后，就希望能写出自己喜欢读的那种书。这当然是追求，所谓"虽不能至，心向往之"，能做到多少另当别论。

我特别提到做思想副刊编辑，因为我在专业或者说学问上的方向，从那时形成以后一直未变；便是知识积累，也是从那时开始的。那个思想副刊的"思想"二字，在学术上对应的主要是人生哲学，这促使我从工作需要出发看书学习；既然是副刊，借用鲁迅先生的说法，就要给人以娱乐和休息，所以讲究生动形象，这是我爱好美文的一个缘由。后来做了评论员，这些因素或多或少带到评论工作中去，体现在编辑、写作杂文、言论的编辑思想、写作方法上，直至影响到评论的思想和文风，以及评论文体的创新。无论是编副刊、编专栏，还是写杂文，直到近年来写作系列文史随笔，共同的一点就是不想空说，而力求用事实、形象和文史知识说话。

用文史知识说话，也不是完全没有问题，"掉书袋"就被视为一个弊端。但以此为忌，或许适用于某些文学性较强、创新含量较高，虚构以及标新立异、独树一帜的作品，要么高不可及，要么是体裁本身的要求，或者不过是奇思异想乃至怪诞而已。对于那些只求在继承前人的基础上有所前进的读书人而言，则吸收前人的思想、引证前人的言论、引用前人的资料，不仅难以避免，而且是一种老实的态度，分清哪些是前人的，哪些是自己的，以免掠人之美；同时，又可避免自说自话，使自己的思想见解获得丰富有力的佐证，有利于自圆其说，并增强雄辩力；此外如上所述，还显得生动形象、知识性较强。继承前人的写作，古今中外汗牛充栋。如果把"掉书袋"作为否定的尺度，那么能留下来的文化成果将十分有限，古代学术笔记的标杆如《容斋随笔》之类，当代大家钱钟书的《管锥编》，都可能被沙而汰之，遑论大量"述而不作"的古籍！至于本书，如果有人愿意看作读书随笔，也未尝不可。

宋朝有个宗杲禅师，以临济宗杨岐派传人名震京师（从汴京到临安）。他论禅有言："譬如人载一车兵器，弄了一件又取出一件来弄，便不是杀人手段。我则只有寸铁，便可杀人。"此说深得朱文公（熹）认同，想必以为同样适用于儒学。如果说寸铁杀人者已经登堂入室，那么弄一车兵器者就可能尚在街头卖艺。但笔者不揣简陋，如果不怕抬高了自己，自认为就属于那弄一车兵器的人。为什么？因为不想杀人，既不想用禅学杀人，也不想用儒学杀人，更不想用道学杀人。何况对我来说，儒学禅学也如黑格尔，从来没有正经下过工夫，偶有涉猎，也不过是作为人文史资料来读。

其实，就算弄一车兵器，也并非多么不堪。清人褚人获在其《坚瓠丁集》中，举圣贤之徒的例子说："盖自吾儒言之，若子贡之多闻，弄一车兵器者也；曾子之守约，寸铁杀人者也"。不过将弄一车兵器归结为"多闻"而已，评价还算正面。笔者当然不可与圣贤之徒相提并论，就算街头卖艺吧，倘若有人围观，说明还能满足人围观的需求，说好听点是娱乐需求，也算是一种价值，也算创造了一种价值。

这是一本读书人也许会感兴趣的书，即便书中的许多故事，也须是读书人方能读出味来。这就够了，借用路遥《人生》中的说法：天下读书的，一茬人呢。对文化有兴趣的读者，未必有多少时间和条件去涉猎许多书，倘若能从一本书中窥见较多的书，那么，即便是些只鳞片爪、吉光片羽，也应有些助益；倘若兴犹未尽，就可以找原书来读。笔者年轻时希望见到这样的书，有同样兴趣的读者，或许也可以接受这样的书。

如果把"生·死"比作一扇窗户，那么打开这扇窗户，庶几可以窥见人生的些许风景；又因为毕竟是一家之言，难免带有主观色彩，所以是"我眼中的"。

目　录

上卷

春归何处

时间与生命

歌德的《浮士德》中，当双目失明的浮士德梦想中听到魔鬼派来的鬼魂为他掘墓的声音，以为是人们正在进行改造自然的事业，不禁赞美道：

是的！我完全献身于这种意趣，
这无疑是智慧的最后的断案：
"要每天每日去开拓生活和自由，
然后才能够作自由与生活的享受。"
所以在这儿要有环绕着的危险，
以便幼者壮者都过活着有为之年。
我愿意看见这样熙熙攘攘的人群，
在自由的土地上住着自由的国民。
我要呼唤对于这样的刹那：
"你真美呀，请停留一下！"

说完这段话，随即倒地而死。

　　尽管浮士德年届百岁，已走到生命的尽头，用中国人的话说就是到了"阎王不请自己去"的时候；且他的死不过是应验了当初与魔鬼赌赛的誓言，但这种赌赛或者说死法仍大有深意。浮士德是在请求正在消逝的时间停留一下时倒地而死的，这可看作一个意象，即表意之象，所要表达的大约是作者对于时间与生命关系的看法。

　　时间当然不会停顿，但假如时间停顿，又将如何？《浮士德》通过浪漫主义的艺术表现告诉人们：假如时间停顿，死亡随即到来。因为时间作为物质运动的形式，当然也是生命的形式，而且"是生命的本质的形式和条件"，离开时间的生命是不可想象的。正如费尔巴哈所说：

　　　　实际上时间完全不只是直观的形式，但它是生命的本质的形式和条件。如果没有顺序继起，没有运动、变化和发展，那也就不会有生命，不会有自然界；因此时间是与发展不可分离的。发展着的东西就是现在存在着的东西，但这一现存的东西，以前不是这样，而将来也不会是这样。从而，如果由我夺去时间……那你就由血管中夺去我的血液，由身体中夺去心脏，由头中夺去脑，结果不待言，除了死和佛教的虚无以外，我不会剩得什么东西。（《幸福论》）

　　在这里，费尔巴哈将时间与"顺序继起"、与"运动、变化和发展"看作同一的东西，因为时间无非就是物质运动、变化、发展的顺序和持续性，时间就存在于四季的更迭、日月的推移这些自然变化之中。运动离不开时间，没有什么物质可以在时间之外运动；时间也离不开运动，也没有什么时间可以独立于物质运动之外。"时间是与发展不可分的统一体，与自然界不可分的统一体，与暂时存在物不可分的统一体。"（同上）所以，当费尔巴哈说"运动、变化和发展"的时候，他也是在说时间；当他说"没有顺序继起，没有运动、变化和发展，那也就不会有生命"时，他也是在说没有时间就没有生命。

人常说"生命在于运动"，其实生命本来就是一种运动，生命运动与物理运动、社会运动构成物质运动的三种基本形式。生命在于运动，而运动与时间不可分，所以生命与时间也不可分。生命在时间中产生，从无生命的物质形成最初的生物体有赖于时间；生命在时间中进化，从最原始的生命形式到细胞和多细胞有机体的进化有赖于时间。生命存在于时间之中，生存就是生命在时间中持续的运动。人生在天地间，也生在时间的长河里，人拥有生命，其实就是拥有时间，拥有年月日时分秒这些生命的本质形式和条件，所以说"时间就是生命"。

生命在于运动、发展和变化，而"发展着的东西就是现在存在着的东西，但这一现存的东西，以前不是这样，而将来也不会是这样"（费尔巴哈）。我们曾经是孩子，将来还会变成老人，正如有个谜语说，早晨四条腿走路，中午两条腿走路，到了晚上就得三条腿走路了。我们在时间中生长、发育，还将在时间中衰老、死亡。我运动所以我存在，我们处在不断的运动、发展、变化之中，所以我们活着；"如果由我夺去时间"，也就是由生命夺去运动、发展和变化，结果不待言，便是生命的终止和死亡的到来。

生命在于运动，但运动并不必然导致生命，因为生命从属于物质运动，只是物质运动的一种形式，而不是物质运动的全部。时间离不开物质运动，但并不依赖于生命，未有生命之前就有时间，生命终止以后时间还会继续，生命却离不开时间。时间无始无终，生命却有其产生和消灭，尤其是个体生命，在时间上有一个起点，那就是生，有一个终点，那就是死。客观存在的时间是无限的，生命则是有限的；与物质运动相联系的时间是无限的，与生命相联系的时间则是有限的。

时间是无限的，无限的时间谈不上什么价值；生命是有限的，所以是宝贵的，与生命相联系的时间当然也是宝贵的。当人们说"一寸光阴一寸金，寸金难买寸光阴"时，其中的光阴就是与生命相联系的时间，即通常所谓岁月。时间为万物所共有，但岁月有所不同，人以为一年或一月的长度，是人在时间上面所作的刻度，留下了人类意识的痕迹。时间面前人人平等，谁也不能从均等流逝的时间长河里多舀一瓢水；但人一旦降生世间，就拥有了自己的人生，而岁月便是人生的量度，人在有生之年的岁月就是他个人化的时间。"日月逝矣，岁不我与"（《论语·阳货》），岁不与者，"我"而已。时间也是衡量生命的标准，长久的生命谓之"寿"，短暂的生命谓之"夭"。时间贯穿于生命的始终，对人生而言，生命的早期犹如四季的春天，是人生之春；生命的晚期犹如四季的秋天，是人生之秋。

逝者如斯

孔子站在河边，望着不停流淌的河水，感慨道："逝者如斯夫，不舍昼夜！"岁月就像河水，日夜不停地流逝。"逝者"大约指流逝的岁月，较早见于《诗经》，"逝者其耆"（《秦风·车邻》）是说岁月的流逝会带来衰老，"逝者其亡"（同上）是说流逝的岁月一去不返。而用流淌的河水象征流逝的岁月则始于孔子，此后人们便常将河水视作生命流逝的象征，如"孔圣临长川，惜逝忽若浮"（阮籍《咏怀》），"临川哀年迈，抚心独悲吒"（郭璞《游仙》）。

时间是一维的，它总是朝着一个方向，从过去到现在、从现在到未来，一刻也不停地流逝。但时间又不同于河水，河水或者流到下游，或者汇入大海，或者渗入地下，或者蒸发到天上变成云，又凝结成雨降下来，总之物质不灭；而时间一旦过去，就一去不复返了。"来世不可待，往世不可追"（《庄子·人间世》），"百川东到海，何时复西归？"（乐府古辞《长歌行》）"盛年不重来，一日难再晨。"（陶渊明《杂诗》）都揭示了时间的这种不可逆性。但人们却又不甘心岁月的流逝，逝去了还想去追寻。有一首歌里唱道——

> 我低头，向山沟，
>
> 追逐流逝的岁月。
>
> 风沙茫茫满山谷，
>
> 不见我的童年。

似乎流逝在山沟里的岁月，仍然保留在山沟里的什么地方，却不知山沟还是那条山沟，童年却再也寻找不回来了。人们在潜意识里大都有这样一条"山沟"，总以为过去的岁月有迹可寻。

西晋王戎做尚书令，轻车官服途经黄公酒垆，想起当年自己曾"与嵇叔夜、阮嗣宗共酣饮于此垆。竹林之游，亦预其末"，眼前景物依旧，而嵇康、阮籍早已不在人世，自己也"为时所羁绁"，不再是过去的自己了，于是不禁叹道："今日视此虽近，邈若山河。"（《世说新语》）这黄公酒垆也好比王戎生命中的一条山沟，他途经此地似乎也在追寻早已流逝的一段岁月。但在他的感觉中，酒垆还是那个酒垆，所以说"视此虽近"；而岁月却不是那个岁月了，所以说"邈若山河"。

岁月的流逝导致物是人非，故地重游于是有一种恍如隔世之感。传说中丁令威离家千年化鹤归来，看到的是"城郭如故人民非"。而照古希腊哲学家赫拉克利特所说"我们不能两次踏进同一条河"，则不如他所看到的其实是城郭人民皆非，因为"城中谁有千年宅"？没有谁家的房子可以屹立千年不倒。人不能两次踏进的同一条河流，同样适用于岁月之河，如果说我们生命中都有一条山沟，那么我们也不能两次走进同一条山沟。我们离开家乡充其量不过几十年，而回到家乡时又岂只是"儿童相见不相识"？村边的小河早已干涸，哪还有"春风不改旧时波"（贺知章《回乡偶书》其二）？

岁月一旦过去，便找不回来哪怕是一星半点。王戎的族弟、东晋丞相王导，多次说起南渡前，自己曾与作《崇有论》的裴頠、执无鬼论阮瞻等人在洛水边谈论玄理。羊曼以为王导欲以玄理骄人，于是说：人们早就知道你善谈玄理，何必还说这些？王导说："亦不言我须此，但欲尔时不可得耳！"（《世说新语》）"尔时不可得"，既是与群贤共游洛中的盛事不可得，也是过去的岁月一去不返。时移世易，历史已从西晋进入东晋，王导等人已从洛水边来到长江边，裴頠已在西晋八王之乱赵王（司马）伦专朝政时被杀，阮瞻已病卒于西晋怀帝永嘉年间，死时年仅三十。岁月的流逝使一切都已改变，要想回到从前，不可能了，所以说"尔时不可得"。

唐代诗人李白风流倜傥，才华横溢，春夜与诸从弟饮宴于桃李园，挥笔写道："夫天地者万物之逆旅，光阴者百代之过客，而浮生若梦，为欢几何？"光阴也就是时间，人生百代不过是它的过客，何以说它是"百代之过客"？这似乎不好理解，但如果了解古人所谓"光阴"，不过是人们眼中看到的日月推移、白驹过隙之类，那么也就不难理解，所谓光阴其实就是与人生相联系，或者说为人所拥有的时间。这样理解"光阴者百代之过客"，其实就是人的一生是古往今来的时间的过客。

至于"浮生若梦",如果缘于光阴流逝,那么过去的岁月显然被视为梦幻。这种感觉一般人也有,笔者曾在滹沱河畔下过一年干校,记忆中有一条路通向那段时光,路口就在京广线上。后来每当乘车跨过滹沱河,总是紧盯着铁道边的每一个路口,却再也辨不清那条路。迷失了那条路,生命中的那段时光也变得模糊起来。这时就会想起父亲乘车经过这里,也曾追寻当年行军打仗的岁月,却一无所获,于是在给我的信中说"想起来像一场梦"。缺少文学细胞的父亲如此感慨,颇出我意外;但当我迷失了生命中的那条路时,与父亲心有戚戚焉。

过去的岁月没有长度,回忆中只剩下零星的片段,就像一个个连不成线的孤立的点。我很佩服那些能写出长篇回忆录的人,假如让我回忆,能回忆起来的大概比一部长篇小说的故事梗概长不了多少。我于是明白了古代的帝王为什么要作起居注,现代人为什么要写日记。但某件事即便用文字记录下来,也记不下特定环境的阴晴明暗,特定场合中人的音容笑貌、物的形状方位。往事不再有质感,我们曾经行走过的哪怕是一条坚实无比的山路,一脚踩上去也如虚空。往事也不再有色彩,而像老照片似的黯淡发黄。往事过滤了现实中大部分天籁人声,回忆中一概暗哑静默。往事曾经是真实的富有质感的物质的存在,但在回忆中却如烟般飘渺,毋宁说它已成为一种意识,即使留下一些物质的痕迹,也将被岁月荡涤干净。

　　过去的岁月即便可以追寻，我们又能拿它干什么呢？回顾它，或者欣赏它？而回顾和欣赏也须以时间为代价。我们不能生活两次，却可以让仅有一次的人生尽可能内涵丰富，与其用有限的岁月去回味曾经有过的痛苦与欢乐，何如用同样的时间去感受新的生活？但过去的岁月并非徒然，它是人生的一部分，没有这部分，人生就没有量度，也谈不上内涵丰富，因为现在正在过去，而未来尚未展开，我们已有的全部人生都在过去。它是我们所有的一切的原因，人如果没有过去，那就真成了一天之内形成的蜉蝣。它是我们人生长卷中已经定稿的部分，不能再修改补充，却可以接着书写下去，以期整体看上去优美一些。而当人们走到生命终点，它就是人生的全部，那时如果抹煞过去的岁月，人可就真是白活了。

昨 日 之 我

　　有一部反映生产建设兵团生活的电视剧叫《年轮》，剧中有一首插曲唱道：

> 问爹问娘问夕阳，
>
> 天上有没有北大荒，
>
> 喊儿喊孙喊月亮，
>
> 天上有没有北大荒。

歌里的北大荒是一个叫人魂牵梦萦的地方，众多兵团战士的青春洒落在那片土地上，如歌里所唱："高高的白桦林里有我的青春在流浪。"当北大荒的白桦树增添了一圈圈年轮，当年的兵团战友早已各奔东西时，他们一边唱着"别让我回头望，让我走一趟"，一边却禁不住回头望去，希望还能看到那片土地，看到他们留在那片土地上的足迹，寻找他们流逝在那片土地上的青春。但是，为什么要追问"天上有没有北大荒"？难道流逝的青春到了天上？

> 我的童年时代、青年时代的灵魂，在于哪里呢？是在上帝的天国中呢，还是在某一颗星星上呢？不！它不再存在了，就像我自己一旦死后将不再存在一样。（费尔巴哈《从人本学观点论不死问题》）

人们常将不存在或死去的东西说成是到了天上，流逝的青春既然已不存在，那么也可以说是到了天上。如果"青年时代的灵魂"也需要有个空间来安放，那么必定是他所熟悉的、让他魂牵梦萦的地方。北大荒作为兵团战友的青春所寄，他们的青春即便已经流逝，仍然会眷恋那片土地，所以要追问"天上有没有北大荒"。

有一种死亡不是突然而至，而是渐进的，如费尔巴哈所说："死并不是突然破门而入；它是有来由、有理由、有根据的。它是有媒介的否定"（同上）；有一种死亡不是完全的消亡，而是部分的消亡，如费尔巴哈所说："既然我们的部分的消亡并不是野蛮的、暴力的消灭，那末，我们的完全的消亡——虽然这也决不是完全的——就也不是野蛮的、暴力的消灭"（同上）。在渐进的、部分消亡的意义上，"生命的每一个新阶段，都是前一阶段的死。"（同上）进入青春时期，儿童时期就死去了；人到中年，青年时期就死去了；不惑之年是对而立之年的否定；知命之年又是对不惑之年的否定……死亡就像一个黑洞，我们生命中消逝的岁月都被它吞噬。我们经过的岁月就到了死亡那边，就像灵魂到了另一个世界。往昔的岁月之所以不可追寻，就因为过去了就意味着死去了。

《庄子》所谓"方生方死，方死方生"，从字面上理解就是"生的同时出现死，死的同时出现生"，可见古人已从生存中看到死亡。清末学者谭嗣同对此深有感悟，他说：

> 死者长已矣，生者待死而未遽死；未遽死，岂得谓之无死哉？待焉已耳！是故今日之我虽生，昨日之我死已久矣，至明日而今日之我又死。自一息而百年，往者死，来者生，绝续无间，回环无端，固不必眼无光、口无音而后死也。（《谭嗣同文选》）

谭嗣同所谓"遽死"也就是突然死亡，"未遽死"也就是渐进的死亡；所谓"往者死，来者生"，也就是以过去为死、以未来为生。这也就是将生死放在时间中考量，生命仿佛在"绝续无间"的时间长河中漂流，它经过的地方就归于死亡，它正在并将要到达的地方（"来者"）才是生存的领地。如果说生命是流动的，那么生命流过的地方，却是对生命的否定，生命被扬弃，生存随即转化为死亡。为了形象地说明问题，谭嗣同用"昨日之我"、"今日之我"和"明日之我"表示生命的主体——如果把"我"的过去也看作一个主体，从"我"身上割离出去，那么，这个"我"已一去不返，是一个已经死去的"我"。

青春的流逝就是一种渐进的、部分的消亡。"青春的岁月像条河"，青春是我们生命的溪流中淙淙流过的一段。当我们度过了人生的春天，追忆似水流年，常常感慨青春易逝。我们逝去的青春到了哪里？就到了过去，到了死亡那边。正如法国作家蒙田所说："青春消逝，其实也是一种死亡，甚至比生命衰竭而死，比老死更不堪忍受。"（《探究哲理就是学习死亡》）青春的消逝之所以更加不堪忍受，就因为人到老死的时候，他生命中的大部其实早已死亡，他所失去的只是生命中最后那点风烛残年；而他从青春的消逝失去的，则是生命中如金似玉的最可宝贵的年华。

古罗马执政官恺撒的卫队里，有一名士兵精力衰竭，请求恺撒准许他自行了断（自杀）。恺撒瞧着他衰老的样子，风趣地说："你以为自己还活着吗？"这话看似刻薄，其实耐人寻味。那名老兵当然活着，但这是一般的看法；如果思辨地去看，则可以从生存中看到死亡。如果将死亡看作一个渐进的过程，那么生命的领地其实是逐渐被死亡占领的，随着岁月的流逝，生存和死亡此消彼长，到年老体衰的时候，尽管还是一个生命体，但其中生存的份额已远远小于死亡的份额，就像一棵老树，大部分枝叶已经枯死，生命的领地差一点就完全失守，生存即将让位于死亡。那名老兵其实用不着自杀，因为死亡的确离他不远。

如果说生命是一个流逝的过程，那么死亡就是一个积累的过程，生命的流逝就是死亡的积累。将死亡看作一个渐进的过程，也就是"部分的消亡"不断积累，最终转化为"完全的消亡"的过程。民间大字不识的老农所谓"半截子入土"或"土埋到脖子"，与费尔巴哈所谓"部分的消亡"并无不同，只不过将死亡的积累形象地表述为埋葬生命的黄土的积累。

死亡既然以生命为媒介，在人活着时已如影随形，与生命相伴，那么死亡其实并不像看上去那么残酷。死亡之所以显得残酷，缘于人们往往以为死亡是突然降临的，如蒙田所说，"假如我们突然死亡，我相信，我们是无法承受这个变化的"；但如果死亡并非突然降临，而是在我们活着的时候一直伴随着我们，如蒙田所说，"牵着我们的手，引导我们慢慢地、一步一步地走下缓坡，我们仿佛处在死亡的凄惨氛围中，渐渐地也就习以为常了"（《探究哲理就是学习死亡》）。这也就是费尔巴哈所说："死之对于我，并不比作为成人的我对于作为孩童和青年人的我更带有否定性质"；"那种把死——就它是人的现实的终端而言——表象成为粗暴的、专横的消灭的人，其思想方法乃是多么地粗率和肤浅"（同上）。

但过去的毕竟不同于死去的，部分的消亡与完全死亡最大的不同，在于前者并不丧失自我意识，而后者则连自我意识一并死去了。生命的每一个阶段否定前一个阶段，生命的主体依然存在；而生命的完全丧失，则是生命主体从存在到不存在变化的标志。生命部分地消亡以后，还存在于自我的记忆中；而生命最终消失后，就只存在于亲友的回忆中了。尽管如此，生命完全死亡的那个瞬间与逐渐流逝的无数个瞬间，在无情的岁月中并无不同。

当时光从我们身边流走，生命也从我们身体里流走。这流走的生命不仅有量，即我们称为岁月的东西；而且有质，即我们称为生命力的东西。当白发丛生在我们的头顶、皱纹爬上我们的面颊，我们也许没有意识到那是死亡的脚步，死亡步步逼近而我们却浑然不觉，还以为自己活得好好的，就像恺撒的那名老兵似的。

富于春秋

上个世纪八十年代初，意大利总统佩尔蒂尼来华访问，与北京大学学生有一次对话。他说："你们不要把我当作总统，而要当作老朋友看待。我在青年面前算不得什么。如果你们能给我青春，我宁愿把总统的职务交给你们。"这番话引起一阵欢畅的笑声，因为三言两语，就让同学们理解了青春的宝贵。

总统的职务令人炫目，对于注重个人价值的那一代大学生来说，在总统的位置上无疑可以更大限度地实现人生价值。他们追求成功的人生，而西方发达国家的总统算得上成功人生的一个样本。然而，他们是否愿意用自己的青春去交换总统的职务呢？从那欢畅的笑声来看，他们对佩尔蒂尼的话心领神会，理所当然地认为那是赔本生意。

佩尔蒂尼固然达到了一种人生高度，但他觉得自己在年轻人面前算不得什么，因为他已不再拥有那令人羡慕的青春。青春每个人都有份，而能当上总统的人少之又少，但青春是一次性的，总统却不是一次性的，一个人可以当两次总统，却不能拥有两次青春。青春一旦过去便不能挽回，但假如可以用其他东西来交换，那么，人们大概无论什么都愿意付出。事实上不只一个人设想过这种交换，上个世纪以一部《教育诗》为中国人所知的苏联作家、教育家马卡连柯，在一次读者座谈会上，与一位读者有如下一段对话——

马卡连柯：……是的，幸福的人（生）本来是你们自己决定的。

读者：不见得永远是这样。

马卡连柯：完全靠你们自己决定。我想象不到那种会使你们成为不幸的机会。你们已经是幸福的年龄了。您多大年纪了？

读者：38岁。

马卡连柯：太好了。我已经50岁了。我乐意跟您交换，把我全部的文学功绩统统给您，把您的年龄和您所有的一切不幸全部给我。

　　在苏联与我国共同经历的计划经济体制下，作家曾经是一种带有光环的荣衔，作家的文学成就也曾令人羡慕，但较之于十多岁的年龄优势，这又算得了什么呢？马卡连柯之所以宁愿用自己的全部文学功绩，去交换那位读者的年龄及其不幸，因为他相信，假如他重回三十八岁，由于懂得了生活的真谛，他将生活得更加幸福。他也许会遭遇不幸，但不幸也是生活的题中应有之义，是幸福生活的代价；何况对别人来说是不幸，对他来说未必是真正的不幸。重要的是，假如他重回三十八岁，他将重新生活到五十岁，这样他就赚了十二年。生活是幸福的土壤，生活中包含着一切幸福的可能，只要生活在继续，幸福是不会没有归依的。

　　拥有年龄优势，古人叫"富于春秋"。《史记》说"天下初定，悼惠王富于春秋"，其时汉惠帝大约只有十五六岁。可见古人说一个人富于春秋，不是说他已经生活了多少年，而是说他还将生活多少年，说明古人早已认识到，人生真正拥有的实际上只是未来的岁月。富于春秋是真正的富有，与之相比，居位至高、居功至伟都相形见绌。富有春秋意味着生活具有丰富的可能性，倒不在于去当总统还是作家。一个人可能既当不了总统也当不了作家，却可以自由地选择自己的生活道路，做自己喜欢做的事情。富有春秋还意味着生活的道路更长，在未来的生活中，一个人可能走得很远，也可能走不远，但无论如何，生活的路必须自己去走，生活必须自己去创造。走过生活的路，才算真正生活过了，自己创造的生活，才可能是真正幸福的生活。生命属于人只有一次，这只有一次的人生不能由别人代劳，只有一次的生活权利不能转让。此外，富有春秋还意味着旺盛的生命力和创造力，因为"创造一切非凡事物的那种神圣的爽朗精神总是同青年时代和创造力联系在一起的"（《歌德谈话录》）。

人生在世，总要干一番事业，但事业并不是一切。人的一生所能成就的事业，假如不是在生活中干出来，而是用宝贵的生命去交换，那么，人们大约会感到非常不值。拿文学功绩来说，一位作家将写作当作最重要的事，总是把精力最好的时间用于写作，这样十年磨一剑，用十年时间辛辛苦苦写出一本书来，如果说他这十年就只换来这本书，他值得吗？且不说这本书可能淹没在汪洋大海般的出版物中，听不到一点声响；也不说还可能遭遇出版难，甚至还得自费出版；即便顺利出版，并能引起一定关注，甚至还给他带来了一笔或多或少的报酬，他恐怕也会感到可悲而又可怜的，因为这远远补偿不了他为此付出的十年辛苦。但如果不是作为一种交换，而是作为一种生活，他为此尽心尽力，做到了他所能做的最好，他将没有遗憾。那本书由于凝结着他的血汗，而为他视若生命，他是在用生命去创造一种价值，挑战一种高度，甚至以此安妥自己的灵魂，在生命终结时用作枕头的。在这十个春秋，他可能为此殚思极虑，呕心沥血，艰苦备至，却也可能饱尝创作的欢乐，无论如何，他毕竟为此生活过，辛勤劳作过，并在辛勤劳作中理解和感受到了生活的幸福。一本书算不得丰功伟绩，但比起虚度年华来，他毕竟还写出了一本书。

假如年轻的大学生接受了佩尔蒂尼的建议，三十八岁的读者接受了马卡连柯的建议，用青春和年岁去交换二者的地位和功绩，结果又怎么样呢？起初，他们也许会为那曾经仰视的辉煌而晕眩，但很快就会发现，自己并没有为此而生活过，而重新生活已经来不及了，因为他们已将生命中最宝贵、创造力最旺盛的时期做了交换。享有辉煌却没有为创造这辉煌而生活过，就像没有开花长叶而结出的果实，因而未曾感受和体验过花的芬芳与叶的葳蕤。如果将某种人生目标比作期望中的果实，那么，为实现这种目标而奋斗和劳作就好比开花长叶，是幸福生活不可替代的要素。当然，凡事都有例外，世界上既有无花之果，也有未经劳动创造而坐享其成的生活，但正如不曾开花便没有芬芳，坐享其成也就感受不到劳动和创造的快乐。

佩尔蒂尼和马卡连柯都是有阅历的人，较为透辟地理解了人生。假如他们重回青年时期，当然还可以从事原先的工作，不排除还能取得原先的功绩、达到原先的人生高度，为此他们无疑还需要辛勤劳作、艰苦奋斗；更可能的是，假如他们重回青年时期，恐怕未必愿意重复原来的生活道路，因为那条道路上的风景他们已经领略，因而更愿意体验一种完全不同的生活。而他们无论选择什么道路，达到什么高度，都将从中感受到别样的幸福。

如今市场经济，与成就和地位相比，人们也许更注重财富的价值。"人间只道黄金贵，不向天公买少年。"（元好问《无题》)古人或许真的不肯用黄金交换少年，而当代人是否愿意用青春去交换黄金呢？恐怕也不乏其人，因为年轻时谁都拥有青春，却不是谁都拥有黄金。但这种交易有一定限度，一旦突破限度，恐怕就没人愿意了。法国作家费纳龙写过一篇《年老的女王和年轻的农妇》的故事，女王到了风烛残年，仙女问她——

"你愿意恢复青春吗？"

"这个，我真是求之不得呵！"女王回答，"让我变成一个二十岁的姑娘吧，我可以把我的全部珍珠宝贝都给你。"

"那么，这就需要找一个人，用你的衰老来换取他的青春和健康，"仙女说。"可是，我们能找谁来领受你的一百岁高龄呢？"

仙女到处寻找愿意用自己的青春换取高龄和王冠的人。一位美丽的乡村姑娘听说当女王非常快活，表示愿意用自己的青春换取女王的王冠。仙女运用魔法，让她先体会一下这对她是否合适，她立刻就后悔了。

费纳龙让女王达到百岁高龄，大概是为了把问题推向极端，使之显而易见。如果不是这样，有的人也许会为女王头上的光环所晕眩，而看不到自己将损失多么宝贵的东西。如乞丐为了摆脱穷困，野心勃勃的人为了高官厚禄，不惜让自己变老一点。但女王毕竟太老了，他们也都拒绝了这种交易。其实，是不是女王那么老并不重要，因为一旦做出这种交换，损失的东西一样宝贵。

遭遇昨天

由于人们无法把握过去，所以有人怀疑它是否真实存在，甚至干脆将它与不存在等量齐观。德国近代哲学家叔本华说："过去的一切已经过去了，它的存在如白驹过隙，仿佛不曾有过似的。"（《论生存的虚无》）如果说这还只是比喻的说法，那么更有甚者，则干脆将过去等同于不存在，如歌德《浮士德》中的魔鬼梅非斯特——

　　　过去！一句蠢话！

　　　干嘛说过去？

　　　过去和全无是完全一样的同义语！

　　　永恒的创造于我们何补！

　　　被创造的又使它复归于无！

　　　已经过去了！这话的意思是什么？

　　　它就等于说，本来不曾有过，

　　　翻转来又像是说，似亦有诸。

　　　而我却毋宁喜爱永远的虚无。

时间来而复往，就像加上又减去同样的数目。但时间一旦过去，是否就等同于不存在？当然不是。过去无疑也是一种存在，它首先存在于过去，是属于过去的存在；其次还会延伸到现在以至将来，是属于现在和将来的存在。过去并没有消失，它就存在于现在之中，没有过去就没有现在。除了正在产生的事物，现存的事物都是在过去产生、在过去已经存在的。人不是从石头缝里迸出来的，而有自己的祖先；即便从石头里迸出来的孙悟空，也经过了亿万年"灵根育孕"。梅非斯特将过去等同于"全无"和"不曾有过"，不仅否定了过去的时间，而且一并否定了过去的客观存在。对此，中国古人可能会说他"无君无父"，而在基督教看来，则是否定了上帝的创造。

上帝创造世界据说就是在遥远的过去，但上帝创造的世界至今仍然存在。有个故事说，一个人吃烧饼，一直吃到第六个才饱，于是他认为先前吃下去的五个都不必要。他说：早知道这样，直接吃第六个就饱了。从第一个到第六个体现了事物发展的顺序和持续性，否定先吃下去的五个烧饼就好比否定过去。上帝创造世界也像吃烧饼，他在第一天把光明和黑暗分开，在接下来几天把天和地以及大海分开，又让大地和海洋生出植物和动物，在第六天创造了人。当人被创造出来时，前几天创造的一切依然存在；如果否定前几天的创造，将其等同于虚无，那么，人即便被成功地创造出来，也没有生存的环境。

说过去存在于现在之中，吃烧饼可说是最直观的形式。自然在过去的造化，人类活动在过去留下的痕迹，都会这样直观地存在相当长一段时间。尤其是无生命的物质，如深埋地下的文物，它在过去客观存在着，现在仍然客观存在着，便是到了将来还可能客观存在着。时间为万物所共有，并不依人的意识为转移，对时间没有意识的物质同样有时间，同样有它们的过去、现在和未来。埋在地下的文物多少年来很少变化，但其同位素却在不断衰减，时间同样给它们打上了印记，记录下它们的过去，这用科学的手段完全可以检测出来。生长着的树木没有意识，却有年轮，那也是时间给它打上的烙印，它的过去因而直观地呈现于现在之中。

万物的过去都存在于现在之中，但生命与无生命的物质有所不同。无生命物质对运动、发展、变化较少依赖，相对静止倒可能有利于它们长久存在，如文物保护，在很多情况下就是尽可能创造相对静止的条件。生命则不同，生命在于运动，离开运动、发展、变化就没有生命，正如心脏一旦停止跳动，死亡随即到来。正由于此，无生命物质的过去相对静止而直观地存在于现在之中，生命的过去则比较曲折而多变地存在于现在之中。蛹化为蝶，蛹就成为过去，想再回到蛹，不可能了；但蛹并没有消失，更不等同于虚无，它化成了蝴蝶，存在于蝴蝶之中。

如果说人所拥有的时间是人的宝贵财富，那么，过去就是他已经消费的部分。我们手中的积蓄花掉以后就到了别人手里，流逝的时间则到了过去。花钱消费满足了维持生命所必不可少的需求，因而延续了我们的生命。在这个意义上，人因有过去而有生命。又因为时间的财富总是越花越少，随着人所拥有的未来通过现在转化为过去，生存的领地逐渐被死亡占据，当生命中只剩下过去时，生命也就终止了。在这个意义上，人也因有过去而有死亡。仍以吃烧饼为例，过去就好比吃下去的烧饼，一方面为人体这部机器提供了燃料，使其得以正常运转；另一方面也助这部机器不断燃烧，直至促使它化为灰烬。所以歌德说："我们全靠过去才活下来，也因过去而遭到毁灭。"（《歌德的格言和感想集》）可说是生也过去、死也过去，没有过去，就既没有生命，也没有死亡。

过去的岁月一去不返，但并非消失得无影无踪。过去的岁月不可追寻，但仍然存在于过去，假如有时空隧道，在理论上仍然可以追寻。既然时空隧道只是幻想，过去就只能在现实中寻找。有道是："从小看大，三岁看老。"将这话倒过来，从一位老人身上应该可以看到他三岁时的影子，正如一本外国书里所写："我们每一个成人都是一样的，都有一个三岁时候的自己藏在里面。"（《生命的重建》）其实，当我们有了一把年纪时回头去看，不仅三岁，十八岁、三十六岁……过去的所有年月几乎都可以在现实中找到。我们人生的各个阶段，我们度过的所有日子，无不影响着我们的现在。还是那本书上说："我们所经历的一切，都根据我们以前的信念，以前的思想，以前的行为而造成。昨天，前年，二十年前，四十年前所说的话，所有的思想，造成了我们今天的形态。"（同上）人与人的不同，除了遗传基因的区别外，在很大程度上就因为人们有着不同的过去。即便生存于大体相同的时代和环境，由于个人的经历不尽相同，读过不同的书，做过不同的事，接触过不同的人，都可以造成人们各自不同的自我。这样，过去存在于现在之中，就表现为过去的因造成了现在的果。

上世纪九十年代有一部电视剧叫《遭遇昨天》，人们在现实中看到过去的影子、受到过去的影响，也可以说是"遭遇昨天"。昨天就是过去的岁月，它的影响无处不在，人们磕头碰脑就会遭遇昨天。波斯诗人奥马尔·哈亚姆在其《鲁拜集》（一译《柔巴依集》）中写道——

> 昨天，准备了今天的颠倒、疯狂；
>
> 酝酿了明天的沉默、凯旋、绝望……

这诗句也许过于沉重，但其中蕴含的哲理并不为错。如果有谁在今天做出什么颠倒疯狂之举，那么确乎是在昨天就已经准备；如果有谁在明天凯旋归来，那么确乎是在昨天就已经酝酿。笔者写这些文字，还是在二三十年前产生的想法，放在今天恐怕连想都不会想；也正因为昨天有所积累，今天才能勉为其难，否则即便想做也只能抓瞎。昨天的耕耘带来今天的收获，昨天的错误今天为之付出代价，昨天的因造成了今天的果。今天固然可以创造新的生活，但只能在昨天的基础上，而且要到明天才能看到结果；而当明天到来时，一切仍然是在"昨天"创造的。

人生之秋

素秋时节

不知从什么时候起，人们把四季中的秋天与悲愁之类情绪联系在一起——从"愁"字从"秋"从"心"看，也许可以追溯到文字形成时期。古人不仅用秋天的心情来表示"愁"，而且"秋"也可以引申为"愁"，《礼记·乡饮酒》："西方者秋，秋之为言愁也"。古人不伤春景，不忧夏日，而独悲秋时："皇天平分四时兮，窃独悲此廪秋。"（宋玉《九辩》）秋风起时，文人墨客会感慨"悲哉！秋之为气也。萧瑟兮，草木摇落而变衰"（同上）。踏着秋天降下的霜露，古之君子"必有凄怆之心"（《礼记·祭义》）。看到秋日草木凋零，遭逢乱离的人咏叹："秋日凄凄，百卉具腓（枯萎）。乱离瘼（疾苦）矣，爰其适归？"（《诗经·谷风》）

古人为什么会悲秋？难道秋的季节和人的感情之间存在某种神秘联系，到了秋天人们自然会产生悲愁情绪？或者自然界是人的一个审美对象，秋天在人的情感中唤起的正是悲愁？不必深究。无庸置疑的是，古人看到人生与自然之间存在某种相似之处，于是产生了天人合一的观念。人有喜怒哀乐，天有春夏秋冬，这在庄子看来是"人与天一也"，他说："凄然似秋，暖然似春，喜怒通四时，与物有宜（相应）而莫知其极（尽头）。"（《大宗师》）西汉董仲舒则明确提出"天人之际，合而为一"，并把喜怒哀乐与春秋冬夏分别对应起来："人生有喜怒哀乐之答（应对），春秋冬夏之类也。喜，春之答也；怒，秋之答也；乐，夏之答也；哀，冬之答也"（《春秋繁露》）。其他如清代钱泳在其《履园丛话》中写道："人禀天地之气以为生，故人身似一小天地，阴阳五行，四时八节，一身之中，皆能运会。"正是这种天人合一的观念，为悲秋提供了理论根据，使之成为一种有意识的情感，以致只要到了秋天，便没来由地悲愁起来，或者只要有了悲愁，就仿佛到了秋天。

悲秋的情感即便在现代人中也有一定市场。加拿大原型批评家弗莱将文学史上的作品类型按时代分为喜剧、传奇、悲剧和讽刺文学四类，并与春夏秋冬四季对应起来，认为文学的发展与四季的更替一样，都遵循着一种周而复始的循环规律。春天，春光明媚，希望在即，对应为喜剧；夏天，色彩斑斓，气象万千，对应为传奇；秋天，草木摇落、萧瑟苍凉，对应为悲剧；冬天，寒气沉沉，了无生气，对应于缺乏正面目标的讽刺文学。既到冬天，春天也就不远，下一轮的循环又该开始了。（弗莱《文学的原型》）弗莱将秋天与悲剧对应起来，同样赋予秋天以悲愁色彩，也同样具有天人合一的意味。

也不知从什么时候起，人们把季节的更迭与人生的阶段联系起来。屈原《离骚》："惟草木之零落兮，恐美人之迟暮。"由草木零落联想到人生易老。《古诗十九首》："伤彼蕙兰花，含英扬光辉。过时而不采，将随秋草萎。"用花开花落比喻青春短暂。古人看到草木生长与季节变化的关系，联想到人生与草木同样由盛而衰，不禁感慨："叹人生，如花草，春夏茂盛；待等那，秋风起，日渐凋零。"（京剧《让徐州》）既然秋天是草木凋零的季节，而老年是人生衰老的阶段，那么草木的秋天也就相当于人生的老年。西晋潘尼赠陆机诗："予（我）涉素秋，子（你）登青春。"用素秋喻老、青春喻少。钱泳在《履园丛话》中，则以春夏秋冬对应人生的不同阶段，只不过缘于古人平均寿命较低，所以每个阶段都比现代人的看法提前一些：

　　始生至十五六，春也；十五六至三十余，夏也；三十至四十余，秋也；五十、六十则全是冬景矣。故二十岁以前，病一番，长成一番，若四十岁以後，病一番，则衰老一番。犹之春时，雨一番，暖一番，秋时，雨一番，凉一番也。

"春作夏长"、"秋敛冬藏"（《礼记·乐记》），古人以春天为萌生的季节、夏天为成长的季节、秋天为收获的季节、冬天为贮藏的季节。这样概括每个季节的特征，显然是农业社会的视角，是以农作物的生长周期为参照的。农业周期与季节推移步调一致，不足为怪，因为自然虽不依农业为转移，而农业却是在自然中发展起来的，当然是与自然相适应、相同一的。人们既然已经把"春—夏—秋—冬"的季节推移与"作—长—敛—藏"的农业周期联系起来，直至用前者指代后者，那么，按照中国人的修辞习惯，又可以将前者与后者分离开来，用于指代其他具有相似特征的事物。人尽管与草木不同，并非在春天出生、夏天成长、秋天衰落、冬天死亡，但与草木同样有出生—成长—衰落—死亡的过程。这样，表示农业周期的季节就可以用来指代人生的不同阶段，于是人生（在修辞的意义上）就有了四季。人生的老年就像四季中的秋天，所以秋天的到来，很容易让人联想到人生的衰老。

唐代志怪小说《潇湘录》（据《太平广记》）载，唐德宗贞元末年，长安酒肆中出现了一名布衣（无官职者），大约还是一位行吟诗人。由于他生活方式不同凡俗，日游酒肆，"吟诵以求酒饮，至夜半酣醉而归旅舍"，人或以为狂。这样过了半年，"时当素秋，风肃气爽，万木凋落，长空寥廓，塞雁连声。布衣忽慨然而四望，泪下沾襟"。身边一位老叟对他的情绪感到奇怪，问他何以如此。他说："我来天地间，一百三十之春秋也。每见春日煦，春风和，花卉芳菲，鹦歌蝶舞，则不觉喜且乐。及至此秋也，未尝不伤而悲之也。非悲秋也，悲人之生也。韶年即宛若春，及老耄即如秋。"于是朗然吟诵道——

　　　　阳春时节天地和，万物芳盛人如何；

　　　　素秋时节天地肃，荣秀丛林立衰促。

　　　　有同人世当少年，壮心仪貌皆俨然；

　　　　一旦形羸又发白，旧游空使泪连连。

　　他的吟诵颇具感染力，引起身边老叟的共鸣，以至于泣下沾襟。接着他又吟诵道："有形皆朽孰不知，休吟春景与秋时。争如且醉长安酒，荣华零悴总奚为。"宣扬及时行乐。老叟于是与布衣会心地携手欢笑，同醉于酒肆。

　　这个故事《太平广记》归在"异人"类，《古今小说精华》（广益书局）则放在"人品类·奇行门"，可见在人们眼里，这位布衣的行为和思想不无奇异之处。他虽未必是第一个把季节变化与人生阶段联系起来的人，但"韶年即宛若春，及老耄即如秋"的说法，以及由悲秋进而"悲人之生"，至少在古人看来颇有新意。其实，这不过是双重的天人合一：既把人的喜怒哀乐与自然的四季联系起来，又把人生的不同阶段与季节的变化联系起来，于是，继不同的季节被赋予不同的情感色彩之后，人生的不同阶段也被赋予不同的情感色彩。

　　人生与自然的相似，缘于服从同样的规律。钱泳在其《履园丛话》中写道："人禀天地之气以为生，故人身似一小天地，阴阳五行，四时八节，一身之中，皆能运会。"说四时八节具于人的一身未免牵强，但正因为人产生于自然，所以与自然保持着同一性，却是对天人合一思想作出的唯物主义解释。世上万物无不有生有灭、有盛有衰，草木如此，人生亦然。所以，人们既可以从季节的推移中看到人生的变化，也可以从人生的变化中看到季节的推移。西晋张载《秋》诗："睹物识时移，顾己知节变。"莎士比亚的《十四行诗》——

> 在我身上你或许会看见秋天，
> 当黄叶，或尽脱，或只三三两两
> 挂在瑟缩的枯枝上索索抖颤——
> 荒废的歌坛，那里百鸟曾合唱。
> 在我身上你或许会看见暮霭，
> 它在日落后向西方徐徐消退：
> 黑夜，死的化身，渐渐把它赶开，
> 严静的安息笼住纷纭的万类。

莎士比亚将人生的老年比作秋天，因为四季到了秋天就过去大半；又将人生的老年比作暮霭，因为一天到了黄昏就接近尾声。"夕阳无限好，只是近黄昏。"（李商隐《乐游原》）待到生命的太阳落了山，死亡的长夜便会像冬天一样，将生命收藏。

一年好景

> 自古逢秋悲寂寥，我言秋日胜春朝。
> 晴空一鹤排云上，便引诗情到碧霄。

唐代诗人刘禹锡这首《秋词》，一反前人悲秋的传统，表达了"秋日胜春朝"的独到看法，令人耳目一新。但"晴空一鹤"

未必是秋天特有的景致，若无诗人逸兴，就不一定能从中看到秋天。更有现代人认为，这只鹤是"冲破了秋天的肃杀氛围"才排云直上的——如此说来，秋天还是肃杀的，象征着人生的逆境；而诗人之所以喜欢秋天，缘于他具有奋斗精神，于是秋之美便不是秋天本身之美，而是在诗人眼里才美。

如今我要说的，是秋天本来就很美。家乡的山上，一过中秋便成了"五花山"，色彩之缤纷，不像春天里桃杏花开时云蒸霞蔚，也不像夏天万紫千红都掩映于绿色之中，而是像油画的色块，赤橙黄绿青蓝紫错杂涂抹，色彩之浓重丰富，为四季中其他任何一个季节所没有。秋天是四季中最好的季节，不仅在于它的美，更在于它的繁盛。中秋时节无疑是一年中的鼎盛时期，这时草木仍然在生长，而且是在生长了一春一夏的基础上继续生长，它们在春天和夏天里扩张自己，到了秋天，则用全部生命力充实自己，秋天于是成为成熟的季节。宋代词人叶梦得称秋天为"一年好景"——

一曲青山映小池。绿荷阴尽雨离披。

何人解识秋堪美，莫为悲秋浪赋诗。

携浊酒，绕东篱。菊残犹有傲霜枝。

一年好景君须记，正是橙黄橘绿时。

这首词同样一反悲秋的传统，但对秋天的描写，除了"正是橙黄橘绿时"堪称"一年好景"外，其余能让人从中看到秋天的诗句，如"绿荷阴尽雨离披"、"菊残犹有傲霜枝"，所表现的似乎也不是秋天的优点。诗人欣赏的目光流连之处，如果说是一种美，那么更多的是一种残缺、悲凉的美。

秋天是收获的季节，人们从春天开始的耕耘，其实就是为了在秋天有所收获。种种迹象表明，人们其实早就巴望着秋天了。玉米刚刚灌浆，人们就迫不及待地掰回去尝鲜。莜麦尚青，缺粮的人家就会在地头捩一块回去磨面。终于有一天，新粮登场，劳作之余回到家里，欣喜地发现蒸笼里有纯粮窝头，这便是秋天对庄稼人的厚爱了。家乡无霜期短，每年只收一季，春天青黄不接的时候，补充食物的短缺只好去挑野菜；夏天瓜菜正好，但时节一过就吃不得了；惟有秋天，粮食不用说，蔬菜也要吃一年，块茎存放地窖，叶子做成酸菜。秋天又是山里孩子挣学费的季节，家乡的山上多的是油松，每年白露过后，满树硕果累累，这时小伙伴们就拎着篮子、布袋结伴上山打树籽，几天下来，一年的学费就有了。秋天是一个梦，一个理想，因为有秋天，日子才有盼头。

四季的秋天是一年好景，人生的秋天则是人间晚晴，也许是人一生中最好的时期。电视节目《夕阳红》主题曲唱道："最美不过夕阳红，温馨又从容。夕阳是晚开的花，夕阳是陈年的酒，夕阳是迟到的爱，夕阳是未了的情。"或以为夕阳之美不过是朝阳之美的继续，老年不过是青春的绪余，所以又叫风烛残年，人生至此精华已尽，就像滤过酒的糟粕——如果是这样，那么老年的幸福似乎带有一种强颜欢笑的意味，如英国作家乔叟所写，"面粉已经飞散了，再也集不拢了，现在我惟有把糠麸卖个好价钱"（《坎特伯雷的故事》）。不，老年是人生的崭新阶段，有着与青春不同的风景，正如秋天有着与春天不同的风景。夕阳之美并不是变了味的朝阳之美，而完全是另一种美。老年之爱不是同一种爱的迟到，而是另一种爱；老年之情也不是同一种情而未了，而是别样之情；"晚开的花"不是开败的花，"陈年的酒"是新酿所不可比拟的。

古今中外许多哲人由衷地赞美人生这个阶段，明代学者洪应明在其《菜根谭》中写道："日既暮，而犹烟霞绚烂；岁将晚，而更橙桔芳馨。故末路晚年，君子更宜精神百倍。"古罗马思想家塞内（涅）卡则将老年比作人生的"最后一杯酒"——

> 正是最后一杯酒会使积习很深的喝酒人高兴，正是它给喝酒人最后的满足使其陶醉，并且使其进入飘然的境界。每一种快乐都把其最大的喜悦延迟到最后时刻。给与最大喜悦的生命的时刻，是看见趋向没落——这还不是急剧衰退——已经开始的年龄；我认为，这个处在衰退边缘的年龄有它自己的快乐——或者说，事实上没有任何经验使人们感到需要有其他快乐取而代之。耗尽自己的欲望，把它们留在身后，那是多么美好啊！（《致卢里奇论道德的信》）

人生的最后一杯酒所以令人陶醉，因为那的确是一杯好酒，它酝酿的时间最久，用了大半辈子，所以味道之醇厚、劲力之绵长，是其他酒所不可比拟的。一个人活到老年，经历多了，对生活感受深刻，理解透辟，懂得生活的价值，也知道珍惜了。"夕阳无限好，只是近黄昏。"反过来说，如果不是"近黄昏"，恐怕还未必"无限好"呢。这大概就是塞内卡所谓"给与最大喜悦的生命的时刻，是看见趋向没落……已经开始的年龄"。

人生的最后一杯酒所以令人陶醉，还因为人生的幸福也有个积累的过程。笔者曾打过吃烧饼的比方，正是最后一个烧饼给人以吃饱的感觉。一个人经过大半生的学习和创造，积累了一定的学识，取得了某些成果，所从事的事业达到了一定高度，实现了人生的某些价值，就像喝酒人已经喝下了几杯酒，已经有些飘飘然了，却还不到陶醉的时刻，因为那最后一杯酒留在人生的秋天，只有度尽了人生之秋，才知道自己究竟能走多远、飞多高，实现多大人生价值，得到多少人生幸福。

身闲贵早

> 百里西风禾黍香，鸣泉落窦谷登场。
> 老牛粗了耕耘债，啮草坡头卧夕阳。

这是宋人孔平仲的《禾熟》一诗，前两句写出秋天的丰收景象，农家收获的忙碌也就呼之欲出；后两句笔锋一转，写到坡头老牛的闲适上来，仿佛与农家的忙碌形成鲜明对照。笔者尤其喜欢这后两句诗，因其特别适合目前的心境。

人生的秋天，就像粗了耕耘债的老牛，可以获得某种闲适。家乡的老人说起晚年的福气，莫过于在夏日里"从东阴凉挪到西阴凉"地乘凉，冬日里"从西阳婆（阳光照射之处）挪到东阳婆"地晒暖暖，那可真是"无事此静坐，一日胜两日"。这当然也是一种享受，由于长年劳作，身心具疲，这种享受才显得必要而可贵。叔本华称闲暇为"生活之花"，生活中不可没有闲暇；又说闲暇是"生存之果"，闲暇确乎是勤劳一生结出的果实，是在人生的春天和夏天里辛勤耕耘，而在人生的秋天里获得的休息和享受的权利。如果只有劳作而没有休息，人生未免过于沉重。

成人不自在，从刚刚背得动书包的童年起，就有规定的功课必须去做；走出校门，在社会上找到一个位置，谋得一份职业，又必须负起一份职业和社会的责任；人到中年，上有老下有小，又必须负起对家人的责任。在人生的春天和夏天，都有许多应该做和必须做的事情，就像负着轭头的牛不停地耕耘。而到了人生的秋天，该做的都做过了，对社会和家人的义务大多已经尽到，就像粗了耕耘债的老牛，获得了一种自由，可以优哉悠哉地啮草坡头，享受夕阳的余晖了。这时，身体的安适还在其次，更难得的是精神的放松。如果哪一天从睡梦中醒来，不用急着去挤公共汽车上班，也不用忙着送孩子上学，没有领导布置的任务，也无须为开门七件事操心，那么，就会感到从未有过的轻松。这时的你才真正属于你自己，也就是叔本华所谓"闲暇使人回到自身"，可以高兴干什么就干什么。

人生的耕耘债何时了却？古代"大夫七十而致事"（《礼记·曲礼上》），今人六十岁退休，只是一个硬杠杠，实际情况因人而异。有的人由于社会地位和工作需要，到老也卸不下肩上的担子。笔者的一位表兄年届古稀，尚退而不休，掰着指头说，还有大约二十多个头衔。更多的人则是由于生活所迫，或者经济拮据，未能创造养老的条件，或者负担沉重，对家人的责任没完没了，"小车不倒只管推"，活到老干到老。但也有人不到退休年龄，就被"一刀切"，提前享起了清福。笔者（写这篇东西时）也还不到退休年龄，名义上还在一线，实际已被边缘化。没有任务的时候，轻松自在，没有压力，有时会有一种无功受禄的不安，但想想从业三十多年，也曾肩负重任，发挥骨干作用，也就释然。如果职业和社会责任都已尽到，那么，提前超脱就是一种福气。

过了硬杠杠，取得养老资格，不过是获得一种外在自由；而真正享受人生之秋的闲适，还在于获得一种精神上的自由。外在自由不过是外在条件，精神自由才是一种内在境界，包括笔者在内，许多人可能一辈子都达不到：或者为了儿孙之福，到老还要为儿孙做马牛；或者为名缰利锁羁绊，仕进不止，聚敛不息；也有少数杰出人物放不下对国家和民族的责任，如"了却君王天下事，赢得生前身后名"（辛弃疾《破阵子》）。有一于此，即便到了人生之秋，又怎么能真正闲适起来？

也有人虽没到致事或退休之年，却已达到某种精神自由，因而获得某种闲适。东晋陶渊明不为五斗米折腰，四十一岁便弃官归隐，此后一直过着躬耕隐居的生活。元好问《续夷坚志》记金代诗人张子云"尝作《金人捧露盘》乐府，道退闲之乐，一时哄传之"。诗人在作品中如何谈论退闲之乐，已不得而知；可以知道的是，诗人自己确实以退闲为乐，并最终实践了自己的看法。他被金章宗召为书画都监，官做到冀州倅（副职）。一天祈仙（扶乩），仙批《青门引》词，末句云："半纸虚名，白发知多少？一棹武陵归许，不如闲早，怕桃花笑人老。"也许这词句准确地表达了他的心愿，也许他真以为乩仙在向他传达某种神意，总之他即日致仕，追求他早年所称道的退闲之乐去了。

"意倦须还，身闲贵早，岂为莼羹鲈鲙哉！"这是辛弃疾的词句，其中"莼羹鲈鲙"用的是西晋张翰的典故。张翰在京城洛阳做齐王府东曹掾，看到天下将乱，而他又处于漩涡中心。秋风起时，他想起家乡吴中的菰菜、莼羹、鲈鱼鲙，感慨地说："人生贵得适意尔，何能羁宦数千里以要名爵？"（《世说新语·雅量》）毅然辞官归隐。辛弃疾以"了却君王天下事"为己任，有一种强烈的责任感和使命感，因而不可能像张翰那样潇洒；但当他受到主和派排挤时，也确曾一言不合辞官而去。他两度落职闲居山林，两次就任闲职，用今天的话说就是被边缘化。既然抱负实现不了，那么"身闲贵早"对他来说就是有价值的。

古代读书人将做官作为实现自身价值的华山一条路，做了官却又会牺牲人生有价值的闲适，当此鱼与熊掌难以得兼之际，有识官员于是得出"身闲贵早"的认识。明朝丁奉（号南湖）官居南京司封郎中，回顾与他一同入学的二十五人中有三名进士、一同中举的六人中有五名进士，都已先他而死，"己以年少独存，不当知止耶！"（《涌幢小品》）于是毅然辞官，年仅三十九岁。明朝都御史王竑督漕淮扬，在苏州问询一位传送公文的老人，得知与自己同年，说："我亦四十七，已见白发，而汝尚壮，何也？"回答说："相公忧国忧民，老人醉饱终日。"王竑惨然道："名言也。"随即请求致仕。（《玉光剑气集》）明朝章懋（号枫山）为福建佥事，政绩甚著，满考入都，力求致仕。吏部尹旻挽留他说："君年四十有一，不罢软（疲弱），不贪酷，不老，以何例言去？"他说："古人正色立朝，某可考'罢软'；古人一介不取，某可考'贪'；古人视民如伤，某可考'酷'；年虽未艾，鬓发早斑，可考'老疾'。"（同上）为辞去官职不惜自诬。

在今人看来，以上数人尚属年富力强，还不到退休养老的时候。但他们的确比较明智。古人平均寿命较低，常感人生无常，既然要享受人生的闲适，那么晚不如早，晚了可能就享受不到了。北宋太常博士葛密，年方五十便主动致仕，亲朋好友纷纷劝止，他笑着说："俟（等到）罢疾、老死不已而休官者，安得有余裕哉。"（见《宋史·葛密传》）的确，如果因罪罢官，不仅是一种耻辱，还可能受到法律的惩处；便是因病或者因老而不得已休官，想要享受人生的闲适，已经来不及了。

"身闲贵早"益处不少，显而易见的，是可以更充裕地享受人生之秋的闲适。五十岁本不算老，葛密却将自己的草堂铭为"逸老"，他活到八十四岁，这意味着在他生命的秋天，竟享受了三十多年的闲适生活。唐朝白居易以刑部尚书致仕，时年五十八，"雍容无事，顺适其意，而满足其欲者十有六年。"（《避暑录话》）明朝邹迪光"罢官时，年才强仕，以其间疏泉架壑，徵歌度曲。卜筑惠锡之下，极园亭歌舞之胜。宾朋满坐，觞咏穷日，享山林之乐几三十年"（《玉光剑气集》）。章懋虽说家境不富裕，而"奉亲之暇，专以读书讲学为事，弟子执经者日益进"（《明史》），做自己喜欢的事情二十余年，虽"贫无供具，惟脱粟菜羹"而犹乐。

如今人们爱说"活得累"，身体累点还在其次，最累莫过于心累，有些白领甚至年纪轻轻就进入了更年期，累得令人同情。但人们一方面嫌累，另一方面该退休时却恋栈不已，舍不得失去在职时的待遇（可能还有权力地位），耐不得退下来后门前冷落车马稀的寂寞，看不惯人一走茶就凉的世态，总之是退有退的难处。有鉴于此，"意倦须还，身闲贵早"作为一种精神境界和价值取向，就还有其现实意义。

金声玉振

黎巴嫩旅美作家米·努埃曼在其散文《人生之秋》中写道："真正幸福者是那种已经进入人生秋天的人；自打春天一直绷紧

到秋天的琴弦，成了金声玉振、音色动人、情感纯真的琴弦；他将在自己的人生之秋摘到最甜美的果子。"秋天是成熟的季节，这是其他季节所不可比拟的；而生命之树在人生的秋天可以摘到最甜美果实，也是人生其他阶段所不可比拟的。这不难理解，因为人生之秋是人生其他阶段孕育的结果，人生之秋的果实凝结着人生其他阶段的精华，并在秋日的艳阳下继续生长。毕生的学养，丰富的阅历，有如山川灵气、日月光华；秋日的爽朗，秋风的沉醉，无不使人生之秋的果实更加甜美。春花夏果存在于秋实之中，人生的秋天包含着人生的春天和夏天发展变化了的形态，而在人生的春天和夏天，却还看不到秋天的影子。

生命的琴弦在人生的秋天音色动人，但如果不去弹奏，也不会成为金声玉振。人生之秋的收获并不是用生命去放债，到期收取利息、享受权利，比如坦然接受社会的回馈和子女的赡养；而是收获学习创造的成果，收获人生价值和人的全面发展。这当然不只是在人生的秋天才有的收获，但无疑在人生的秋天最成熟。就像生长着的树干，在春天和夏天水分较大，木质不那么坚实，因为它要为生长其上的枝叶输送养分，较多"为人"；到了秋天，这一义务已经尽到，就可以更多地"为己"，从而使自己变得坚实起来。

在人生的秋天，因尽到人生的义务而获得的权利，并不完全像"老牛粗了耕耘债"那样；而"啮草坡头卧夕阳"，也不可单纯理解为吃饭和休息，更重要的意义和更可贵的价值，在于可以做自己想做的事情。人生大多时候都不可能完全按照自己的意志去做自己想做的事情，即便从事一份适合自己兴趣爱好的工作，也必须首先服从工作的需要，首先去做不得不做的事情。只有到了人生的秋天，该做的都做过了，再做已经不适应了，或者不再为职业和社会所需要，抑或需要为后人让出一个位子，于是不得不做的事情越来越少，而为做自己想做的事情留下越来越大的空间，使之成为人生之秋特有的权利。

自己想做的事情根植于生命的深处，却不一定是从娘胎里带来的。作为一种价值，它在人的生命进程中确立，正如人的口味在他的饮食习惯中养成，人的审美趣味在他的文化环境中形成。它在生活中一点点积淀起来、升华起来的，到后来已成为生命本身的内在需求。它可能是人在生命的春天和夏天的学习和创造的继续，因而带有专业和职业的特点。譬如一位手工艺人，对泥人艺术的追求可能已成为他生命的内在需求，他活一天就要捏一天泥人，但为了完成别人的订货仍然是不得不做的事情，而创造一个自己满意的艺术品才是他最想做的事情。他半生应社会的需求捏泥人，到了人生的秋天，就可以为自己捏一个泥人。

自己想做的事情，相对于自己倾注了半生精力的不得不做的事情而言，也好比是为自己捏一个泥人。笔者年轻时就这样想过，但只有临近人生之秋时，这种想法才渐渐变得现实起来。半生读书写作，到了人生之秋无非还要读书，但只读自己想读的书，而不再为工作需要而读那些不得不读的书，即便知识结构有所欠缺也在所不顾；还要写作，但只写自己想写的东西，只为创造一件自己满意的精神产品，而不再为完成一个接一个的任务。这是人生之秋的收获——当"收获"作名词时，可以指摘取到的生命之树上最甜美的果实；当"收获"作动词时，又是一种忙碌而又愉快的劳作，恰如农家在秋天的田野里收割。虽然读书也苦，曾被视为"十年寒窗"，写作也难，只有饱尝其中滋味的人感受最深，但源于生命的内在需求，符合自身的天性，便不觉其苦，而但觉其乐了。这又像老牛"啮草坡头卧夕阳"一样——读书和写作就像老牛吃草和反刍，而坡头夕阳就好比一种特别适意的精神空间。

"身闲贵早"贵在哪里？对于半生辛劳的人们来说，早日得到闲遐不仅在于早日得到休息和娱乐，而且在于早日做自己想做的事情。余秋雨先生引余光中先生的话说："一切都是忙出来的，惟独文化是闲出来的"。这里的"闲"，如果不是理解为什么也不做，而是理解为做自己想做的事情，那么笔者相信，这样的"闲"的确可以闲出文化来。德国思想家叔本华一方面承认，"闲暇，即一个人充分享受自己意识和人格的时间，乃是生存得以休息的产物"；另一方面又认为，"闲暇乃是生活之花，抑或生存之果，闲暇使人回到自身时，的确，只有那些自身拥有某些真正的东西的人才是幸福的人"（《人生智慧》）。如何回到自身，什么是自身拥有的真正的东西？为自己捏一个泥人，大概就属于这样的"生活之花，抑或生存之果"。

　　著书自娱，曾经是许多古人辞官归隐后的选择。著书而可以自娱，足见著书就是他们自己想做的事情。明朝王圻历任知县、知州及按察佥事、布政参议等职，做官大概还不是他最想做的事情，所以他做到中途，便辞官归养。他在淞江之滨为自己构建了一个精神空间，种梅万树，自号"梅花源"，在这里"以著书为事，年逾耄耋，犹篝灯帐中，丙夜不辍"（《明史·文苑传》），留下了《续文献通考》、《续定周礼全经集注》等大量著述。我们今天看到的古籍，许多都是古人在人生之秋摘到的果实。

　　"尘世难逢开口笑，菊花须插满头归。"（杜牧《九日齐山登高》）人生之秋是摘取生活之花和生存之果的季节，但生命的琴弦在人生的秋天之所以会成为金声玉振，缘于自打春天起就一直绷紧。所以，那些在人生的春天和夏天里不倦学习、不懈创造的人，最有希望在人生的秋天摘取最甜美的果实。因为，通过学习创造，他形成了思想，锻炼了能力，积累了学识，丰富了阅历，这样，当他进入人生之秋的时候，才比较容易开始一种新的生活；无疑，他还需要更加勤奋地学习和创造，但他毕竟掌握了一把可以打开精神宝库大门的钥匙，比较容易登堂入室。

　　假如人生也有一个冬天，那么，"冬天只能伤害那些无家可归，以及那些家无隔夜粮的人。那些已为冬季来临备足粮食的人们，即使在严冬里，他们也会得到最美好的思想与情感。"（米·努埃曼《人生之秋》）

山明水净

山明水净夜来霜，数树深红出浅黄。

试上高楼清入骨，岂如春色嗾人狂。

这是刘禹锡《秋词》第二首。真正在大自然中度过秋天的人，对秋天的山明水净都能心领神会：秋日晴朗，秋高气爽，草木繁茂，纤尘不起，秋天的山野异常明净；暴雨不至，山洪不发，泥沙澄清，明泉落窦，秋天的溪流异常清澈。秋山之明，秋水之净，令人神清气爽，亦如人生之秋清心寡欲，不像春色那样令人颠狂。

人生的春天是恋爱的季节，而到了人生的秋天，爱情已随青春远去，没有了"爱河饮尽犹饥渴"的烦恼，不再"为伊消得人憔悴"。有人问古希腊悲剧诗人索福克勒斯：爱情适于老年吗？索福克勒斯平静地回答说："我非常高兴我逃脱了你所讲的爱情；我感到摆脱它，犹如摆脱了一个疯狂、暴躁的主人。"在柏拉图的《国家篇》中，凯发卢斯（一译塞弗拉）回答苏格拉底关于老年是不是"人生的一个难以忍受的阶段"时，认为索福克勒斯的回答很好，并说："年纪大了确实要清心寡欲，如果能这样做，那真是一种福气和解脱。当内心强烈的欲望平息下来，不再有更多的愿望时，我们确实摆脱了许多穷凶极恶的奴隶主的羁绊，这就是索福克勒斯的意思。"

人生之秋是否清心寡欲，不可一概而论。固然有所谓五十九岁现象，即临近退休捞一把；但在人生之秋，生命之火毕竟不再像青春时期那样熊熊燃烧，没有了青春时期那种源于生命力的躁动不安，那种受制于血液和荷尔蒙的无意识冲动，那种由生理而至于心理、由爱情而至于其他许多方面的渴求。佛教把"求不得"即众生有所欲求而得不到满足的痛苦视为人生的"八苦"之一，叔本华等人也把欲望得不到满足看作人生不幸的根源，人生的幸福虽然不能简单地理解为欲望的满足，但那种得不到满足而又不断产生的欲望，的确会带来许多痛苦，或者至少近似于痛苦的东西，这也就是为什么许多人在青春时期反而缺少幸福感，甚至会以为青春常与痛苦相伴。而在人生之秋，随着生命力衰退，许多情欲已经淡漠，便是所谓五十九岁现象，也并非源于生命自身，而更多缘于利益关系。凯发卢斯也并不认为年纪大了就一定会清心寡欲，只是说"如果能这样做"，也就是到了可以清心寡欲的时候，如果能从爱情以及许多其他情欲的羁绊下解脱出来，那么的确可以获得一种自由，因而"是一种福气和解脱"。

然而，欲望也是幸福的要素，确切地说，那种可以满足的欲望是幸福的要素，当它作为一种向上的动力，推动人们有所追求，从而树立起某种理想和目标，并为理想和目标的实现而奋斗时，那么幸福就在其中了。人往高处走，在人们追求幸福的过程中，欲望的原动力可以升华为一种牵引人们向上、推动人们奋斗的精神力量，在这个意义上，它曾经是幸福的要素。既然如此，那么人生之秋从许多情欲中解脱出来，岂不是失去了某种可以使他幸福的东西？正如食欲不振时，食物的滋味就不那么香甜，如果对许多事情失去兴趣，生活岂不枯燥乏味？不是不存在这个问题，这也就是老年人为什么不像年轻人那样渴望幸福。但欲望没有穷尽，而可以满足的却十分有限。对一般人而言，问题不在于欲望不足，而在于欲望过剩而得不到满足。欲望不难得，难得的是满足。

　　青春时期由于生命力旺盛，生活的路还很长，各种情欲往往远远超出可以满足的限度，而不具现实可能性；并且由于对人生认识不足，其中混杂着许多自己并不真正需要，也永远得不到满足的欲望，所以不如意事十常八九。而在人生之秋，也并不是心如枯井，还有许多需求和愿望，甚至同样会超越满足和实现的可能，但由于毕竟已从许多情欲中解脱出来，那些仍然保留的需求就比较容易满足；并且由于剩下的岁月有限，加之对人生的认识已达到一定深度，他抛弃的更多是他并不真正需要的和不切实际的想入非非，他保留的更多是他真正需要的和可以实现的愿望和需求，而这对他的幸福来说已经足够了。

　　在十八世纪苏格兰传记作家鲍斯威尔的《约翰逊传》中，哥尔斯密说："约翰逊先生，我想，你现在不去剧院了。你如果没有与舞台有关的事，你不关心一出新戏。"约翰逊说："先生，我们的趣味变化很大。大孩子不喜欢小孩子的拨浪鼓，老年人对年轻人的邪念不感兴趣";"当我们在生命的旅途中前进的时候，会甩掉某些本会使我快乐的东西；不论是因为我们疲倦了，不想再做其他事情，还是因为我们发现了我们认为更好的东西都一样"。就像大孩子不喜欢小孩子的拨浪鼓，老年人对他曾经喜欢的东西可能失去兴趣。比如，他不再欣赏青春偶像派的作品，那些缠绵悱恻的感情纠葛已不再使他激动；他也不再喜欢读爱情题材的小说，即便重新捧起一部年轻时曾经让他入迷的作品，也可能兴味索然。部分原因是他失去了青春时期那种生命冲动，那种情欲和无意识的精神需求，即约翰逊所谓"邪念"；部分原因则是他的生活向前发展了，随着人生阅历的增加和欣赏趣味的提高，他重新审视那些作品的艺术价值及其与生活的关系，可能会发现它们相当浅薄而不堪卒读。

老年人的确是疲倦了，所以丢掉了许多曾经使他快乐的东西；老年人的确可以发现一些更好的东西，这是人生长途赐予他的礼物。西班牙旅美作家桑塔亚那说："在老年人的宁静生活中，精神大概比较容易进入人的存在，在那里比较平静地住下。"（《我的世界之主》）从前的那些情欲少了，但并没有消失得无影无踪，而可能升华为一种内在的精神需求，这使他可以更多地通过内求（求诸己）而获得精神上的自我满足，而较少外求（求诸人），降低对环境和他人的依赖。他仍然执着的理想和目标，经过生活的反复锤炼，已为他所真正需要，并且离他越来越近了。他远离吃五喝六、前呼后拥（吆喝与被吆喝、簇拥与被簇拥）的生活，杜门却扫、深居简出，长年不入闹市。他耐得寂寞，不再受歌舞场的诱惑，而可以在平静的书桌前坐下来，做自己想做的事情。他没有过多的需求，因而不感到失望；不寻求短暂的满足，因而也没有长久的寂寞。

在人生的秋天，血和肉的活力极大限度地松弛下来，胸间没有炽燃的火焰，没有抽击心与脑的长鞭，没有缠绕枕席的梦幻，没有耸入云霄的宫殿，没有幸福之光照耀下的双眼。然而此时此刻，人却有不可意料的幸福临门；因为他永远地摆脱了欲望的引诱和唆使，而且那种诱使是不可救药的。（米·努埃曼《人生之秋》）

寄老窑之谜

家乡有一座阳曲山，是太行山脉主峰之一。阳曲山下有个名叫马连曲的村子，村头石壁之上，除了一个大溶洞口，还有一系列人工开凿的石洞，悬在崖壁中间。这些石洞是什么年代什么人开凿出来做什么用的，没人知道。说是住人吧，洞口离地尚有丈余，没有梯子很难上去。一次与县委通讯组的朋友同行，他说那是寄老窑，使我惊疑不已：一是对寄老窑的存在难以置信；二是如果真能证明是寄老窑，其价值难以估量。记得上个世纪曾有媒体报道，中原某地发现了一系列古代遗存的土窑，据专家推测可能是传说中的寄老窑；但数十年过去了，并没有见到下文，想必不能证明，或已被否定。

传说中的寄老窑形同牢房，老人一旦进去就封住洞口，不再出来，直到老死；但死前还有人送饭，所以还留有一个送饭的窗口。用这样的窑洞寄养活到一定年龄的老人，不仅是对老年人的虐待，而且反映了某种贱老观念，显然有悖于中国的传统文化。中国古代贵老、尚齿，特别是封建社会以孝治天下，在老人受到普遍的尊崇和优待的情况下，寄老制度和习俗的存在是不可思议的，事实上既没有被考古发现所证明，也没有留下任何文字记载。但若说中国历史上从来没有过寄老窑，为什么许多地方都有类似传说？笔者幼年就听说过这样一个故事——

人生七十古来稀，从前老人年过六十就被视为无用，寄养在村外的窑洞里。有一年，皇宫里出了一个怪物，状如巨鼠，满朝文武奈何它不得，不得不从民间召人来降伏它。召来的人又都被它吃掉，所以没人愿去，朝廷于是采取类似于抽丁的强制办法。这天抽到某人，他自知此去必死，行前最后一次给寄老窑里的父亲送饭，说出了实情，并与老父诀别。老父得知怪物状如老鼠，就给他出了个主意，让他在袖子里藏一只猫。他到皇宫见了怪物，以手掐猫让它发出叫声。真可谓一物降一物，猫每叫一声，怪物就缩小一圈，最后变成普通老鼠大小，他于是放出猫来，将怪物吃掉。功成之后，他受到皇帝召见。皇帝问他怎么想出这个办法，他承认是已进寄老窑的老父的主意。皇帝这才知道老人还有点用处，于是下令废除了寄老制度。

　　这虽然不过是传说，但类似传说在民间流传甚广，却不像是无源之水，而可能是留在民族意识深层的记忆。这传说如果有点影子，就可能起源于有文字记载以前的时期，由于太过遥远，在口口相传中被后人附会了一些相对晚近的内容，却仍然曲折地反映了某种曾经有过的现实。即便是传说，也可能于史有载，如皇帝尧舜都是传说，但有关寄老窑的传说却没有记载，或许因其有悖于传统文化，而被史家选择性忽略。史书中虽然难觅寄老制度的踪影，但许多民族的早期都曾有过贱老的观念，却于史可稽。

　　《史记·匈奴列传》称，匈奴国"壮者食肥美，老者食其余。贵壮健，贱老弱"。汉文帝与匈奴和亲，以宦官中行说为公主傅，送公主前往匈奴。这是一趟苦差，中行说本不愿去，但朝廷要让他去，他不得不去，于是说："必我行也，为汉患者。"他既然发誓要与汉朝作对，一到塞外便降了匈奴，为匈奴人出谋画策——关于这一点，电视剧《汉武大帝》做了形象的演绎，给人留下深刻印象，自不必说。后来，朝廷又派使节出使匈奴，新来的汉使与中行说有一段对话——

　　　　汉使或言曰："匈奴俗贱老。"中行说穷（诘难）汉使曰："而汉俗屯戍从军当发者，其老亲岂有不自脱温厚肥美以赍送饮食行戍乎？"汉使曰："然。"中行说曰："匈奴明以战攻为事，其老弱不能斗，故以其肥美饮食壮健者，盖以自为守卫，如此父子各得久相保，何以言匈奴轻老也？"

　　中行说一方面驳斥汉使关于匈奴轻老之说，一方面指出，匈奴人的某些行为在汉人身上同样有所表现。中行说毕竟是汉人，汉文化的影响根深蒂固，他对汉使的驳斥还是从汉人的价值观出发，以贱老为恶。其实，如果匈奴人确有贱老之俗，那么在他们的观念中，大约并不以"贵壮健，贱老弱"为恶，倒会对汉人的贵老感到难以理解。善与恶是一对历史范畴，贵老还是贱老，离开一定的社会发展阶段和生产方式，很难说何者为善，何者为恶。匈奴是游牧民族，逐水草而居及"明以战攻为事"，都需要强健的体魄。让壮健者先吃饱吃好，有利于增强整体战斗力，战而胜之则老幼皆安。世界上许多民族都经历过游牧阶段，因而也可能都有过贱老的习俗。《后汉书·乌桓传》也说，乌桓民族"贵少而贱老"。人类是从蒙昧时代、野蛮时代走向文明时代的，游牧阶段出现在一个民族的早期，因而可能更多地保留着生存竞争的痕迹，贵壮贱老可能是生存竞争的需要，因而具有某种历史必然性。

　　某种观念可能有自身演变的轨迹，但归根到底是社会存在的反映。生产力低下可能是贱老观念的根本历史原因。中国历史上如果真的存在过寄老窑，那么很可能是在史前时期，由于生产力极度低下，物质产品严重匮乏，难以满足所有社会成员的生活必需。在这种情况下，把老年人寄养起来，把有限的资源让给壮健者，以保证物质产品的再生产，也许有利于种族的繁衍生息。

老未可轻

《左传·僖公三十二年》：秦穆公不听蹇叔劝阻，决定劳师远袭郑国。蹇叔哭送秦师于都城东门之外，对秦将孟明视说："孟子，吾见师之出，而不见其入也！"这是对秦师命运的准确预见，但听起来却像是丧气话，说重点还有动摇军心之嫌。秦穆公于是派人申斥蹇叔："尔何知！中寿，尔墓之木拱矣。"意思是：你知道什么！如果你活个中等寿命（而不是像事实上这样老），你坟墓上的树木已经合抱了！"言其过老，悖不可用"（杜预注），且有"老不死"的意思，是一句颇为经典的骂人话。这话如果是秦穆公自己想出来的，不用说，表现了他对老年人的蔑视；如果是当时的现成话，则还说明当时社会上存在轻视老年人的观念。

《左传·僖公三十年》：晋、秦两个大国联盟伐郑，郑国危在旦夕。郑伯接受佚之狐的建议，请烛之武去见秦君。烛之武推辞的话，如果补足大前提，就成了一个完整的"三段论"——

（老年不如壮年有能为）

臣之壮也，犹不如人；

今老矣，无能为也已。

论辩中的大前提通常应被视作当然之理，可以得到时人的普遍认同，否则便难以服人。从这一"三段论"省略的大前提看来，轻视老年人，认为年老人"无能为"，在当时可能是一种较为普遍的看法。

中国古代在制度和习俗层面上的贵老、尚齿，并不妨碍在实际生活中存在轻视老年人的观念。这也是一种二律背反，即一方面贵老，一方面又轻老。如果说贵老是一种长期形成的比较稳定的文化观念，那么轻老则是老年人的弱点在人们头脑中随时随地的反映。即以秦穆公而言，这两方面在他身上都有所体现：国有大事先"访诸蹇叔"，可见还比较重视老年人的意见；但当蹇叔的见解不合他的意愿，并被蹇叔哭帅的行为所激怒时，就说出"尔何知"云云的话来。老年人精力衰微，难以胜任繁重的工作，来日无多，难以担当长远的使命，在这个意义上说他们"无能为"，不过是说出了一种事实；但对老年人说"尔何知"，则一并否认了老年人的智慧和经验。

其实，老年有老年的劣势，也有老年的优势。老年人体力和精力都比不上年轻人，但他们丰富的阅历和智慧，特别是准确的判断力，往往又是年轻人比不了的。战国时期有个楚丘先生，他在七十岁时，披裘带索去见孟尝君，连走路都显得力不从心。孟尝君说："先生老矣，春秋高矣，何以教之？"楚丘先生说："噫！将（以）我而（为）老乎？噫！将使我追车而赴马乎？投石而超距（跳远）乎？逐麋鹿而搏虎豹乎？吾已死矣！何暇老哉！噫！将使我出正辞而当（应对）诸侯乎？决嫌疑而定犹豫乎？吾始壮矣，何老之有！"（刘向《新序》）楚丘先生这番话所以能服人，就因为他把老年人的劣势和优势都讲得很充分。孟尝君起初显然有轻楚丘先生之心，及至听了楚丘先生这番言辞，于是"逡巡避席，面有愧色"，转变了态度。

楚丘先生说得不错，担山背河都不是老年人的长处，但若论智慧和经验，老年人却往往略胜一筹。"出正辞而当诸侯"是老年人的优势，烛之武不辱使命，以他透辟的洞察、雄辩的言辞说服了秦穆公，拆散了秦晋联盟，挽救了郑国的危亡，就是明证；"决嫌疑而定犹豫"也是老年人的优势，蹇叔深谋远虑，全面地分析了袭郑的不利因素，准确地预见到秦师的失败，也是明证。正如英国作家乔叟在《坎特伯雷故事》中写道："老话说得有理，高年是占优势的；高年可以带来智慧与经历。人们尽可跑得比老年人快，却不能超过他的智力。"

老年人的这种优势，使他们可以担当年轻人难以担当的某些重任，如古罗马学者西塞罗所说："大事业的成就不是靠筋肉，速度，或身体的灵巧，而是靠思想，人格，或判断；在这几点上，老年人不但不比别人坏，而且比别人好。"（《论老年》）老年人的判断建立在丰富的阅历之上，他们阅事既多，有着丰富的经验可供借鉴和参照；而年轻人则缺乏这种借鉴和参照，所以"青年的才能是发明，老年人的才能是判断；我们可提供的东西越少，我们的判断便越难使人满意"（斯威夫特《杂感》）。老年人思想比较成熟，他们早已过了孔子所谓"不惑"的阶段，不大容易为时俗和情感所左右，"因为老年人阅世既深，才能觉察事物的实在价值"（黑格尔《历史哲学》导言）。

　　人的智慧和经验是从生活和学习中得来的，老年人已经生活了一辈子，学习了一辈子，在智慧和经验上占有某种优势是完全应该的。老年人的智慧和经验是一笔宝贵财富，在他们有生之年虽然还会派上用场，但从发展的眼光看，对他们自己来说已不重要。人们说钱财是身外之物，生不带来，死不带去；智慧和经验虽不是身外之物，生何尝带来，死何尝带去！作为人类创造的知识文化成果，如果得不到继承和发展，无疑是一种损失。而只有尊重老年人，重视老年人的价值，注重向老年人学习，才可能继承老年人的智慧和经验。

　　战国名医扁鹊年轻时负责管理客舍，往来住宿的客人中有一位长桑君——古人以为是神人，而除去其神秘色彩，当是一位老者。扁鹊对长桑君"独奇之，常谨遇之"，也就是独具慧眼，重视长桑君的价值，并且非常敬重地对待他。这样交往了十多年，扁鹊也得到长桑君的信任和器重，长桑君于是将独家医术传授给他。扁鹊之所以成为名医，固然离不开自己对医术的努力钻研，却也与继承长桑君的医术分不开，他独特的诊脉之法大约就是在继承前人的基础上创造的。

　　辅佐刘邦建立西汉政权的张良，少年时游下邳，在圯上适逢黄石公将鞋子掉在圯下，让他去取。在这位公子哥看来，这属于无理要求，本来难以忍受，甚至产生了打人的想法；但看在他是个老人的份上，还是强忍着怒气下去给他取鞋，取上来又按他的要求给他穿上。张良这样做不过是"为其老"，但正是这一念使老人认为他"孺子可教"。此后张良赴老人的约会，经过反复后期终于先至，从而使得老人授予他《太公兵法》，"读此则为王者师矣"。这些故事都说明，尊重老年人是会有好报的。

老去文章

买只牛儿学种田，结间茅屋向林泉；

也知老去无多日，且向山中过几年。

为利为官终幻客，能诗能酒总神仙。

世间万物俱增价，老去文章不值钱。

这八句诗引自《警世通言》第十八卷《老门生三世报恩》，与明朝开国大臣刘伯温的《辞职自遣作》无疑是同一首诗。其中"老去文章不值钱"若从《三言》的编撰者冯梦龙的角度理解，或指古代科举制以文章取士，老年考生的文章不被看好；窃以为还有另一层意思，"老去无多日"时，再出来做官意义不大，文章作为敲门砖的价值也就大打折扣，所以说不值钱了。这对屡试未举（第）的老生员而言，有点发牢骚的意味，也有看破功名的意味，姑且不论。这里要说的，是就广义而言，"老去文章不值钱"又是一种普遍看法。

写文章需要创造力，人到老年虽然智慧和经验更丰富了，但创造力可能已经衰减，所以古人有"文老而衰"之说。宋代科举殿试有所谓"特奏名"，即在会试或殿试中屡次落第的贡士，遇殿试时由礼部另立名册奏上，特许参加附试。宋仁宗曾诏定参加特奏名殿试的标准，如年纪五十以上、参加进士考试五次以上等等，后世以为常制。据北宋朱彧《萍州可谈》，宋神宗元丰年间特奏名殿试，有位七十来岁的老贡生在试卷上写道："臣老矣，不能为文也，伏愿陛下万岁万万岁。"这在现代就得说是"白卷先生"，但神宗却"嘉其诚，特给初品官，食俸终其身"。特奏名属于恩例，横竖不过是显示"皇恩浩荡"，这位老贡生敢于承认自己不能为文，博得皇上同情，就因态度老实而沐浴皇恩了。

这位老老贡生可能知道自己即便作出文章也难入皇上法眼，却也可能真的写不出。他年轻时已不如人，何况已是七十高龄，进士考试屡战屡败打击了他的信心，在皇帝监考的场合可能更加发挥不出来。人的文思会随着年龄的增长而衰减，即便年轻时文思泉涌，到了老年也会文思枯竭。晚明张岱《陶庵梦忆》记"帖括名士"漏仲容的话说：

　　吾辈老年读书做文字，与少年不同。少年读书，如快刀切物，眼光逼注皆在行墨空处，一过辄了。老年如以指头掐字，掐得一个只是一个，掐得不著时只是白地。少年做文字，白眼看天，一篇现成文字挂在天上，顷刻下来，刷入纸上，一刷便完。老年如恶心呕吐，以手挖入齿啰出之，出亦无多，总是渣秽。

对于"文老而衰"，这番话可谓描摹得淋漓尽致，张岱也说："此是格言，非止谐语。"这一点虽然不可否认，却也不尽然，张岱的《陶庵梦忆》和《西湖梦寻》都是他老年的作品，而其中的《柳敬亭说书》和《西湖七月半》等又都是脍炙人口的名篇，可见老年人未必写不出好文章。

写文章属于脑力劳动，只要脑子能动就不会写不出来。我们知道，当代大家巴金、季羡林、张中行等人都是九十多岁还在写文章。所谓"老去文章不值钱"，从文章的影响力看，可能缘于人微言轻，写文章的人"退居二线"、被边缘化以至被遗忘，没人买他的账，文章自然不值钱了；从文章本身看，则可能缘于江郎才尽，才华随着年华流逝，锐气因为暮气消磨，拿不出像样的货色了。苏轼是唐宋八大家之一，他的文章"虽嬉笑怒骂之辞，皆可书而诵之。其体浑涵光芒，雄视百代，有文章以来，盖亦鲜矣"（《宋史·苏轼传》），但如此造诣多半在他盛年时就已达到，至于他晚年的文章，却也不乏訾议。明代谢肇淛比较他不同时期的文章，从中得出结论——

> 人之才气须及时用之，过时而不用则衰矣。如苏长公（对苏轼的尊称）少时多少聪明，文章议论，纵横飞动，意不可一世。屡经摧折，贬窜下狱，流离困苦，至不能自保其身，故其暮年议论，慈悲可怜，如竹虱鸡卵，亦称佛子，食数蛤蟹，即便忏悔，向来勃勃英气消磨安在？（《五杂组》）

对于写文章的人来说，人生阅历本来是一笔财富，曲折的经历可以成为丰富的素材，有助于文章更加厚重；但苏轼因言获罪，又处在思想禁锢的时代，他的勃勃英气便在一次次贬窜中消磨殆尽。这当然不无道理；不过，倘若超越苏轼的特殊经历，从更普遍的意义上来看，恐怕又不仅如此。人到暮年，思想气质已发生了很大变化，便是不曾经历过生活的坎坷，文气恐怕也会变的。如激情消退，生活中的事物不再给他以新鲜而强烈的触动，灵感也不再光顾于他；随着对人生认识的深化，淡漠了年轻时看重的某些价值，开始关怀某些年轻时未必关怀的问题……只是这些变化未必全是坏事，给文章带来的未必全是负面影响。

过了盛年时期还坚持写作的人，对精力下降、创造力衰退都深有体会。德国作家歌德一生并没有经历过多少坎坷，但他和爱克曼谈到人生不同阶段的创造力时说："你想那有什么办法！就拿我自己来说吧，我也再写不出我的那些恋歌和《维特》了。我们看到，创造一切非凡事物的那种神圣的爽朗精神总是同青年时代和创造力联系在一起的。"他对比了不同时期的写作情况："我生平有过一段时期，每天要提供两印刷页的稿件，这是我很容易办到的"；而他晚年写《浮士德》第二部的时候，每天"在最好的情况下能写出一页手稿，一般只写出几行，创造兴致不佳时写得更少"。创造力充沛时他能在任何条件下写作，"不管在露天、在马车上还是在小旅店里都是一样"；而晚年的写作"只有在时作时息而条件又有利的情况下才办得到"，通常"只有上午才能工作，也就是睡了一夜好觉，精神抖擞起来了，还要没有生活琐事来败兴才行"。作为从事过去所谓"爬格子"职业的人，笔者虽然不能和歌德相提并论，也远未活到歌德的年龄，但为了可持续写作，也只在精力充沛的上午写作，并且每天也只写几百字。

歌德所谓创造一切非凡事物的神圣爽朗精神，苏轼那种"纵横飞动"的才华，都是青年时代特有的。我们也曾有过那种时候，尽管我们没有达到那种高度，但确有一个时期写东西比较顺，那时思想活跃，灵感丰富，简直有点嬉笑怒骂皆成文章的意思。那种状态一生可能只有一次，因故中断或未能坚持下来，过一段时期可能就再也找不到那种感觉了。但并不是说就到此为止了，人总是可以通过种种努力不断超越自己。也许我们再也找不到灵感，但知识和阅历却可以弥补灵感的不足，我们虽然再也写不出年轻时的文章了，却可以写出年轻时写不出的文章，因为我们年轻时还没有达到后来的功力。如果不附加社会因素，仅就文章论文章，老去的文章未必不值钱，而毋宁说与年轻时的文章各有千秋。歌德将不同时期的写作，比作从不同的位置看世界，他的比喻颇为精彩，不妨照录于下——

"当然，我们对这个世界，从平原上去看是一个样子，从海岬的高处去看另是一个样子，从原始山峰的冰川上去看样子又不同。从一个立足点比从另一个立足点所看到的一片地界可能广阔些，不过如此而已，但是不能说，从这个立足点上看到的就比从另一个立足点上看到的更正确些。由此可见，如果一个作家要在他生平各个阶段上都留下纪念坊，主要的条件是他要有天生的基础和善良意愿，在每个阶段所见所感都既真实而又清楚，然后就专心致志地按照心中想过的样子把它老老实实地说出来。这样，他的作品只要正确地反映当时那个阶段，就会永远是正确的，尽管他后来可能有所发展和改变。"（《歌德谈话录》）

这里"永远是正确的"说法有问题，不过，理解为各个时期的作品都有价值，大约是不错的。歌德八十岁时还在写《浮士德》第二部，而这部直到他临终前才完成的著作却是他的代表作。他写《西东胡床集》那些诗时已七十高龄，每天还能写出两三首，可见创造力依然充沛。巴金年轻时创作的《激流三部曲》，被认为是中国现代文学史上描写封建大家庭生活的最杰出的长篇小说；而他晚年写作的《随想录》也被认为是一部大书，不仅达到了他的散文创作的新高度，而且在整个中国现当代散文创作中不愧为继鲁迅之后又一个高峰或里程碑。西方没有科举制，因而也没有"老去文章不值钱"的观念；相反，培根在《格言》中倒是认为："老树最易烧；陈酒最好喝；老朋友最可信；老作家最受欢迎。"在他，恐怕是宁愿读老作家的作品，而不去看《正在发育》的。

古人也有"文老不衰"的说法，其实还是以"文老而衰"为前提的，似乎说当衰不衰，是一种例外。唐太宗作《帝京篇》，命李百药以诗应和。李诗既成，太宗叹其精妙，手诏曰："卿何身之老而才之壮？何齿之宿而意之新？"（《大唐新语》）这两个问号，也是对通常看法的提问。通常以为，老年文章缺乏年轻时那种才气和新意，但已不年轻的李百药诗中却不乏这两种东西。宋人文莹在《玉壶清话》中列举文老不衰的例证，其中曾公亮"垂八十，笔力尚完"。曾布谪（被贬）守鄱阳，曾公亮手书一束慰问他："扶摇方远，六月去而不息；消长以道，七日自当来复。"有人以为这是"神驱于气使之为尔"，意谓这种老当益壮的气势源于内在气质。可见凡事不可一概而论，只要保持健康的精神状态，不断超越自己，"老去文章"不仅可以有价值，也可以有气势。

生命久暂

小年和大年

北宋惠洪《冷斋夜话》所记周贯是一个修仙学道的人，却也不能不死——只不过不叫死，而叫"化"——当其将化时，有人问他已经活了多少岁，他以诗作答："八十西山作酒仙，麻鞋轧断布衣穿。相逢甲子君休问，太极光阴不计年。"这未免有吹牛之嫌，但他将不以年计的光阴称为"太极光阴"，庶几道出了一个宏观的时间概念。不以年计，以什么计？太极光阴不好说，地质年代则以"纪"计，如三叠纪、侏罗纪。

宏观相对于微观而言，既有宏观时间，就有微观时间。佛教有所谓刹那或须臾，"如壮士一弹指顷，六十五刹那"（《俱舍论》），现代则可以精确到若干分之一秒。具体到生命存续的时间，也有宏观与微观的差别，《庄子·逍遥游》提出了小年和大年的概念——

　　小知不及大知，小年不及大年。奚以知其然也？朝菌不知晦朔，蟪蛄不知春秋，此小年也。楚之南有冥灵者，以五百岁为春，五百岁为秋；上古有大椿者，以八千岁为春，八千岁为秋。

同一的时间，对于不同的生命，确乎不可同日而语。假如朝菌或蟪蛄有意识，而你对它们说：上古有一种大椿，生长其上的树叶一万六千年才进行一次新陈代谢，飘落陈叶，长出新叶。那么，它们必定一脸茫然，因为朝菌对一天之中有早上和晚上、蟪蛄对一年之中有春天和秋天，都不曾有过经验，"以八千岁为春，八千岁为秋"远远超出了它们所能理解的范围。

《庄子》所谓小年，无非指短暂的生命，却也可以理解为微观时间；所谓大年，无非指长久的生命，却也可以理解为宏观时间。长短相形，有所参照才可以论短长，生命短暂还是漫长，都是相对而言。上古之大椿的生命可以说很长久了，但同永恒的天地比起来，仍不可谓不短暂。人不用说寿齐天地，便是与"以五百岁为春，五百岁为秋"的楚南之冥灵相比，也差很远，但同不知晦朔的朝菌、不知春秋的蟪蛄比起来，生命不是很漫长吗？

清人沈起凤的幻想小说《蟪蛄郡》，大约就是对《庄子》"蟪蛄不知春秋"的演绎。书生戴笠好读搜神探异之书。一个雪天的午后，他醉眠卧榻，睡梦中接到一位小国之君的诏书，被延请到一个地方，那里却已是芙蕖照水的新秋。陪同他的贵官解释说："吾郡去中华四万七千余里，名曰蟪蛄郡。以日为年，朝则春，昼则夏，晚则秋，夜则冬；无纪年书，视四时草木以为候。今芙蕖出水，吾郡之新秋，中华之午牌后也。"说话的当儿，已朔风渐烈，梅花凌雪，秋去冬来。戴生做了郡主的丈夫，即所谓郡马，一天之后郡主便给他生了个儿子，半个多月后儿子已行冠礼（成人仪式），又过了些日子，郡主已面生皱纹，鬓发斑白，原来戴生来到此地，按该郡时间已六十二年。这时，他忽生思乡之念，辗转回到人间，已醉死（卧）两个多月了。

这是一个幻想故事，但不知缘于想象力贫乏，还是不习惯相对性思维，作者虽然虚构了一个蟪蛄的国度，但对时间的理解和感觉却仍然是人世间的。那里的人们格外注重长寿的价值，城市以"延年"（城门上镌刻的字样）为名，人们脖子上佩戴着祈愿长生的金锁，显然是从人世的视角出发，意识到自己生命的短暂，而将人类长寿的愿望赋予了他们。那里以为一年，在人的感觉中却如一天那样短暂，以至于说话之间已变换了季节，一个世代就像几个星期那样一晃而过。其实，中国古人并不缺乏想象力，也不缺乏相对主义的思想方法，如在黄粱梦的幻想故事中，主人家的黄米饭尚未蒸熟，梦中的卢生已出将入相几十年，几经沉浮，尽享富贵，直到儿孙满堂，无疾而终。戴生在蟪蛄郡达六十二年之久，至少应该像卢生那样，觉得岁月漫长而又阅历丰富。

蟪蛄不知春秋，但假如蟪蛄有时间意识，那么它一定不觉得生命短暂，而会觉得自己也活了那么久，从幼虫到成虫，经历了不同的生命形态；当其为蛹时，想必会期盼这段时间快点过去，以便早日生出羽翼，得见天日；一个夏天对它们来说，大概就像一个世纪那样漫长。对生命而言，时间的相对性也是一种主观性，表现在生命对时间的感觉也是相对的。假如一切生命都有知觉，那么同样的时间，在不同生命感觉起来可能是不一样的。那些存续在宏观时间里的生命（假如存在这样的生命），地老天荒也许并不觉得漫长；那些存续在微观时间里的生命，转瞬即逝也许并不觉得短暂。在"以五百岁为春，五百岁为秋"的楚南之冥灵感觉起来，千年也许如一年；在不知春秋的蟪蛄感觉起来，一天也许如一年。——如果说这也是一种小年和大年，那么已超出了《庄子》的原意。

古今中外，不乏有人喜欢思考生命与时间的关系问题，并借助于奇思异想来表现时间的相对性。《庄子》所谓朝菌，大约是朝生暮死的菌类植物，而《诗经》所谓"蜉蝣之羽，衣裳楚楚"的蜉蝣，与朝菌一样不知晦朔，却是一种小昆虫，它的成虫生存期极短，《毛诗》所谓"朝生夕死"，工具书上也说寿命短的只有几小时，美国作家富兰克林在《蜉蝣》一文中说它们"一天之内，生生死死好几代就过去了"。富兰克林写道：有一群蜉蝣聚集在一片树叶上，似乎在讨论什么——"原来它们正在热烈讨论两位外国音乐家的优劣比较——那两位，一位是蚋先生，一位是蚊先生；讨沦得非常热烈，它们似乎忘记了'昆虫'生命的短促，好像很有把握可以活满一个月似的。"而在另一片树叶上，一头白发老蜉蝣正在自言自语——

"我们哲人学者，在很久很久以前，以为我们这个宇宙

（即是所谓芳丽磨坊），其寿命不会超过十八小时的。我想这话不无道理，因为自然界芸芸众生，无不依赖太阳为生，但是太阳正在自东向西移动，就在我的这一生，很明显的太阳已经落得很低，快要沉到我们地球尽处的海洋里去了。太阳西沉，为大地周围的海洋所吞，世界变成一片寒冷黑暗，一切生命无疑都将灭亡，地球归于毁灭。地球的寿命一共十八小时，我已经活了七个小时了，说起来时间也真不少，足足有四百二十分钟呢！我们之间有几个能够如此尽享高寿的呢？我看见好几代蜉蝣出生，长大，最后又死去。我现在的朋友只是些我青年时代朋友的子孙，可是他们本身，咳，现在是都已不在'虫世'了。我追随他们于地下的时候也不远了，因为现在我虽然仍旧步履矫健，但天下无不死之虫，我顶多也只能再活七八分钟而已。我现在还是辛辛苦苦的在这片树叶上搜集蜜露，可是这有什么用呢？我所收藏我自己是吃不到了……"

白发老蜉蝣的思想显然是人类的思想，而富兰克林也将笔下的蜉蝣看作"人生的一个象征"。在老蜉蝣的意识里，芳丽磨坊就是"我们这个宇宙"，而太阳东升西落就是宇宙的开始和终结。由于没有一只老蜉蝣能够度过漫漫长夜而活到第二天早上，所以它们对于太阳还会照样升起完全没有知识，于是将自己生存的界限看作宇宙的界限，时间和空间的界限。但即便短命如蜉蝣，也并不觉得自己的生命多么短暂，倒是白发老蜉蝣由于

"看见好几代蜉蝣出生，长大，最后又死去"，而对自己"足足有四百二十分钟"的生命感到那样漫长。夏天的傍晚，我们也常常看到这种昆虫，成团逐队地在空气中飞舞，仿佛有闲情逸致讨论外国音乐家的优劣似的。但我们也不能不感慨它们活得从容，它们并不急于去完成一个短暂生命的使命（如果有更重要的使命的话），而将宝贵的时间用于飞舞，在夕阳下一现其转瞬即逝的辉煌——如果飞舞就是它们生存的意义，那么为什么不呢？

人间岁月长

"山中方一日，世上已千年"，说出了仙界和人间不同的时间概念，庶可看作古人关于时间相对性的一种猜测。但由于这种相对的时间概念分别存在于现实与幻想、自然与超自然之间，所以与其说是一种假说，不如说就是一个神话。

一日怎么会等同于千年？这种想法尽管十分奇特，却并非不可理解，《旧约·诗篇》"千年如已过的昨日，又如夜间的一更"，同样在一日与千年之间划上了等号，虽然不过是一种修辞，但许多想象都带有修辞性质。"山中方一日，世上已千年"也可以理解为一种夸张的说法，如极言岁月易逝，倏忽即过。

相传晋代樵夫王质进山砍柴，见两位童子对弈，于是放下斧头看起来。童子给他一物如枣核，他含在嘴里便不再有饥饿的感觉。一盘棋还没下完，童子就催促他回家。他找寻自己的斧头，却见斧柄已烂完。回到家里，才知道离家已数十年，乡里不复昔日的面貌，亲朋故旧已零落殆尽。这个传说有多种版本，较早见东晋虞喜《志林》。

尽管仙界时光飞逝，一日就跨越了人间数十年，但由于神仙长生不老，所以对他们来说，一日和千年差别不大，都是无穷岁月中有限的片段。这段时间长也好、短也罢，同样会成为过去，而未来同样无穷无尽，不会更多，也不会更少。也许正缘于此，在人们的想象中，对于长生不老的神仙的岁月，就不妨千年如一日地肆意挥霍，就像一个人的财富如果永远也挥霍不完，那么即便让他挥金如土，对他又有什么损害呢？所以，两位童子尽可以没完没了地下棋，下到地老天荒也无所谓，因为他们显然是长生不老的神仙；但樵夫王质就不同了，他是个凡人，一不小心闯进神仙世界，仅仅体验了一刻"太极光阴"，人间数十年岁月便不翼而飞。如果失去的就永远失去了，他将随同龄人一道老死，那么他一盘棋没看完，却因此虚掷了几十年岁月，就很不划算。如果他回到家里已是白发老翁，那么他一定会为没有来得及生活而深感遗憾。——这并不完全是我们的臆测，也正是古人从这类传说中得到的启示，如清人长白浩歌子在《萤窗异草》中就是这样看的——

学童金镛在近村私塾读书，每当下学回来，途中总有一位老婆婆与他说笑，说"小郎君大好相貌，将来宜偶天上人（以天人为配偶）"，并表示愿意为他做媒。金镛虽然年未"舞勺"

（不到十三岁），听了这话却也心向往之。稍大些，就问老婆婆："天人在何许，可容童子一识乎？"老婆婆指示他，此去三里有桃花当门而植之家，让他自己去找。第二天，他向老师请了假，来到老婆婆所说的地方。一位古稀老翁将他携进草堂，唤出一位风神婉丽的垂髫少女。他相信这位名叫紫玉的少女就是老婆婆所说的天上人，欣慰之余，遂生出"得与若人处"的愿望。老翁满足了他的愿望，让他留下来，天天与紫玉玩耍。这样过了些日子，也许情窦初开，一天，他说："予（我）得阿姊为妻，此生实无憾矣。"话没说完，老翁突然出现，样子非常生气，禁止紫玉与他游戏，并将对他施以暴打。他一害怕，逃窜而归。

　　回到家里，一切已面目全非。兄长早已过世，侄儿已是六十老翁，而他却尚未成人。侄儿以为他"冒人祖公"，正欲饱以老拳，幸好邻居有八十老翁，曾与他同学，还能说出他的身体特征。经过验证，他被村人奉为真仙。——至此，尚未脱出神仙故事的窠臼；但一夜之间，他却突变为白胡子老头，真正成为同窗邻翁的同龄人——用今天的话说就是与人间岁月"接轨"。大骇之余，他不胜太息："久居仙境，长若婴童，今处尘世一宵，须发皓然，无怪乎碌碌者之易老也。"故事讲到这里，正是要害处，虽有后话，已无足道，而作者的评论也缘此而发："人谓仙家日长，人间日短，固已。然以七十余年仅博得山中一岁，其多少（多与少）尚可数计哉？幸而遄返乃得成仙（此是后话）。使竟居此不复，不几以十数龄之黄童，转盼为八旬余之白叟，其去夜台（坟墓），犹有几耶？余因谓仙家日短，究不若人间之日长。"

"仙家日长，人间日短"是传统看法，在神仙不死的意义上，仙家日长，在凡人生命有限的意义上，人间日短。但无论仙界还是人间，如果用同一标准衡量时间，则完全可以得出相反的结论："余因谓仙家日短，究不若人间之日长。"这正是上述故事的新意所在。

本来，神仙和凡人是"两股道上跑的车"，神仙不适用人间的时间概念，凡人也不适用仙界的时间概念；但如果仙凡错位，如让神仙下凡、凡人遇仙，又将怎么样呢？如此思维碰撞尽管纯属虚拟，但仍然可以撞出些许思想火花。上述故事让凡人来往于仙界和人间，在仙界生存于"太极光阴"之中，在人间则过着普通人的日子，无异于将两种不同的时间概念作了一个比较，结果"七十余年仅博得山中一岁"，仅仅在仙界呆了一年，便莫名其妙地失去了人间七十余年岁月，而"以十数龄之黄童，转盼为八旬余之白叟"。七十与一，这无论如何是一个不等式，岁月的天平理所当然向人间倾斜。

"世人都晓神仙好"（《好了歌》），却很少有人想过，其实人间岁月更长。三皇五帝到如今，人类文明只有几千年，按"山中方一日，世上已千年"的说法，只相当于仙界的几天，连棋都下不了几盘；即便如神话小说《西游记》所说，天上一天相当于地上一年，那时至今也只有几千个日日夜夜，相当于人类的童年时期。而在这条时间长河里，人类已经繁衍生息了数百个世代，书写了波澜壮阔的历史，创造了灿烂辉煌的文明。这样一比，"其多少尚可数计哉"！

或以为"仙家日短，究不若人间之日长"是虚假论题，因为神仙世界是虚幻的，不可以作为人世间的参照。这当然有理，但在今天看来是虚假的观念，在历史上却真实地存在着，并且早已积淀为一种文化，从而具有长久的生命力。如果说"仙家日长，人间日短"的传统观念曾使人们心存出世之想，那么将这一观念反转过来，则使人们增强入世信念。人间岁月长——这一论断无论建立在什么观念之上，具有什么样的文化背景，都将给人以积极影响，使人热爱有限的生命，珍惜世俗的生活。

仙家日短，学童金铺在仙界一年不过与紫玉嬉戏；人间日长，倘在人间，七十余年可以做多少事，有多么丰富的人生内涵？神仙世界的虚幻，即便人们想象起来也显得空洞，没有多少实际内容，加之神仙什么也不缺，因而可以什么事也不做、什么心也不操，这也就是人们为什么将无所事事、无所用心的日子叫做神仙的日子——这大约是"仙家日短"的根本原因。而在人间，则日出而作，开门七件事，一分耕耘一分收获，一日不做一日不食，正因为人们历经艰辛、饱尝甘苦，所以生活得丰富充实——这大约是人间岁月长的根本原因。古代有不少神仙思凡的故事，那些下凡的神仙想必感到生活变得丰富充实，因为他在仙界的一天变成了人间的几十年，也就意味着凭空多出了几十年——这也许是神仙思凡的一个缘由。

日长如小年

北宋唐庚（字子西）《砚铭》写道：

> 笔之用以月计，墨之用以岁计，砚之用以世计。笔最锐，墨次之，砚钝者也，岂非钝者寿而锐者夭乎？笔最动，墨次之，砚静者也，岂非静者寿而动者夭乎？于是得养生焉，以钝为体，以静为用，惟其然，是以能永年。

笔、墨、砚均属文房四宝，是古代读书人离不开的东西。唐庚用文人喜闻乐见的东西打比方，阐述养生的道理，提出"静者寿而动者夭"的猜想，引起当时和后来一些文人的共鸣。明清名士傅山在其《缺题》其四中写道："唐子西《砚铭》，而当一卷小道书读。长生久视非难，难一静耳。静而寿，不死不生，不生不死。"清康熙朝官至文华殿大学士的张英，在其《聪训斋语》中也曾用同一比喻阐述同一道理："《传》云'仁者静'，又曰'知者动'。每见气燥之人，举动轻佻，多不得寿。古人谓砚以世计，墨以时计，笔以日计，动静之分也。"看得出，这里的古人就是唐子西，张英一时想不起谁说过这话，且将墨"以岁计"记成了"以时记"，并不影响他所要表达的思想。

任何比喻都是蹩脚的，笔、墨、砚是物，其使用期限虽然有时也称寿命，但并非生命。不过，笔、墨、砚使用期限的不同，的确不是差一点，而是时间概念的差异。假如它们有生命，就可以说是生存于不同的时间概念中，适用时间的相对性——而这正是唐庚一以贯之的思想，他有诗曰："山静似太古，日长如小年。"同样表达了"静者寿"，或者说时间因静而漫长的道理。南宋罗大经在《鹤林玉露》中发挥了这一思想：

> 唐子西诗云："山静似太古，日长如小年。"余家深山之中，每春夏之交，苍藓盈阶，落花满径，门无剥啄，松影参差，禽声上下。午睡初足，旋汲山泉，拾松枝，煮苦茗啜之。随意读《周易》、《国风》、《左氏传》、《离骚》、太史公书及陶、杜诗，韩、苏文数篇。从容步山径，抚松竹，与麛犊共偃息于长林丰草间，坐弄流泉，漱齿濯足。既归竹窗下，则山妻稚子作笋蕨，供麦饭，欣然一饱。弄笔窗间，随大小作数十字，展所藏法帖、墨迹、画卷纵观之。兴到则吟小诗，或草《玉露》一两段。再烹苦茗一杯，出步溪边，邂逅园翁溪友，问桑麻，说粳稻，量晴校雨，探节数时，相与剧谈一饷。归而倚杖柴门之下，则夕阳在山，紫绿万状，变幻顷刻，恍可人目。牛背笛声，两两来归，而月印前溪矣。

这段散文的确优美，以致被人看得眼里动火。明代周应治在其《霞外尘谈》中，几乎原封不动"采入"了这一段。古代没有版权法，许多古人信奉"拿来主义"，喜欢将别人的文章据为己有，不说也罢。值得注意的是，因系第一人称，所以周应治做文抄公时，有意抄得适合自己，如略去其中与《离骚》、《玉露》有关的字句，大约《离骚》非他所好，而《玉露》（即《鹤林玉露》）非他所撰。此外几乎一字不易，就像为他量身定做一般，不仅同住深山，周围环境大同小异，就连每日的功课也如出一辙。这也说明两位古人不仅具有相似的思想，而且有着相似的生活；惟其生活相似，所以思想相似，这大概就是存在决定意识吧。

从午睡醒来到月印前溪这段时间，充其量只有半天，而罗大经（也许还有周应治）却可以安排那么多消遣，展开那么多生活内容，感觉比现代人（尤其是上班族）一个星期还要长，可见"日长如小年"并非空口白说。所以如此，盖缘于一个"静"字。这静可以是安静，安静得像太古也说得通，虽然太古并非寂然无声，但确乎"门无剥啄"，即没有人声，既没有人发出声音，也没有人听到声音，也就意味着没有人感觉到伴随声音传播的时间流动。这静也可以是静止，"逝者如斯"，人们常用河水的流动比喻时间的流逝，而水却可以静止下来，如一潭死水，假如时间也如流水，岂不也可以延缓、停滞下来？时间既与运动相联系，就可能因静止而漫长，如果世界静止得像太古，那么时间接近于停滞，日子也就漫长得像小年了。

这种逻辑基于古人的经验，具有较多的主观色彩，而与现代科学无关。古人在生活中体会到，忙碌时感觉时间过得快，闲暇时感觉时间过得慢。罗大经所以一下午可以做那么多事，就因为没有一件事是必须做的，读书不必终卷，写字多少随意，诗文可作不作，书画可看不看，如蜻蜓点水，蜜蜂穿花，兴之所至，样样事都尝试一番，又都点到辄止，这实际上是无所事事，还是闲的缘故。假如有一件事必须做到什么程度，倾全力于此事尚且忙不过来，其他自然无暇顾及，当然就不会有那么多雅兴，而"日长如小年"的诗句也就引不起他的共鸣了。

古人常常感慨光阴似箭、转眼就是百年。假如人的意志可以左右时间，那么人大约宁愿留住时间，所以会有长绳系日之类的幻想。人在时间面前可以有什么作为吗？时光流逝不依人的意志为转移，但如果人对时间的感觉与自身行为有关，那么，人虽不能留住时间，但为了让时间在感觉中过得慢一点，以便让生命显得长一点，就可以在自身的动与静、忙与闲上做文章。所以像罗大经（也许还有周应治）一类文人，就自觉地追求一种相对静止、悠闲的生活方式，隐居山林、田园就是这样一种生活。罗大经接着写道："味（体味）子西此句，可谓妙绝。然此句妙矣，识其妙者尽少。彼牵黄（犬）臂苍（鹰）、驰猎于声利之场者，但见衮衮马头尘，匆匆驹隙影耳，乌知此句之妙哉！"他接着引了苏轼四句诗，认为苏东坡可谓"真知此妙"。苏轼这首《书司命宫杨道士息轩》如下：

> 无事此静坐，一日是两日。若活七十年，便是百四十。（以上罗所引）黄金不可成，白发日夜出。开眼三十秋，速于驹过隙。是故东坡老，贵汝一念息。时来登此轩，望见

过海席。家山归未得，题诗寄屋壁。

苏东坡不乏幽默感，这首被贬儋耳（今海南儋州）时所作的诗，既幽了杨道士一默，又不无自嘲之意。其中"无事此静坐"，无论指道士修行，还是指自己无所事事的流放生活，都透着一种人在命运面前的无奈，而非心甘情愿的选择；同时也不符合他的性格，他是一个耐不得寂寞的人，无事时宁可与人谈笑，以便时间过得快一点。但对这首诗，罗大经显然是从正面理解的，他无意顾及全诗，而只引了前四句，因为这四句说出了他想说的话，便于他借题发挥。他说苏东坡"所得不已多乎"，与其说苏东坡曾得益于这种生活方式，不如说这种生活方式适应了他自己（罗大经）的需要。

对于"无事此静坐"，确有人拘泥于形式，理解为一动不动地坐着。如明代张大复《此座》一文写道："念既虚闲，室复幽旷，无事坐此，长如小年。"这样，在人的感觉中时间肯定会过得慢一些，说一天像两天那么长并不夸张。但生命是否因此延长了呢？显然没有，因为无论过去了多少时间，无非一坐而已。生命的久暂，不仅在于自己的感觉，而且在于所展开的生活内涵。日子过去以后，如果脑子里一片空白，那么，生命是长是短，又有什么区别呢？"千年王八万年龟"，生命够长了，但如果一动不动地蛰伏在那里，果然就比一天之内生成的蜉蝣强多少？

笔者写这些文字，屈指算来已有五年，至今尚未成编。因时间安排较紧，感觉日子飞快。近日大病初愈，因与死亡有过约会，也曾想延缓时间、延长生命；但以"无事此静坐"的方式，即便可以感觉生命的长度，又何尝有什么乐趣？只不过是熬时间而已。与其这样，宁可抓紧时间，而不惜听任时间飞逝。笔者更欣赏一位老干部对上述诗句反其意而用之："多做有益事，一日抵三日。人活七十岁，我活二百一。"（张劲夫给青年题词）

但笔者并不否认"静者寿"的道理。"光阴虽短，静者自长；岁月无多，忙人更促。"（余绍扯《元邱素话》）这的确是人生的宝贵经验，对现代人虽然未免奢侈，但作为一种价值，却值得崇尚；况且也并非难以企及，关键在于如何理解这种生活方式的实质，而不拘泥于形式。张英《聪训斋语》写道："静之义有二，一则身不过劳，一则心不轻动，凡遇一切劳顿忧惶喜乐恐惧之事，外则顺以应之，此心凝然不动，如澄潭，如古井"。"身不过劳"好理解，现代有所谓"过劳死"；"心不轻动"则是一种相当高的人生境界，未经长期修炼难以达到。

生命与呼吸

佛陀问其门徒："人命在多少之间？"一人回答："在数日间。"佛陀说："你的回答说明你还没有得道。"另一人说："在一顿饭间。"佛陀仍说："这也是未能得道的回答。"直到有人说："我认为人命在呼吸之间，所以于出气不望入，入气不望出。"佛陀这才满意地点点头："善哉，如此回答可说是得道者了。"

说人命在呼吸间，是一种不无机智的对答，其实并不仅仅是灵机一动，而有深厚的文化背景。古印度从来就有生命在于呼吸的观念，多部古代《奥义书》都载有一个寓言，说明呼吸是人不可或缺的维持生命的要素；婆罗门教的"我"或精神（神我），对人来说有时候就被认为是呼吸；古印度所谓"四大"，即构成世界的四种基本物质（地水火风），其中的"风"体现在人身上就是呼吸；瑜伽的修行方法，也基于呼吸就是生命和灵魂的观念，以为控制呼吸就可以使灵魂安适自在。这就难怪，同样起源于印度的佛教，会认为生命系于呼吸之间（《四十二章经》）了。不仅古印度，世界上许多民族都有类似观念。古希腊人所谓灵魂，在荷马史诗里往往意味着呼吸。《伊利亚特》写道：

> 命息离他而去，迷雾封住了他的眼睛，
>
> 但他复又开始呼吸，强劲的北风
>
> 吹回了他在剧痛中喘吐出去的生命。

对古希腊人来说，呼吸是灵魂的生理学名称。古希腊哲学家阿那克西美尼认为，灵魂就是气；另一位古希腊哲学家第欧根尼，则用拒绝呼吸的方法结束了自己的生命。希腊神话中，普罗米修斯用泥土塑造了人，智慧女神雅典娜朝这造物吹了一口气，从而赋予其灵性。气息—灵魂—生命三位一体，在犹太教和基督教关于上帝造人的神话中同样有所体现。照《旧约·创世纪》，"神用地上的尘土造人，将生气吹在他鼻孔里，他就成为了有灵的活人"。也许正因为呼吸是生命存在的条件，中国古人将"气"作为物质存在的基本范畴，并将其与生命紧密联系，认为"有气则生，无气则死，生者以其气"（《管子·枢言》）。生命离不开呼吸，呼吸一旦停止，命息离人而去，生命随之终结。古人所谓"三寸气在千般用，一旦无常万事休"，也可以理解为生命在于呼吸。

话说回来，与"生命在于呼吸"一字之差，"生命在于呼吸间"不是强调生命存在的条件，而是强调生命持续的时间。在人生短暂的意义上，"人命在呼吸间"算是说到家了，但这一论断并非无懈可击。大凡喘气的物种，一呼一吸之间都极为短暂，实际说来，世界上恐怕没有一种生物一生只呼吸一次。然而，如果以此驳斥佛教徒，说他们的论断缺乏事实支持，则显然将严肃用错了地方，不免为其反唇相讥。原因就在于，生命持续的时间与生命存在的条件密不可分，呼吸作为生命存在的条件，同样是生命持续的前提或最显著的特征。于是，"生命在于呼吸间"由于具有一种双关含义，而有了一种雄辩或者说诡辩的力量：说人命在于呼吸间，并没有说在于哪一次呼吸间；人无论活多久，呼吸多少次，生命都将终结于呼吸之间，能说人命不是在于呼吸之间？

虽说"天有不测风云，人有旦夕祸福"，但除非"手起刀落"的时候，一般人并不担心自己一口气上不来而呜呼哀哉，至少相信自己活在当下并无性命之忧——但这是没有得道的俗人的想法；在佛教徒看来，生命如世间一切事物一样，不能久住，时刻处于生灭成坏之中，《涅槃经·寿命品》："是身无常，念念不住，犹如电光暴水（瀑布）幻炎。"生命像电光石火在瞬间明灭，像构成瀑布的无数水滴时刻处于变化之中，像燃烧的火焰摇曳不定、变动不居，这就是生命的无常。这样来看生命，说"人必有一死"也是没有得道的看法，因为不是早晚总有一死，而是生命随时都可能失去。"生命在于呼吸间"则较确切地体现了"无常"二字，呼吸是时刻都在进行的，呼出吸进的气是一种看不见的东西，在古人看来似乎带有不稳固的性质，生命依赖于呼吸颇有沙上建塔的意味，并且呼与吸又可以看作对立的两极，暗合生与死的变化。生命赖以存在的呼吸随时会停止，不是早晚有一口气，而是当下这口气就"于出气不望入，入气不望出"。这种对答背后的思维，是佛教徒经过训练的思维，所以佛陀认为是得道者的回答。佛教徒认为人命在于呼吸间，与其说以为生命短暂，不如说以为生命无常。

　　"无常"是佛教概念，也是小乘佛教所谓"苦谛四行相"之一。古汉语的"常"有恒久的意思，又有规律的意思。"生命无常"如果是说生命不是恒久不变的，当然没有任何问题；但佛教所谓"生命无常"则更进一步，不仅认为生命不是恒久的，而且认为生命无规律可循，没有任何标准，就连生命持续的时间也没有一定，因而是不可把握的。无常的生命可以是短暂的，但也不一定总是短暂，因为总是短暂便也是一种"常"，而不是无常。较之于生命短暂，生命无常含义似乎更丰富。与生命无常相联系，既有生命是"苦"这样一种价值判断，又有生命是"空"这样一种对生命真实性的否定。在佛教徒看来，生命是短暂的，也是虚幻的，它之所以"念念不住"，就因为它像梦幻一样不真实，因为它是"业感缘起"，在很大程度上是由一系列精神和情感活动派生的。

生命不是永恒的，生命的长短也各有不同，但并不意味着生命无常。人的生活需要起码的条件，人的基本需求在全世界都差不多；人的生命有一个限度，没有人能够超越；过去有"人生七十古来稀"的说法，现在全人类或不同的国家地区都有平均寿命……所有这些，都可以理解为人生之常。人有寿夭之别，但人类有一个大致的寿命，这也可以理解为一个常数，意谓多数人都可以期望自己活到那样一个年纪。尽管人生不能排除意外，尽管存在夭亡和非正常死亡，但并不能改变人们长大成人直至寿终正寝的必然规律。在计划生育的年代，人们之所以能够接受一对夫妻只生一个孩子，就因为这一个孩子基本上都能养大。生命不仅有衰亡和消逝的一面，而且有成长和兴起的一面，新陈代谢也是生命的普遍规律、基本规律。

日子比树叶稠

"日子比树叶还稠"——这话不是从书上读到的，而是笔者幼年常听奶奶说的。在我的记忆中，奶奶似乎不曾对我耳提面命，但有了点阅历后，觉得奶奶的话颇为经典，直到生平读过的许多经典遗忘殆尽，奶奶的话依然记忆深刻。之所以记忆深刻，可能缘于奶奶的话与众不同：如果日子比树叶还稠，那么人生其实是很漫长的，但古今中外的思想家却很少表达类似思想，以至于我们即便想探讨一下这个问题，也缺乏相应的思想材料。我们听到的大多是人生短暂的叹息，如果论证人生短暂，即便旁征博引也难不倒我们；但如果论证人生漫长，要找到任何理论根据恐怕都很难。

即便年幼时缺乏理解力，对奶奶的话也懂得几分：奶奶这话意在勉励自己并告诫子孙节俭度日。既然日子比树叶还稠，就要多为今后的日子着想，仔仔细细地过每一天，不能过了初一不顾十五。这话虽然出自奶奶之口，却未必是奶奶的创造，而很可能十分古老。也许我们的祖先还不善于运用数字来表示人生岁月的时候，就用难以数计的树叶来比喻日子的繁多了。这虽然不过是一种猜测，但这话所表达的思想，以及所体现的思维方式，的确可以追溯到人类进入文明社会，至少是农业社会之初。因为只有当人们为了秋天的收获而在春天耕耘的时候，才会意识到未来的长远，并为以后的日子能够长长远远地过下去，而在当下"析薪而爨，计米而食"。英国哲学家罗素在《西方哲学史》中写道：

　　　文明人之所以与野蛮人不同，主要的是在于审慎，或者用一个稍微更广义的名词，即深谋远虑。他为了将来的快乐，哪怕这种将来的快乐是相当遥远的，而愿意忍受目前的痛苦。这种习惯是随着农业的兴起而开始变得重要起来的；没有一种动物，也没有一种野蛮人会为了冬天吃粮食而在春天工作，除非是极少数纯属本能的行动方式……唯有当一个人去做某一件事并不是因为受冲动的驱使，而是因为他的理性告诉他说，到了某个未来时期他会因此而受益的时候，这时候才出现了真正的深谋远虑。

对奶奶这样的老辈人而言，说是为了"将来的快乐"，对他们的生活要求未免高估；但他们确实是为了避免将来的苦难。对于受苦的日子，他们有着深刻的教训。也许确有些日子，由于对未来估计不足，结果青黄不接，吃了上顿没有下顿，他们因而饱受饥饿的折磨——事实上饥饿几乎是每年都会重复的常态，他们早已饿怕了。由此可见，"日子比树叶还稠"这话产生于一个物质匮乏的时代，是艰难生活的反映。大约生活越是艰难，越需要精打细算，越是会意识到日子有多么稠密。事实正是如此，我们这一代人经历过物质匮乏时期，对此有切身感受，那时即便精打细算，粮食也不够吃，所以有"糠菜半年粮"之说。正因为这样，奶奶的话才会深入我的意识，换了如今城里的孩子，不知道什么叫青黄不接，不担心吃了上顿没有下顿，当然就不在乎日子稠不稠。

生活艰难的人们，不仅懂得深谋远虑，而且照生活的本来面目理解生活，从不否认生活的客观实在性，也很少发出人生短暂的叹息。所谓"人生识字忧患始"（鲁迅曾引苏轼语），大约文人墨客才会抽象思维，才会从人生中看出诸如虚幻、短暂这些用眼睛看不到的东西；而老百姓由于直来直去，思想不会绕弯子，所以才会形象地说出"日子比树叶还稠"这样的话来。这话对人生岁月的理解，可谓实实在在，没有半点虚幻的味道。

有时我想，不同的人群，在不同的生活方式中，对时间的感觉也是不一样的，这大约也是时间相对性的表现之一。中国古代诗人感慨"人生寄一世，奄忽若飙尘"，是在一个"今日良宴会，欢乐难具陈。弹筝奋逸响，新声妙入神"（《古诗十九首》）的娱乐场合，在轻轻松松的娱乐中，时间不知不觉就过去了。而对于"日出而作，日落而息"，辛苦劳累难以温饱的人们来说，时间则相对难熬。家乡人把劳动说成受苦，或者干脆就是一个字：受。老年人见面寒暄："你还能受哩？"在艰辛的劳作中，由于每时每刻都有很大付出，所以就不觉其快而但觉其慢了。爷爷年轻时往平定州送鸡蛋，一百六十斤重的担子，一百二十里山路一天赶到，第二天担上瓷器、砂锅一天赶回来，肩膀拉成血槽，人称"挨木头刀"，也就是受刑。笔者挑过担子，想象得出那是怎样一种煎熬，深知对这样的日子为什么要"受"。生在福中的人们，每天都是好日子，也许会觉得人生短暂；而人生漫长的感觉，总是与生活的艰辛体验相伴。

但艰辛也是生活的内涵，而且让人更加真实地触摸到生命的质感。当人们回顾一生时，欢乐的时候、享受的时候也许留不下多少痕迹；而艰难的日子、劳作的日子却难以忘却。有时我想，正如人们占了便宜从不放在心上，而吃了亏却会记一辈子，人们对所享受的欢乐可能有虚度之感，而对所经受的煎熬却记忆犹新。这不奇怪，因为人们总是贪图欢乐，所以欢乐惟恐其少而不嫌其多；因为人们总是逃避苦难，所以苦难无论多少都嫌太多。生活艰难的人们很少感慨人生短暂，就因为在他们的感觉中人生并不短暂，特别是当他们活到老年从而饱受苦难时，决不会认为已经过去的那些苦难的日子不属于自己，决不会产生是别人代自己受苦的错觉，他们因而感到生活真实而不虚幻、岁月漫长而不短暂。

"日子比树叶还稠"给人以充实感，让人感到人生的富有，而不是像守财奴那样，虽有万贯家财却老是觉得自己一贫如洗。这话还说出了下层人民对人生的分寸感，他们对生活不抱幻想，对现实的人生感到满足。生活是艰难的，因而他们并不想多活一辈子，更没有想过以不同的方式、在不同的国度都生活一遍，就像现代人拿了好几个国家的绿卡，好像可以永远不死似的。但他们审慎地对待自然或上天赋予的岁月，不仅要活下去，而且要为每一天都做好打算。

不知一棵树上有多少树叶，却可知人生百年，就是三万六千多个日日夜夜，如果把每个日子当作一片树叶，那么，生有三万六千多片树叶的，想必会是一棵枝叶茂密的大树。三万六千当然算不上一个天文数字，但因为不是掰着指头数，而是一天二十四小时过下来，那么人一生拥有的岁月就十分可观。

时间是人生最可宝贵的财富，拥有比树叶还稠的日子，人在时间上自我感觉是个富翁，有了这笔财富就可以进行更多的劳动创造，让人生更加丰富充实。

不可无年

世短意恒多

东晋桓温北伐，途经金城（今江苏句容市北），看到自己做琅邪太守时所种柳树已粗达十围，不禁感慨道："木犹如此，人何以堪！"（《世说新语》）竟至攀枝执条，泫然泪下。

桓温曾三次北伐，这是第二次，时间在晋穆帝永和十二年，桓温时年四十四岁，距他做琅邪太守时大约过去了二十多年。人生四十多岁尚在盛年，揽镜自照还不该有老态，如果不是看到亲手栽下的柳树长成这样，桓温当不至于如此感慨。"围"是古代的长度单位，一围合古尺五寸或一尺，十围少说合如今一米以上。二十多年的柳树已达一米多粗（周长），而二十多年在人身上引起的变化却没有这样明显，所以桓温看到亲手栽下的柳树，就有一种揽镜自照时不曾有过的感慨。

"木犹如此"，其实树木本来如此，而人却不会不停地生长。人与树木本来没有可比性，但时间给万物无不打上印记，不同的事物于是有了同一的尺度，从树木的变化可以看到人生的变化，表示树木年龄的"围"似乎也可以显示人的年岁。人生的变化当然无需求证于树木，但也许缘于"天人合一"的思维方式，古人常常把自然的变化与生命的变化联系在一起，以自然的变化为生命变化的参照。《古诗十九首》写道："回车驾言迈，悠悠涉长道。四顾何茫茫，东风摇百草。所遇无故物，焉得不速老？"诗人感慨人生易老，因为他在一条曾经熟悉的道路上看到的却是陌生的事物，他于是从外物中看到了自己，从自然中看到了人生，因为在自然变化的同时生命并没有停滞，人生正与自然一道发生着不可逆转的变化。"所遇无故物"与"焉得不速老"并无直接的因果关系，却是同一的时间导致的结果；树木的粗壮与人的衰老也是这样，如果还没有意识到二十多年的变化意味着什么，那么就不妨看看树木，因为树木没有任何主观意愿，而听任无情的岁月将它改变。

"木犹如此，人何以堪！"在此情此境中如此感慨，大约容易引起人们的共鸣，《世说新语》将此事归于"言语"，也有肯定这话讲得透辟的意思。但如果进一步追问：为什么恰恰是桓温说出这样的话来？就会发现并非偶然，而与其特定的思想意识有关。桓温自幼与众不同：沛国刘惔说他是"孙仲谋（孙权）、晋宣王（司马懿）之流亚也"，他也"自以雄姿风气是宣帝（司马懿）、刘琨之俦"（《晋书》）；照一般人的看法，他可谓少年得志：贵为驸马，并被委以"都督荆梁四州诸军事"等重任；中年更该踌躇满志：因有伐蜀之功，特别是在与殷浩等人的权力斗争中胜出，内外大权集于一身。但恰恰是在这种情况下，他的政治野心也开始膨胀，萌发了所谓"司马昭之心"，即像司马氏取代曹魏那样取代司马氏，篡夺晋室江山。他一再北伐，就是要立功河朔，从而进一步扩张权力，以便回朝行废立、谋禅代。所以，当他看到亲手种下的柳树已粗达十围，而他的抱负还没有实现时，不禁有一种紧迫感。

"生年不满百，常怀千岁忧。"（《古诗十九首》）这两句古诗不无讽刺意味，所谓"千岁忧"，固然包括"愚者爱惜费"（同上），即为子孙后代积累起受用无穷的财富；也包括桓温那样的政治野心，即开创古人所谓千秋万代的家天下的基业。这两句诗也写出了人的思维与生命的矛盾，思维是生命的属性，却又不为生命所局限，人的寿命不满百年，思维却可以穿越千载，以至为自己消失以后的未来而忧虑。这种忧虑也许没有必要，但却是人之常情，人无分贤愚贵贱，对身后事或多或少都有所关怀，封建帝王关怀江山社稷，豪门富户关怀家族兴衰，仁人志士关怀民生疾苦，就连平民百姓也牵挂子孙后代。

陶渊明有诗曰："世短意恒多，斯人乐久生。"也许正因为人们对生命寄予太多，使有限的生命难以承载，所以才企求长寿。的确，相对于人们层出不穷的意愿和想法，人生似乎短了一点，人的许多意愿在有生之年难以实现，许多想办和该办的事情是在有生之年办不了的。桓温在有生之年终于没有当上皇帝，他因此忧愤而死，他的生命终于未能承载起他的野心。为桓温所重的刘琨，少时曾与祖逖闻鸡起舞，志在建功立业，但时逢西晋丧乱之后，他无力回天，有生之年终于未能挽救西晋的覆灭，临终赋诗曰："功业未及建，夕阳忽西流。时哉不我与，去矣如云浮。"（《晋书·刘琨传》）杜甫的《蜀相》写诸葛亮"出师未捷身先死，长使英雄泪满襟"，曾引起古今多少英雄的共鸣！南宋抗金名将宗泽志在恢复，因屡被权臣掣肘，抱负得不到施展，忧愤成疾，临终长吟杜甫《蜀相》的这两句诗，连呼三声"过河"而死。辛弃疾有词曰："了却君王天下事，赢得生前身后名——可怜白发生。"他一生以恢复为己任，但时无建功立业之机，遂使英雄老死江左。古往今来，有多少英雄豪杰中道殂谢，多少人的理想抱负未能实现，多少进行中的事业半途而废，又有多少人因壮志未酬、功业未成而遗恨终身！他们的生命，终于未能承载起他们的理想抱负和壮志雄心。

平民百姓既无野心，也谈不上雄心，但对人生并非无意。他们有正义感，希望社会公平合理；他们有爱心，乐见国家兴旺，社会和谐，人民安乐。他们对家庭和社会的责任在有生之年未必都能尽到，他们的生活和事业在有生之年未必都那么如意，他们的愿望和想法在有生之年未必都能实现，于是当他们告别人世时，就有所谓人间了不情。由此可见，他们的思维与生命同样存在矛盾，"世短意恒多"对他们同样适用。特别是那些聚敛了巨额财富的人们，他们的金钱几辈子也用不完，但他们的生命却不能承受金钱之重，只活一辈子他们实在不甘心。由于他们对生命寄予更多，他们的生命相对于他们的意愿因而更加短促，于是他们更加"乐久生"。电视剧《康熙王朝》插曲唱到："愿烟火人间安得太平美满，我真的还想再活五百年。"这与其说是康熙皇帝的心声，不如说是现代人在由衷地抒发自己的情感，特别是那些一直仰慕追捧皇家生活的人，假如真的可以"向天再借五百年"，那么他们一定毫不迟疑地首先为自己打这个借条，比向银行贷款还踊跃。

会须三百岁

古人有"十年读书，十年游山，十年检藏"之说。这三个十年大约是指从二十岁到五十岁这段时间，因为这段时间自主性最强，精力最旺盛，要干什么比较容易做到。人一生如果掐头去尾，不算尚未成年和年老力衰两个时期，最有效的其实也就是这段时间。这三个十年又是有闲阶级对人生的一种规划，因为没有留下做工务农的时间，倘是农夫，多半一项也落实不了；倘是樵夫，则三十年悉数用于登山（不是游山）恐怕还不够。便是有闲情逸致的读书人，这样安排作为个人意愿可以，作为普遍尺度则未必行得通，所以古人对此也有不同看法。清代文人张潮在其《幽梦影》中写道：

> 昔人欲以十年读书，十年游山，十年检藏。予谓检藏尽可不必十年，只二三载足矣。若读书与游山，虽或相倍

蒗（一倍到五倍），恐亦不足以偿所愿也。必也，如黄九烟前辈之所云，人生必三百岁而后可乎。

检藏如果指翻检整理旧日所藏之物，做一番鉴定甄别的工作，去粗取精、去伪存真，那么其中的研究考证，恐怕不是三五年功夫；仅就翻检藏品而言，即便收藏家恐怕也无需十年，何况一般人并无多少藏品。但"十年检藏"主要还不是对收藏家而言，对读书人来说，需要翻检的大概是学问方面的收获，如读书所得，生活感悟等等，有志于做学问者还须留出创作的时间，如果像曹雪芹著《红楼梦》那样，披阅十载，增删五次，那么再加十年也不富裕。何况检藏与读书、游山也分不开，读书游历越多，收获越大，需要检藏的东西也越多。既然读书与游山最好扩大一倍到五倍，那么检藏恐怕也须做相应调整。可见检藏并非不必要，涨潮将其压缩在两三年，实在是为了挤出更多的时间读书和游山。

"十年读书"怎么样呢？古人用十年时间读读八股文也许够了，现代人学习科学文化知识，则十年时间刚刚初中毕业，仅仅完成了义务教育，距离人才的标准还差很远，更别说在人才竞争中胜出了。便是翻一倍，拿出二十年时间读书，也只受到本科和研究生教育，走上工作岗位还须适应需要、结合实际继续学习，否则难以适应工作，更别说有所创造和创新。如今科技进步日新月异，要求读书人不断更新知识结构，所以现代教育强调终身学习。将"十年读书"扩大一到五倍，对古人来说不过是个人愿望，对现代人来说则是时代要求。古人崇尚"朝闻道，夕死可矣"，现代人更应"活到老，学到老"。

再说"十年游山"。有人改游山为登山，则带有如今所谓社会实践的含义，"十年读书，十年游山"于是被理解为"读万卷书，行万里路"。古人游山也许不无增广见闻的意思，但主要是一种生活方式，现代人叫作旅游。古人好游历（游行），特别是家境富裕的文人骚客，如南朝诗人谢灵运，"寻山陟岭，必造幽峻，岩嶂千重，莫不备尽。登蹑常著木履，上山则去前齿，下山去其后齿。尝自始宁（今浙江上虞市有始宁墅，据说就是谢灵运的庄园）南山伐木开径，直至临海（今浙江临海市），从者数百人。"（《宋书》）足见以游历为事的古人，是现在所谓"驴友"所无法比拟的。李白"五岳寻仙不辞远，一生好入名山游"的诗句，表达了纵情山水的古人的心声。张潮以为拿出十年时间游山玩水远远不够，即便扩大一到五倍，"亦不足以偿所愿也"；其友孙松坪在这段文字后面"跟帖"（发表评论）：

> 吾乡李长蘅先生，爱湖上诸山，有"每个峰头住一年"之句，然则黄九烟先生所云犹恨其少。

这位孙松坪当是嘉定（今属上海）人，所谓"湖上"当指太湖一带，湖中岛屿、岸边山头何止百千！倘若"每个峰头住一年"，则黄九烟所说三百岁人生仍嫌太短。黄九烟即明末清初学者黄周星，他大约也有"世短意恒多"之类感慨，以为人生的意愿如果都能实现，起码须活三百岁。

　　"每个峰头住一年"有文学夸张成分，事实上既没必要，也少有人耐得住性子排头住去；但假如能在每个国家、每个地区和每个城市住一年，对某些现代人来说还是十分有吸引力的，特别是那些在不同国家、地区和城市买了房子的现代人。据说有一万多中国人在阿拉伯联合酋长国的迪拜买了房子，那些房子如果连一年都没人去住，多冤得慌！如今连外国人都把房子卖到中国来了，国内"海景房"之类更是到处招摇，异地买房做旅游度假之用已提上了不少家庭的日程，足见现代人游山玩水的热情不减古人。游山玩水谁不乐意？问题是人生有限，几十年时间怎么安排得开？青少年时期要学习成长，人到中年要负起社会责任，待到老年一身轻了，身体不适应了。在有限的生命里，专门拿出十年时间游山玩水，一般人绝无可能，何况再扩大一到五倍！更何况扩大一到五倍仍不够！

　　现代人价值观念多元，仅有读书、游山、检藏显然是不够的，有生之年还有其他许多意愿。显而易见的如看电视、上网，都是古人所没有想到的。特别是上网，网上聊天、网婚、网游、"偷菜"之类，成为许多现代人重要的生活内容，用去大量时间。如果说"十年读书"时间少了，那么即便扩大一到五倍，用来上网也还不够，这只要看人们读书和上网的时间比例就可以知道。此外，不同的人还有各自的意愿，如文人据说不仅要"十年读书"，而且要"十年养气"，其中"养气"也在三个十年计划之外；读书、养气既成，还得有时间写文章；文人也是人，少不得也要游游山、玩玩水；倘若文章不值钱，还得另谋生路养家糊口……总之，较之于人们想做的事、该做的事和愿意享受的生活，现实的人生确乎太短了。古人尚且设想"人生必三百岁而后可"，现代人的所有意愿如果都要实现，谁能算出需要多少时间？如果人生是免费的午餐，如果寿命长短由人选择，请充分发挥想象力，自由地不受限制地畅想吧！

法国启蒙思想家伏尔泰的幻想小说《小大》中，天狼星人问："你们一般活多大年纪？"土星人回答：

> "哎呀，简直微不足道；在我们那个星球上，很少人能活过一万五千岁。所以你瞧，从某种意义上说，我们刚出生就开始死亡了。我们的存在仅仅是一个点，我们的寿命仅仅是瞬间，我们的星球只是一颗微粒。我们刚学会一点知识，还没来得及凭经验得到任何收益，死亡就来干预了。"

一万五千年，是有文字记载的人类文明史的几倍！孔子和他迄今所有后代生存延续的时间，只相当于其中的一小段。对如此漫长的生命，他们却仍抱怨其短暂，可见人们对生命的奢望很难满足，即便在时间的宏观世界，同样会有人生短暂的叹息。虽然这不过是伏尔泰的寓言，却也折射着新兴资产阶级的进取意识：假如人类有更长的生命，就可以学习和创造更多的东西，从而达到更高的文明程度。英国作家萧伯纳在《返回马修拉时代》序言中写道：

人的存在不够长：从较高的文明的目的来看，他们在死时仍仅仅是孩子；我们的首相尽管相当成熟了，但是他把自己的时间分别用于玩高尔夫球和参加议会的财政会议。

英国首相大约具有相当的文化程度，但在他们有限的生命中，由于要满足自己的意愿（如玩高尔夫球）、承担社会责任（如参加议会的财政会议），不可能将全部时间用于学习，言外之意就连他们也达不到较高的文明程度。照此说来，许多人一辈子也读不了多少书，连圣人所谓"吾十有五而志于学"都谈不上，从人生发展阶段来说可不还是个孩子么？人如果达不到更高的文明程度，即便有更长的寿命，又有什么意义呢？

天假其年

东晋王珣与王谧同为丞相王导之孙。王珣卧病在床，王谧来看他。王珣问王谧："世论以我家领军比谁？"王谧回答："世以比王北中郎。"王珣转身向壁而叹："人固不可以无年！"（《世说新语》）

"我家领军"即王珣之父王洽，与王谧之父王劭同为王导之子。王洽在王导诸子中最知名，少时与驸马都尉荀羡俱有美称，弱冠（二十岁）历任散骑常侍等职，后拜中领军将军，不久授中书令。中书令是掌中书省、总理政务的要职，王洽大约自以为年纪尚轻，资历尚浅，不足以当此大任，因而苦苦辞让，以至表疏十上，终于未受。古人以辞让为美德，这使王洽更加为时论所称。

王北中郎即王坦之，弱冠与郗超俱有重名。汉魏两晋评价人物，喜欢两两并称，使其中一人可以作为另一人的尺度。其时关于王坦之（字文度）与郗超（字嘉宾），有"盛德绝伦郗嘉宾，江东独步王文度"之句。王坦之曾任大司马桓温长史，拜侍中。桓温死后，与谢安共辅幼主（晋孝武帝），迁中书令，授北中郎将等职。临终作遗书致谢安、桓冲，"言不及私，惟忧国家之事，朝野甚痛惜之"。

王珣病重时，王洽与王坦之均已作古。王洽只活了三十五岁，终于中领军将军；王坦之比他晚生七年，虽然也只活了四十五岁，却在最后十年经历了重大历史事件，并在其中发挥了重要作用，因而名声和地位都达到一定高度。世论以王洽比王坦之，对王洽的评价并不算低，但在王珣看来，其父英年早逝，才干尚未充分施展，倘若天假其年，也许会成为影响更大的一类人物。他所以感慨"人固不可以无年"，"意以其父名德过坦之而无年，故致此论"（后梁刘孝标注）。

此外，王珣病已"临困"，自知大限将至，因而也是自叹。他年轻时曾为桓温主簿，深受桓温器重，被视为不可替代的人才，桓温曾预言他将成为"黑头公"，也就是不到老年便居于"三公"的高位。后来他历任侍中、尚书右（左）仆射等要职，因病解职时刚过"知命"之年，不久就去世了。虽然他寿命超过其父，地位也较其父为高，但五十岁辞世仍不无遗憾，如果活得更长久些，可能会有更大的作为，达到更高的名位。

"人固不可以无年"，表达了古人对寿命的一种看法。长生不老不可企求，短命夭折也非所愿，人生即便不能尽享天年，生命也该有一个起码的长度。生命的长度虽然不等于生命的价值，但与生命的价值确乎有一种正相关。寿命是人生价值的载体，没有一定的寿命，就不可能实现一定的人生价值。历史上不乏短命夭折的人，他们的名字大多没有流传下来，就因为他们受寿命的局限，未能达到某种人生高度。另一些人中道殂谢，虽然达到了某种人生高度，或者由于某种原因在历史上留下了名字，但假如他们活得更长久，就可能创造更加辉煌（显赫）的业绩，甚至历史也会因他们而改写。古人说："颜回不死，可以圣矣；诸葛亮不死，可以王矣。"（谢肇淛《五杂组》）这种历史观未必科学，但如果他们有足够的寿命实现抱负、完成使命，他们在历史上的地位肯定不一样。

在孔门弟子中，颜回最受孔子器重。颜回最好学，鲁哀公问孔子："弟子孰为好学？"孔子回答："有颜回者好学，不迁怒，不贰过。不幸短命死矣。今也则亡（无），未闻好学者也。"（《论语·雍也》）颜回也最能吃苦，孔子称赞他："贤哉回也！一箪食，一瓢饮，在陋巷，人不堪其忧，回也不改其乐。"（同上）颜回最具亲和力，颜回死时，孔子恸哭道："自吾有回，门人益亲。"（《史记·仲尼弟子列传》）颜回的人生态度也与老师相通，"用之则行，舍之则藏，唯我与尔有是夫！"（《论语·述而》）颜回品德好，悟性也好，情商高，智商也高，孔子曾赞许地说："有是哉，颜氏之子！使尔（你）多财，吾为尔宰（理财）。"（《史记·孔子世家》）具有许多优良品质的颜回，如果天假其年，完全可能继承孔子的衣钵，甚至青出于蓝，成为另一个圣人；但不幸"年二十九，发尽白，蚤（早）死"，不到孔子所谓"三十而立"，事业尚未开始，就已定格为一名永远的学生。

诸葛亮"鞠躬尽瘁，死而后已"的故事感人至深，但对"诸葛亮不死，可以王矣"的论断恐怕要打一个大大的问号。年轻时读史书，记得史家曾将杜甫写诸葛亮的两句诗"出师未捷身先死，长使英雄泪满襟"用在五代周世宗身上。平心而论，诸葛亮受国力局限，"兴复汉室"的事业在很大程度上是"知其不可而为之"；而周世宗如果不是"出师未捷身先死"，那么五代以后的历史很可能是另一种样子。宋人叶梦得在《避暑录话》中谈到："至周世宗承太祖（郭威）之业，初非自取以兵，而得王朴佐之，李榖之徒遂以类至，便郁然有治平之象。北取三关，南定淮畿，无不如意，而中国之兵亦少弭（战乱将结束）。其不克成业者，君臣皆早死尔。"周世宗在位期间，整肃吏治，均定田赋，整顿军队，限制佛教，革除五代弊政，加强中央集权，致力于国家统一，军事上也节节胜利：大败北汉于高平；亲征南唐，取淮南十四州六十县；北击契丹，收复瀛、莫、宁三州十七县。当其北征时，燕南州县望风披靡，辽国君臣恐惧，已撤幽州兵后退。胜利在望之际，他却一病不起。周世宗只活了三十九岁，在位仅五年。如果他活得长久一些，历史上完全可能出现一个统一强大的后周王朝。

周世宗的重要辅臣王朴，只活了四十五岁，就已先周世宗而去，"事世宗才四年耳，使假之寿考，安可量也"。就连宋太祖赵匡胤也承认，如果王朴健在，那么"黄袍加身"的事就不会发生。《旧五代史》附注引《默记》说："周世宗于禁中作功臣阁，画当时大臣如李穀、郑仁海之属。（宋）太祖即位，一日过功臣阁，风开半门，正与（王）朴象相对，太祖望见，却立耸然，整御袍襟带，磬折鞠躬。左右曰：'陛下贵为天子，彼前朝之臣，礼何过也？'太祖以手指御袍云：'此人在，朕不得此袍著。'其敬畏如此。"

历史证明，对于那些被历史推向前台的人物而言，没有一定的寿命就不足以成就大业，也不会为历史最终选择。当然，历史没有选择他们，还会选择别人。没有了周世宗、王朴等人，就会有赵匡胤、赵普等人来代替。可以说，正是前者英年早逝，才给后者提供了机遇，使后者超过前者成为更重要的历史人物。

进德修业

上帝啊！学艺无止境；
我们的生命很短。

> 尽管我努力研究，从事批判，
>
> 却常感苦闷而伤透脑筋。
>
> 要获得一种探本穷源的方法，
>
> 这是多么困难的事情！
>
> 一半的路途还没能够到达，
>
> 可怜虫就要送掉性命。

这是歌德《浮士德》中瓦格纳的感叹。瓦格纳是浮士德的助手，也是浮士德不懈追求精神的陪衬。他思想肤浅，卑之无甚高论，却也是实话实说。其中"学艺无止境／我们的生命很短"原本是格言，出自古希腊名医希波克拉底，为拉丁作家所常用，绿原先生译作"艺术悠久而人生短暂"。无论科学探索、艺术创造，还是古人所谓进德修业，今人所谓人的全面发展，都不是短时间所能奏效，而需要倾注毕生精力；即便倾注了毕生精力，恐怕也仍然会感到不够，在到达生命终点的时候，仍然会发现许多事情还来不及做，许多目标还没有实现。更别说假如短命夭折，事业就将半途而废。所以古人说："然进德修业，未见其止，中途摧谢，万世之下有遗恨焉。故曰'人不可无年'。"（谢肇淛《五杂组》）人不可无年，一个显而易见的理由就是进德修业需要时间。

历史上有志于科学探索和艺术创造的人，肯定比我们所知道的多得多，更多的人由于未获成功而没有留下姓名。在众多的失败者中，又有相当一部分因为短命夭折半途而废。他们有的可能已经突破重重难关，来到真理殿堂的门口，却来不及迈出最后一步；有的经过多年积累，学富五车，本来可以收获丰硕的人生成果，正在呕心沥血地著书立说，却因短命夭折而功亏一篑。与那些成功者相比，他们缺少的仅仅是寿命。

另有一些人生命虽短而创造力非凡，即古人所谓早成。他们短促的生命迸发出令人炫目的光彩，但他们如果不是英年早逝，完全可能达到更高造诣，赢得更大荣誉。我们只知道唐代诗人李贺年纪轻轻就已才华横溢，在二十七岁的生命中写下不少惊世之作，却不知道他如果不是短命夭折，还会谱写多少绚丽篇章，留下多少文化财富。我们只知道英国诗人拜伦年纪轻轻就创作了《唐璜》那样的不朽作品，对欧洲浪漫主义思想和文学产生了较大影响，却不知道他如果不是在三十六岁就英年早逝，还会创造多少作品，取得多大成就。尽管他们生命的价值在一定程度上得以实现，但比起那些同样杰出而走过生命全程的人来，仍然留下不少遗憾。歌德年高德劭，英国作家司各特在写给他的信中，曾将他和拜伦做了一个比较——

　　凡是赞赏天才的人们知道一位最大的欧洲天才典范在高龄受到高度崇敬，在享受幸福而光荣的退隐生活，都会感到非常欣慰。可怜的拜伦勋爵的命运却没有让他获得这样的幸运，而是在盛年就剥夺了他的生命，使一切对他的希望和期待都落了空。（见《歌德谈话录》）

歌德和拜伦的影响虽不宜做简单的比较，但歌德活了八十三岁，无疑留下了更多作品，在更多的领域有所建树，他的重要作品《维廉·麦斯特的漫游时代》和《浮士德》第二部，都是在他逝世前不久才脱稿的。也就是说，假如他不是如此高寿，他的许多重要作品，包括代表作，就不会产生或完成。他"在高龄受到高度崇敬"，他"享受幸福而光荣的退隐生活"，都是拜伦所不可比拟的。古人将人生比作在山阴道上行，走过更多的路途才能看到更多的风景。李贺、拜伦等人未能走完生命的全程，所以未能领略许多人生应有的风景。如此说来，"人不可无年"即便对杰出人才也同样适用。

"路漫漫其修远兮，吾将上下而求索。"踏上科学探索和艺术创造之路的文人学者，无不希望有足够的时间实现自己的目标。德国作家托马斯·曼在《死于威尼斯》中写的也是一位作家，"他也非常希望活得久些，因为他认为只有当一个艺术家在人生各个阶段都能取得典型的成就时，他的艺术造诣才可说是真正伟大的，有普遍意义的，同时也是真正值得尊敬的。"这也可以看作是作家本人的夫子自道。事实上许多作家都有同样的愿望，他们不满足于已经取得的成就，总是追求着更高的目标，而能否在思想上艺术上超越自己，达到更高的境界，往往取决于自然赋予他们的生命是否有足够的长度，容许他们坚持不懈地探索追求。一个人在科学和艺术的道路上能走多远，是否杰出或伟大，在一定程度上就取决于他是否长寿。一位研究现代文学的学者感慨：如果萧红活到冰心那样的年纪，而冰心像萧红那样早夭，那么在文学史上堪称"文学大师"的，恐怕就是萧红而非冰心了。他因而得出这样的结论："有时候，一个人能否青史留名、德配'大师'，跟他活得长不长久大有关系。"

法国思想家伏尔泰处在反对宗教蒙昧主义和封建专制主义的启蒙时期，自觉地意识到了时代赋予自己的责任，因而希望有足够的时间承担起这种责任。他说："我担心的是还没恪尽职责就死了。"（见威尔·杜兰特《哲学的故事》）现在看来，也许正因为艰巨的历史任务要求旺盛的生命力，拥有八十三岁高龄的伏尔泰才为历史所选择，成为十八世纪法国启蒙运动的领袖和导师。历史选择他对教权和迷信进行摧枯拉朽的斗争，赋予他如此高龄似乎就是为了让他赢得彻底胜利，诚如法国诗人和历史学家拉马丁所说：

> 如果我们按所成就的事业对一个人进行判断，那么，伏尔泰勿庸置疑地应是现代欧洲最伟大的作家。……命运赐给他八十三年的生命，因而他可以从容不迫地去瓦解那个腐化衰败的时代；他有时间与时代抗争，在他倒下时，他是一个胜利者。

他的长寿，以及比同时代人更勤奋的工作，使他留下的著作达九十九卷之多，他那宛如百科全书的作品，每一页都凝结着他的才华和智慧。有道是："谁笑到最后，谁笑得最好。"而谁能笑到最后，有时就看谁活得最久。历史已经证明，有幸庆祝胜利的人往往具有年龄优势，或者在同时代人中比较长寿。假如现在还能看到一位五四时期的学者，他必定被奉为大师，当作国宝，尽管他在同时代人中也许比较平庸。

相对年龄

与早慧相对，古代又有所谓晚学，如"曾子七十乃学诗，荀卿五十始学礼，公孙弘四十方读书，朱云亦四十始学《易》、《论语》，皇甫谧二十始授《孝经》，而皆成大儒，早慧者莫敢望焉。"（《五杂组》）

西汉公孙弘四十岁前牧猪海上，四十岁后才开始学《春秋》杂说，六十多岁被汉武帝征为博士（学说顾问官），后来历任左内史、御史大夫、丞相，封平津侯。西汉朱云年轻时"数犯法亡命"，四十岁始折节读书，从名家受《易》和《论语》，"皆能传其业"（《汉书》）。柳亚子写给毛泽东的诗句"夺席谈经非五鹿"，用的就是朱云的典故，他在论辩中挫败了精通《易》学、且受汉元帝宠幸的五鹿充宗，由此成为博士。

公孙弘与朱云都是晚学的范例，而都能学有所成，一个显而易见的原因就是他们都享有相当长的寿命。公孙弘活到八十岁，朱云活到七十多岁，假如他们寿不过四十，那么公孙弘将以牧猪终其身，而朱云到头来不过是个亡命之徒。可见，人的寿命不仅是一个量，即生命长度的问题；也是一个质，即做什么人的问题。现在看来，不能说宰相就多么高贵，牧猪奴就多么卑贱，却也不可否认两者地位悬殊，且在社会评价等方面大相径庭。

　　魏晋皇甫谧二十岁时还不好学，他从游荡无度到折节读书，有一个类似三娘教子的故事。他就养于后叔父母，在外面得到瓜果之类，总是拿回家孝敬养母任氏。任氏引《孝经》"三牲之养，犹为不孝"的话说："汝今年余二十，目不存教，心不入道，无以慰我。"又叹息道："昔孟母三徙（迁）以成仁，曾父烹豕以存教，岂我居不卜邻，教有所阙（不足），何尔（你）鲁钝之甚也! 修身笃学，自汝得之，于我何有! "说到动情处，不禁流下泪来。皇甫谧深受触动，从此发愤读书，"躬自稼穑，带经（经典）而农，遂博综典籍百家之言"（《晋书》）。

　　比较如今的孩子不出娘胎就开始胎教，上幼儿园起就开始竞争，皇甫谧二十多岁才受启蒙教育，的确是晚了点。但他的事例说明，不怕起步晚，就怕寿命短。只要有足够的寿命，加上自身勤奋，即便起步晚些，在学说文化上仍可达到一定造诣，创造一定成就。皇甫谧活到六十八岁，从二十岁开始读书，还有近半个世纪（四十八年），用得好仍可以大有作为。他耽玩典籍，废寝忘食，时人谓之"书淫"，后得风痹疾，犹手不辍卷，因而不仅学有所成，而且在著述和教授生涯中后来居上：所撰《帝王世纪》、《年历》、《高士》、《逸士》、《列女》等传及《玄晏春秋》等，大量著作并重于世；门生遍天下，其中多人成为晋代名臣。相比之下，如今许多人虽然上幼儿园就开始竞争，但考上大学似乎就功德圆满，走出校门便不再碰书，故终其一生学问也很有限。

　　人生的机遇有时在晚年才到来，于是又有所谓晚遇。对于晚学者来说，没有一定的寿命就意味着无学；对于晚遇者来说，没有相当的寿命就意味着不遇，因为机遇还没有到来，生命先已失去了。鬻熊、楚丘这些传说中的人物不用说了，姜子牙大约是在晚年才遇到周文王的，刘向《说苑》："吕望（即姜尚）行年五十卖食于棘津，行年七十屠牛朝歌，行年九十为天子师，则其遇文王也。"李白《梁甫吟》所写"君不见朝歌屠叟辞棘津，八十西来钓渭滨"，则是八十岁遇到文王，总之已不年轻。唐代名臣张柬之虽然科班出身，但六十八岁才以贤良被召入京，在千余名对策者中脱颖而出，年近八十才拜相（同凤阁鸾台平章事），此后诛张昌宗、张易之，拥唐中宗复位，对历史进程产生过一定影响。倘若他们不曾享有如此高寿，那么也就做不出后来的事业。所以冯梦龙在《警世通言》第十八卷《老门生三世报恩》的入话中说："大抵功名迟速，莫逃乎命，也有早成，也有晚达。早成者未必有成，晚达者未必不达。不可以年少而自恃，不可以年老而自弃。"写到这里，老先生笔锋一转，说到老、少的相对性上去了——

　　　　这老少二字，也在年数上论不得的。假如甘罗十二岁为丞相，十三岁上就死了，这十二岁之年，就是他发白齿落背曲腰弯的时候了，后头日子已短，叫不得少年。又如姜太公八十岁还在渭水钓鱼，遇了周文王以后车载之，拜为师尚父。文王崩，武王立，他又秉钺为军师，佐武王伐纣，定了周家八百年基业，封于齐国。又教其子丁公治齐，自己留相周朝，直活到一百二十岁方死。你说八十岁一个老渔翁，谁知日后还有许多事业，日子正长哩！这等看将起来，那八十岁上，还是他初束发，刚顶冠，做新郎，应童子试的时候，叫不得老年。

的确，年轻与否是相对的，尽管老、少的界限不能混淆，但如果不以年龄划分，而是相对于各人的寿命，用以表示其中的某个发展阶段，那么，由于人的寿命不同，一定的年龄并不总是意味着一定的人生阶段。倘若把人生看作一个周期，在生命的数轴上有上升的曲线和下降的曲线，那么，有的人可能年纪轻轻已到达生命的谷底，有的人可能一把年纪尚处在生命的巅峰。甘罗易老，姜尚难衰，甘罗和姜尚的例子未免极端，便是普通人，也可能相差一个半个阶段。比如，同样五十多岁，有的人可能已到了老年的早期，有的人却还处在盛年。由于他们各自拥有的未来（长短）不同，他们今后事业的发展以及他们的命运也有所不同。

"三言"的作品大部是冯梦龙编选的，但《老门生三世报恩》这一篇却是他原创，作品中的老门生身上，就有他自己的影子。他科场失意，屡试未举，崇祯三年五十七岁时才补为贡生，那还是在《警世通言》问世以后，也就是说，他创作这篇作品时还没有什么功名。他关于老、少相对性的论述，反映了他自己的心态，大约他自我感觉身体不错，自信"日后还有许多事业，日子正长哩"。事实上他活到七十三岁，与圣人同寿，却没有圣人那种"甚矣吾衰也"的感叹，而是七十高龄还奔走抗清，就好像还在盛年，如果不是明王朝的灭亡，他可能还不会忧愤而死。可见他在人生的不同阶段，与实际年龄比起来，他的生理年龄和心理年龄总是相对年轻。

鲁迅先生活了五十五岁，按照古罗马人对人生阶段的划分，这个年龄尚处在第二成人期的边缘——若在今天，几乎有资格担任青联委员；现在这个年龄的人还没熬到退休，不用说离死亡尚远，便是衰老也轻易不肯承认。但鲁迅先生却在这一年写下了《死》这篇文章，谈到自己对衰老的感觉和对死亡的预感："直到今年的大病，这才分明的引起关于死的豫想来"；经美国医师诊断，"虽然誉我为最能抵抗疾病的典型的中国人，然而也宣告了我的就要灭亡；并且说，倘是欧洲人，则在五年前已经死掉"；"我并不怎么介意于他的宣告，但也受了些影响，日夜躺着，无力谈话，无力看书。连报纸也拿不动，又未曾炼到'心如古井'，就只好想，而从此竟有时要想到'死'了。"这种感觉本该出现在耄耋之年的老人身上，或者起码出现在古稀以后；但由于生命力衰竭，刚刚度过成年期、步入老年边缘的鲁迅就过早地感受到了。较之于实际年龄，先生的生理年龄以及受此影响的心理年龄又相对衰老。这是先生的不幸，尽管先生的人生价值达到别人难以企及的高度，仍然留下了巨大的遗憾。

如今笔者已超过了鲁迅当年的年龄，假如享有先生的寿命，此生便已交代；但不说高寿吧，即便活到当代人的平均寿命，也还可以做许多事情。有研究者认为，这个年龄是一个解放时期，新问题开始呈现，生活变得更加有趣，新的创造力迸发云云，总之是"日后还有许多事业"。虽然我们竭尽全力也创造不出鲁迅那样的业绩，但仍有充分的时间继续完善自己的人生。我们比不了杰出人物，但我们也有比鲁迅、曹雪芹等杰出人物幸运之处，就因为我们"日子正长哩"。

长寿之痛

生 的 界 限

自古以来，长寿就是一种福气。《尚书》所谓五福，寿居第一，所以有"五福寿为先"之说。《庄子·天地》中，华封人祝尧寿、富、多男子，也是以寿为先。中国封建社会以孝治天下，在老人受到普遍尊重的同时，长寿也成为人们普遍追求的价值。古人向往的子孙满前、数世同堂的幸福生活，也是以长寿为前提的。古老的寿星香火不绝，养生之道总是引起人们的浓厚兴趣，健康长寿一向是相互间最美好的祝愿，这一切都反映了人们长寿的愿望。如果说生命是人的最高价值，那么长寿就是人的最大利益。

然而人的寿命是否越长越好？从中国的传统文化看，这似乎也不成问题。在君主专制时代，表示时间或生命长度的词汇如"千岁"、"万岁"，曾被用以表示无与伦比的尊贵地位，只有高居于社会金字塔顶端的皇帝才可以称"万岁"，皇家其他人如后妃皇子公主，以及同姓和异姓身居王位者才可以称"千岁"，特殊情况下还有所谓"八千岁"、"九千岁"。正因为长寿被当作最可宝贵的东西，在想象中享有某种异乎寻常的寿命，才成为最高统治者的专利，而不适用于其他人，否则将被论以僭越或大逆不道。在一个山呼"万岁"的国度，也不可能不注重长寿的价值。曾经有一个时期，世界其他民族的欢呼声翻译过来也成了"万岁"，而失去其原义。似乎在我们民族的心理中，最让人激动的事莫过于存在一万年了。一般人虽然当不起"万寿无疆"，却不妨"寿比南山"，尽管南山的存在恐怕还不止一万年。

　　尽管古人深知物极必反、过犹不及的道理，但传统文化中也不乏偏离中道、有悖辩证法的倾向。对好的东西不知餍足，就是表现之一。古来不乏有人吹嘘自己活了几百岁，却很少有人现身说法，通过切身感受告诉人们，长寿其实也会带来痛苦。也许缘于那些创造了长寿神话的人们，没有深入地思考这个问题，或者没有身临其境地面对这个问题。他们自己还没有活到会餍足的时候，对于长寿不曾有过经验，对于长寿的向往仅仅出于想象。此外也有文化因素，比较西方人对这个问题的回答，这一点可以看得更清楚。古希腊悲剧作家索福克勒斯在《俄狄浦斯在科罗诺斯》中写道——

　　　　在我看来，谁想活得更长久而不满足于普通的年龄，谁就是个愚蠢的人；因为那长久的岁月会贮积许多更近似于痛苦的东西；一个人度过了他应活的期限以后，你就会发觉他不再享有快乐了；那拯救之神对大家是一视同仁的，

等冥王注定的命运一露面，那时候，再没有婚歌、弦乐和
舞蹈，死神终于来到了。

类似的思想在中国古代虽然不能说没有，却可以肯定，即
便有也产生不了多少影响。对于我们的祖先来说，"谁想活得更
长久而不满足于普通的年龄"容易理解，谁不想长寿倒可能被
看作愚蠢的人。这种观念上的差异，可能缘于中国古人把长寿从
生活中剥离出来，作为独立的价值目标，不论活得好坏，但求活
得长久；而在古希腊人心目中，人的寿命与全部生活不可分割地
联系在一起，生命是否值得存在下去，要看生活的质量如何，生
活中的幸福与痛苦何者更多，而不以单纯的长寿为目的。不仅如
此，索福克勒斯所谓"不满足于普通的年龄"、"度过了他应活的
期限"，实际上还提出了一个生命界限的问题。生命是宝贵的，
但生命有一个界限，只因超出这个界限，活得更长久的想法才是
愚蠢的，长寿带来的才不再是快乐而更近于痛苦，死神才不再面
目可憎而可能是拯救之神。关于这一点，古罗马学者西塞罗说得
更明白，他在《论老年》中写道——

假如我们的灵魂不是不死，那么在相当时期死去也是
很好的事。一切事物自然都给予一个界限，所以生活也有
界限。并且，老年是人生最后一幕，我们已经活够了，再
活下去就要厌倦了，我们也应该逃去才是。

在这里，西塞罗运用了一个"三段论"式的推论：如果
"一切事物自然都给予一个界限"的大前提被古罗马人视为当然

之理，那么"生活也有界限"的结论也会成为他们的共识。这个
生活的界限也就是人生的量度，尽管个体在健康等方面的状况不
同，人的寿命因而不可"一刀切"，但作为一个物种，人的生存
毕竟也有限度，尽管难以确定，无疑客观存在，就像动物学上说
马的寿命大约三十年，不是每匹马都正好活三十年，人类个体的
寿命长短不一，但总体上有一个极限，个体无论如何长寿，都超
不出这个极限。当然，生命的极限不同于生活的界限，两者有联
系也有区别。尤其是索福克勒斯所谓"应活的期限"，仅从字面
上也可见包含着某种道德评价："应活"是应当怎样活呢？当人
生的痛苦远远超过幸福，甚至只有痛苦而没有幸福时，还算"应
活"吗？古希腊罗马人敢于正视这个问题，他们直言不讳："你
就会发觉他不再享有快乐了"，"再活下去就要厌倦了"。

　　汉语中人的生命统称为"性命"，这两个字暗含着理解人生
界限的"密码"。《周易》有"乾道变化，各正性命"之说，宋儒
程颐注曰："天所赋为命，物所受为性。"似乎可以这样理解：万
物都是自然的造物，一旦在自然中产生，便具有了各自的属性，
人的生命也不例外。所以，又有人将"性命"理解为"性者天生
之质"、"命者人所禀受"。这样将性命二字分开看，其实也可以
理解为质和量的问题，生命之质就是它的自然属性，生命之量取
决于它的自然禀赋——实际上生命的量与质是不可分的，正是
"天生之质"决定了生命的长度。古代有所谓"禀气受命"说，
认为作为万物本源的气，也是生命的本源，人的寿命不同，缘于

人在受胎成形时所禀之气厚与薄的差别。承认量度也就意味着承认边界或限度，所以古人承认人生有个极限，即所谓"大限"。

问题不在于是否承认人生有个限度，而在于对这个限度如何理解。"祸福本无兆，性命归有极。必至定前期，谁能延一息。"这是南朝宋范晔临刑前写下的诗句，比较典型地反映了古人对于人生界限的看法。其中"性命归有极"是说人生有个限度，"必至定前期"则是说这个限度是冥冥中注定的。如果将人的寿命理解为由冥冥中的力量所主宰，则将不受客观必然性的制约，即便存在某种限度，也可以轻易超越。如传说中的彭祖活了八百年，显然超出了人类生存的极限，但许多古人对此深信不疑，可见我们的祖先对人生界限的认识至少相当模糊。"天所赋为命"，这"天"可以理解为自然，也可以理解为某种有意志的实体，他在赋予人生命的同时，也规定了人的命运，特别是人的寿命，于是，"命"在这里就成为（天的）命令、（人的）命运和生命多重含义的集合。

古希腊的命运女神似乎全方位地主宰着人的命运，中国古代有所谓"司命"，虽然也具有命运之神的性质，但主要是掌管人的寿命。因此，中国古人对寿命的理解，在许多情况下不是由人的生物性决定的，而是取决于天意或神意，于是就出现了奇迹，就有活了八百年的彭祖，以及自称活了几个世代、修成金刚不坏之身的仙人。

总之，人类生存有极限，个体生命也有限度，如果说前者是一个常数，那么后者就是一个变数。对个体而言，很难说活多久算够。多数人达不到人类生存的极限，所以即便到达生命的终点，也不会以为自己活够了；至于在尚未到达生命终点的时候，当然就更不会以为自己活够了。

死 的 企 求

北宋黄休复《茅亭客话》记成都谭居士，所居庭院篱落间遍植草药，没有喜怒哀乐，毁誉不能动其心，日常诵经于间巷聚落，治病所得钱帛随手散给穷人，每次行药归来便闭户靠壁瞑目而坐……大约生活方式比较健康，所以"年高而精神愈壮"。这样一位深得养生之道的老人，按说该有长生不老的愿望吧？但当他活到一百零八岁时，有人问他长生之法，他却说："至于导养得理，以尽性命，百年犹厌其多，况久生之苦乎？"

这位谭居士以久生为苦，正如索福克勒斯所说"那长久的岁月会贮积许多更近似于痛苦的东西"；他说"百年犹厌其多"，正如西塞罗所说"再活下去就要厌倦了"；他说"以尽性命"，正如西塞罗说"活够了"，即达到了人类"天生之质"所规定的生命长度或生存界限。他们生活在不同的国度和历史时期，却得出了相似的结论，这种比较使我们看到古代中国与古希腊罗马文化的相通之处。

文化相通，缘于文化赖以形成的生活土壤相通。有资料说明，古希腊的老年人"绝大多数都不怕死，并且，常常很诚恳地企求死；一些年老体衰的人，像康德一样，甚至把这种企求提升为焦急的渴望"（布尔塔赫《生理学》）。而据笔者所知，中国民间有些长寿老人，也像古希腊的老年人那样不怕死，甚至"很诚恳地企求死"。他们常挂嘴上的一句话是："怎么就死不了？"两位熟惯的老人见面寒暄，一人问："你还不死哩？"一人答："死不了。死了还有人受罪哩！"其中不无开玩笑的意味，却不完全是玩笑，他们已活到了一个百无禁忌的境界，饱尝了生活的甘苦，勘破了生死，所以对死亡可以会心地一笑置之。这样的老年人在古代想必更多，只不过他们自己不会著书立说，他们平淡无奇的生活也很难进入文人的视野。而文人墨客能著书立说时尚未年老体衰，少数人有幸活到耄耋之年，却已不能著书立说了。更多的人则深受主流价值观影响，缺乏独立思考，惯于人云亦云，这就难怪以久生为苦的思想比较罕见了。

《茅亭客话》的作者黄休复似乎是一个异数，有理由相信《茅亭客话》成书时，他已是一位耄耋老人。他生平不祥，而据其著述涉及的内容，大约生活于五代、宋初；又据推测，《茅亭客话》大约成书于宋仁宗康定年前，此时距宋朝开国已八十年。如果他确实出生在五代，一直活到宋仁宗时期，那么他的寿命恐怕与他笔下的谭居士相去不远，而书中的某些内容可能出自一位耄耋老人之手，这使他有可能身临其境地面对长寿问题，不仅有深入思考，而且有切身感受，因而有一些真知灼见。他还记了一则《鬻屦妪》的故事——

　　庚子岁（宋真宗咸平三年），益州发生了一次兵变。平乱的大军将乱军包围在城内，矢石如雨。有位七十多岁的王妪，因其孙子被乱军逼迫参与守城，她每天给孙子送饭。一天，她正背靠一棵大树坐着，一名军卒来到面前，背身箕踞，她叱之不去，只好离开。没走出多远，一炮飞来，正好落在那名军卒头上。如果不是那名军卒，被打死的肯定是她。待到大军攻克益州，王妪已失去所有亲人。她活到九十多岁时，"既老且病，冻馁切骨，织草屦自给"，常对人说："城闭之日，若遭炮石击杀，不见今日贫苦，何不幸若此耶？"宁愿当年被炮击身亡的是她。

　　王妪以长寿为不幸，即便在作者黄休复看来也比较新鲜，因为这似乎有悖于传统的价值观念。他评论道："颜子少亡，子曰不幸。短命之称为不幸，则知长命为幸也。鬻屦妪贫而寿，叹为不幸，惜哉！"本来，无论"久生之苦"，还是贫而寿的不幸，大约都是作者本人的思想，但作者却没有直抒胸臆，而是借谭居士和鬻屦妪之口说出来，这可能缘于他意识到自己的想法比较另类，缺乏正面表达的自信，因而采取了借题发挥的方式。这与古希腊罗马人有所不同，索福克勒斯和西塞罗在表达类似思想时，仿佛是在阐述一种当然之理。

　　值得注意的是，以长寿为不幸的认识往往是有条件的，如"贫而寿"，即与长寿相伴的如果是贫穷，就将是不幸的。贫穷对谁来说都是不幸，而对老年人尤为不幸。贫穷如果身强力壮，还可以出卖劳动力；贫穷如果年老体衰，则失去了生活能力。即以鬻屦妪而言，她"既老且病，冻馁切骨"，加上孤苦，无人赡养，没有生活来源，只能"织草屦自给"，老年人所有的不幸几乎集中体现在她身上，所以她叹为不幸，宁愿遭炮击身亡。这使我们很容易想到，古希腊那些将死的企求"提升为焦急的渴望"的人，是"一些年老体衰的人"；并且从"绝大多数都不怕死"推断，他们很可能是穷人，因为在生产力低下的古代，穷人无疑是大多数。这在古希腊哀歌体诗人米姆奈尔摩斯的哀歌中也得到印证，诗人大约也是一个穷人，关于老年的痛苦，他写道："家财罄尽，贫穷是一件苦事"，"加上没有子女"，"加上疾病折磨"，"世上哪有谁／宙斯不会加给他许多的灾难"？所以，"倒不如一头倒地，走进冥土"（《我们都是绿叶》）。笔者所接触的那些拿死开玩笑的老人，也都生活在社会下层，退休工资和养老金一概没有，他们除了承受贫穷的不幸外，还因贫穷而更多地承受疾病和衰老的不幸，这就难怪以长寿为苦的认识更多是在民间。

但贫穷与孤苦都不是生活的界限，最终给生活划出界限的，是谁也逃不脱的衰老，以及与衰老俱来的疾病。明确认识到长寿是一种痛苦的现代人，则有已故百岁老人巴金。他在去世前几年，曾向许多朋友倾诉："长寿是一种惩罚。""长寿不是一件好事，是一种痛苦。"他是少数有资格谈论这个问题的文化人，由于他特定的地位，他的看法也比较容易引起人们的注意。巴金先生既不贫穷也不孤苦，却不能避免衰老和疾病。先生晚年因脊椎压缩性骨折住进了医院，当他躺在病床上，忍受着病痛的折磨时，大约也像古希腊的老年人一样"常常很诚恳地企求死"，事实上他曾一再要求：不要用药了，安乐死吧。

第一次从巴金口里听到"长寿是一种惩罚"这句话，觉得既新鲜，又比较信服。事实上类似思想古已有之。《列子·力命》："可以生而生，天福也；可以死而死，天福也。可以生而不生，天罚也；可以死而不死，天罚也。"这里讲的是"形而上"的问题，比较笼统，但如果追问一下：什么情况属于"可以死"？那么大约就是我们正在谈论的问题：活到人类"天生之质"规定的生命长度，尽了"性命"，达到了生活的界限，简言之就是"活够了"。在这种情况下，"可以死而不死"才成为一种"天罚"——这显然就是巴金先生所谓"长寿是一种惩罚"。

亲友零落

"与老无期约，到来如等闲。偏（遍）伤朋友尽，移兴子孙间。"这是刘禹锡《答乐天见忆》中的诗句。刘禹锡活了七十岁，已届古稀之年，在如今算不得长寿，在古代已属不易。他早年的朋友，如与他一道追随王叔文参与政治革新的"死友"，此时已零落殆尽。特别是与他并称"刘柳"、相交甚笃的柳宗元，只活了四十六岁，先他二十多年而去。他晚年与白居易唱和甚多，人称"刘白"，这在朋友中大约是硕果仅存了。

　　北宋文彦博活了九十二岁，晚年住在洛阳，与富弼、司马光等人照白居易九老会故事（先例）置酒赋诗相乐，人称"洛阳耆英会"。文彦博历事四朝，任将相五十年，在封建时代是令读书人羡慕的福禄寿俱全的理想人格。但他却说："人但以某（我）长年为庆，独不知阅世既久，内外亲戚皆亡，一时交游凋零殆尽，所接（交往）皆藐然少年，无可论旧事者，正亦无足庆也。"（《邵氏闻见录》）文彦博以长寿为"无足庆"，被《邵氏闻见录》的作者邵伯温称为"达理之言"。

　　明代顾起元只活了六十四岁，却已是知交零落，"存者十不一二"，因而也有某些长寿老人的感慨。他在《客座赘语》中写道："余少而懒慢，厌造请（拜访），即梓里（同乡）交游可屈指计。然以文心墨韵，时通往来，颇谐衿契（情意相投），乃不二十年零落殆尽矣。自荐绅（士大夫）以迨韦布（贫贱者），自长老以及行辈，存者十不一二。暇日追忆逝者，不觉喟然伤焉。"为纪念亡友，寄托哀思，他"以诗学、词曲、书法、画迹四则，疏列其人"，本想"稍叙生平"，也就是为他们作传，但这一心愿终于未能实现，只留下一串长长的名单。

　　古人重义，说书人于是有"不能同年同月同日生，但愿同年同月同日死"的说法。但人生知己何尝同生，又如何同死？除了水火兵燹天灾人祸，没有什么能叫死亡的步伐整齐划一，死亡总是有先有后，因而健在的人痛悼死去的人便是常态。逝者长已矣，生者常戚戚，死者不用再牵挂什么了，生者却不能不怀念死者，承受失去亲友的悲痛。人活得越久，经历的死亡越多，伤逝的痛苦必然愈加深重。古罗马思想家爱比克泰德说："你怎么能够既想活到老，同时又想看不到你所爱的人死亡呢？"（《语录》）英国诗人拜伦在《恰尔德·哈洛尔德游记》中写道——

> 老去时最大的苦痛是什么？
>
> 什么东西使额上的皱纹加深？
>
> 眼看所爱的人儿相继入墓，
>
> 就像我这般，成为孤独的人。

　　拜伦写下这几行诗句时才二十多岁，他何尝感受过"老去时最大的苦痛"？但他刚刚经历了丧母之痛。中国古人居父母之丧以至于"毁瘠灭性"，阮籍哭其母"举声一号，吐血数升"，西方人虽不把孝道抬到吓人的高度，但子女对母亲的爱是人类最深厚的感情，那个给他生命、与他相依为命（母子二人遭其父抛弃）、最爱他、也最为他所爱的人走了，经历了丧母之痛的拜伦于是可以移情于老年人。事实证明，他关于老年痛苦的表述，与长寿老人的深切感受完全一致，"眼看所爱的人儿相继入墓"，正是许多长寿老人必将反复经历的创痛。

　　长寿老人不仅会永别"长老以及行辈"的亲友，有时还会面对白发人送黑发人的悲剧。唐诗人顾况晚年隐居茅山，自称"悲翁"，大约就因为他痛失爱子，他为此作诗曰："老人哭爱子，泪下皆成血。老人年七十，不作多时别。"每当思念儿子，他就吟诵此诗，也总是继之以痛哭，真可谓"字字血，声声泪"。宋人吴开《漫堂集》讲了一个传闻，说顾况的诗感动了其子在阴间的灵魂，恳求冥官答应他下一辈子还给顾况做儿子，于是顾况又有了一个儿子，这就是另一位唐诗人顾非熊。但这已经是一种创作，在这一创作中，老年人的丧子之痛得到了艺术表现，父子之情被赋予传奇色彩。

巴金先生常说，生命中倘若没有亲情、友情，生命又有何意义？但由于长寿，他生生地看着至爱的亲友一个个离他而去。爱妻萧珊的离去使他痛不欲生，他恨不能到另一个世界去和她相见。挚爱的友人也一个个走在他前面，使他一次又一次沉浸在悲伤和痛苦之中。他晚年所写文稿，大多是对友人的怀念：《怀念老舍》、《悼念茅盾》、《纪念雪峰》、《忆沈从文》、《怀念曹禺》、《怀念郑振铎》……远去的朋友一个个向他走来，逝去的岁月一幕幕出现在他眼前，他在痛苦中追忆，受痛苦驱使，强忍着痛苦写下这些痛悼的文字。这可说是长寿的代价，活得越久，这种痛苦必将承受得越多，如果说谁能避免失去至亲好友，那么除非先离开这个世界的是他自己。与长寿老人相比，先他们而去的亲友至少有一点是幸运的：走在巴金先生前面的萧珊，至少免于失去爱人的痛苦；先巴金而去的友人，至少不曾失去他这个挚友。

"白发多时故人少"，"怅平生、交游零落，只今余几"（辛弃疾）。生离死别谁都会经历，是人生中必然要过的几道坎，只不过长寿老人经历的格外多。青年人可能会送别祖父母，中年人可能会送别父母，而等你到了老年，不仅这一切一样不少地都曾经过，还会接二连三地失去同代和同辈的亲友，他们有的是你亲密无间的兄弟，有的是你义气相投的挚友，还有的是你志同道合的同事和同生死、共患难的战友。毛泽东听到董必武去世的消息，无法排遣内心的沉痛，于是一遍又一遍地放南宋词人张元幹的两首《贺新郎》的唱片，品味其中的诗句，不难想象他的心情——

曳杖危楼去，斗垂天，沧波万顷，月流烟渚。扫尽浮云风不定，未放扁舟夜渡。宿雁落、寒芦深处。怅望关河空吊影，正人间、鼻息鸣鼍鼓。谁伴我，醉中舞？（其一上阕）

梦绕神州路。怅秋风、连营画角，故宫离黍。底事昆仑倾砥柱。九地黄流乱注？聚万落千村狐兔。天意从来高难问，况人情老易悲难诉。更南浦，送君去。（其二上阕）

这两首词，一寄李纲，一送胡铨，二人都是南宋名臣，前者因主战被贬，后者因上疏请斩秦桧被谪。李纲与胡铨深孚众望，在张元幹眼里可谓栋梁之材、股肱之臣，对他们被贬于是有"斗垂天"、"昆仑倾砥柱"之叹；张元幹曾为李纲幕僚，与李纲志同道合，他出于民族大义，不顾个人安危声援李纲、胡铨（事实上他因此被秦桧除名、下狱），所以当他们离去时就有"谁伴我，醉中舞"之慨。董必武在毛泽东心目中的地位，失去董必武对毛泽东的打击等等，使张元幹的这两首词引起了毛泽东的强烈共鸣；加之这两首词"慷慨悲凉，数百年后，尚想其抑塞磊落之气"（《四库全书总目》），具有极强的艺术感染力，借此可以抒发悲愤壮烈的情怀。

时代隔膜

十八世纪英国作家斯威夫特在《格列佛游记》中写了一种长生不死的人，叫叫作"斯特鲁布鲁格"。他们即便在拉格奈格这个乌托邦式的岛国也是极少数，包括他们自己的孩子在内，周围绝大多数人都是有生有死，而死亡的大门惟独对他们永远关闭。他们也像古希腊神话中的提托诺斯一样，可以避免死亡，却无法抗拒衰老，当他们一年老似一年，活着已不再有任何乐趣，却无法从生活中逃离，而不得不承受不死的煎熬。造成他们痛苦的因素之一，由于跨越了不同的世代，他们对周围环境、周围人感到隔膜，"一个时代的'斯特鲁德布鲁格'听不明白另一个时代中他们同类的话"，"他们生活在自己的祖国却倒像外国人一样感到很不方便"。

别看如今许多人都希望拥有外国的绿卡，但如果真让他生活在国外，他还真不一定乐意。究其原因，除了"宁为鸡口，毋为牛后"（苏秦说韩宣惠王语），以及在外国赚钱不如在中国容易外，还因为对陌生的文化环境不习惯，特别是如果连外国话都不会说，那些靠嘴皮子吃饭的职业，耍起嘴皮子来就不灵光，何况没人神侃也闷得慌。闲话少说，"斯特鲁布鲁格"虽然是斯威夫特的幻想，却以荒诞的形式演绎了生活的真实。如今出生在不同年代的人们之间已经有所谓"代沟"，不用说跨越了几个世代的长寿老人，与后世晚辈之间必然存在着巨大的隔膜。人们的思想固然可以与时俱进，但阅历不同思想必然也不同，耄耋老人与"藐然少年"缺乏共同语言，如文彦博所谓"无可论旧事者"，因为你所经历的他没有经历。

"斯特鲁布鲁格"的形象意在嘲讽人们不死的愿望。斯威夫特用一种类似于"归谬法"的逻辑，将这种愿望推向极端：假如人们得到期望中的长生不死，又将怎么样呢？"斯特鲁布鲁格"似乎是一个样板。类似的"归谬法"中国古人也懂，针对世人重养生、求长寿的愿望，北宋范纯仁曾说："或相勉以摄生之理，不知人非久在世之物。假如丁令威千岁化鹤归乡，见城郭人民皆非，则彼独存何足乐者？"（《邵氏闻见录》）传说丁令威驾鹤升仙，离家千年后化鹤归来，落在城门华表柱上。有少年挽弓欲射，遂飞鸣空中，所鸣辞曰："有鸟有鸟丁令威，去家千年今始归。城郭如故人民非，何不学仙冢累累。"这个故事出自相传为东晋陶渊明所作的《搜神后记》，原本宣扬一种出世思想，后人以此形容人世变迁，而范纯仁对这个典故的运用，则与斯威夫特如出一辙：假定人们可以得到期望中的长寿，也许并不像人们所想象的那样幸福。

假如我们活到地老天荒，世界已不再是如今的世界，人类已不再是如今的人类，我们孤独地活着，还会有什么快乐吗？这虽然是一种假设，却也触及到了人生幸福的本质。人是社会的生物，人生在世，也生活在一定的社会关系之中，与同时代人有着千丝万缕的联系。假如"我"不是我的父母的子女、我的子女的父母、我的亲朋好友的亲朋好友、我所在社会的公民，"我"还是什么，还有什么自我，还谈得上什么幸福？在范纯仁看来，丁令威所以不会快乐，就因为"见城郭人民皆非"——照我们现在理解，也就是他生存其中的社会关系不复存在，同时代人都已退出历史舞台，因而失去了人生幸福的土壤和条件。又如进山打柴的王质，因贪看仙人下棋而烂了斧柯，回到家里已是几十年后，当他看到"乡里已非"、"亲旧无复存者"，会是一种什么感觉？古人虽然没有明说，但据说他后来"复入山得道"去了，想必痛感与世隔膜，难耐孤独与寂寞。

千年的岁月够漫长了，我们断然想象不出千年后的世界会是什么样子。假如我们千年后重回人间，认识的人一个都不存在，就算我们已经得道成仙，也绝对没有人为我们喝彩。我们将不理解周围世界，就像唐宋时期的人不理解我们一样——不，我们与后人的差异，比前人与我们的差异可能还要大得多，因为在过去的一千年里，最大的变化发生在最近一百年，此后世界的变化越来越快，呈现一种加速度。那些曾经构成我们人生幸福的因素，千年后可能已不复存在，比如我们曾经重视的价值，或许早已失落，或许已经走向反面；我们曾经为之奋斗的事业，或许早已被超越，或许早已被扬弃；我们今天孜孜以求的财富，或许已成为垃圾；我们今天沉迷其中的享乐，或许已成为苦役……总之，世界将不再是一个适合于我们生存的环境。

话说回来，人们所期待的长寿，不过是比一般人活得长一点，何况我们从来没有，也不会离开这个社会，我们还将与时俱进，不断调整自己、超越自己以适应环境，因而不会有丁令威化鹤归乡的感觉。的确，人不可能活一千年，尽可不必"常怀千岁忧"；但同样不必奢望长生不老，或超越生命界限的长寿。人无论如何调整自己、超越自己，都有一个限度，最大的限度来自生命本身。当我们已不年轻，既没有年轻人的精力，也没有年轻人的激情，加之人生留给我们的时间越来越少，因而就不会像年轻人那样看待事物、思考问题、安排生活。我们对世界的认识，需要随着社会发展、科技进步不断调整，但每个人学习知识的黄金时期都是青少年时期，年轻时形成的知识结构，到了老年要想完全更新，即便有这个愿望也做不到了。我们精力衰减，做某些工作已力不从心，老到一定程度甚至干不动了，社会渐渐不需要我们，无论我们是否情愿，都将被社会边缘化，要想与周围环境、周围人没有隔膜也不可能了。

有道是"铁打的营盘流水的兵"，这话也可以用来形容人与其生存的环境，我们生存的世界就像铁打的营盘，往来不息的人群就像流水的兵。人们不是同时来到这个世界，而是有先有后，一个人与其他人共同生存的时间有多有少。一般来说，人活得时间越久，先后结识过的人就越多，但并不意味着对周围环境也越熟悉，因为在他有生之年，他曾经结识过的许多人先后离他而去，周围大多数人要么刚刚认识，要么还不熟悉；又因为他与周围人共同生存的时间将十分有限，所以刚刚认识的人可能已来不及深入了解，而还不熟悉的人可能永远也没有机会熟悉了，所以他会对这个世界感到隔膜。歌德晚年就曾表达过这样的心情——

> 当我现在回顾我的早年和中年时，我已到了老年，想起当年和我一样年轻的人们之中没有剩下几个了，我总联想到一个靠近游泳场的避暑旅馆。初住进这种旅馆，你很快就结识一些人，和他们成了朋友，这些人已早来了一些时候，再过几个星期就要回去了。别离的心情是沉重的。接着你又碰上第二代人，你和他们在一起生活过一些时候，彼此很亲密。可是这批人也离开了，留下你孤单单一个人和第三代人同住。他们刚来你却正要离开，和他们打不上什么交道。(《歌德谈话录》)

看得出，歌德说这番话时心情平静，谈不上多么悲伤和痛苦，但却不能不说相当孤独。这是一种深层的孤独，别人很难理解，因为看起来似乎并不孤独，甚至还有些热热闹闹，特别是歌德"在高龄受到高度崇敬"(司各特语)，就像巴金、季羡林在中国那样，到了晚年仍深受舆论关注和社会关爱。尽管人们的关爱无微不至，但只有他们自己知道，他们与关爱他们的人实在缺少共同之处，实在"打不上什么交道"，关爱他们的人永远代替不了已经离去的人在他们心中的位置。他们算是幸运的，那些平凡的老人，特别是几乎被社会遗忘的老人，对周围环境和周围人就更不免感到隔膜。

下卷

解读死生

死何如生

"六合之外，圣人存而不论"（《庄子·齐物论》），可说是古人对待未知领域的一种态度，颇似今人对于 UFO 和外星人。《论语·先进》："季路（子路）问事鬼神。子曰：'未能事人，焉能事鬼？'曰：'敢问死。'曰：'未知生，焉知死？'"如果说鬼神可能在六合之外，那么生死却在天地之中，但由于在孔子看来也属未知领域，所以也就存而不论了。

古希腊思想家苏格拉底被判死刑，最后陈述时说："分手的时候到了，我去死，你们去活，谁的去路好，唯有神知道。"（柏拉图《申辩篇》）孔夫子和苏格拉底在各自的国度堪称圣人，但对死亡都表示不了解。

东汉向子平（名长）隐居不仕，喜欢研读《老子》、《易经》。一次读《易》至损、益二卦，喟然而叹："吾已知富不如贫，贵不如贱，但未知死何如生耳。"（《后汉书》）他后来弃家游五岳名山，不知所终，也不知是否找到了答案。

　　法国作家拉伯雷在《最后的话》中也说："我去寻找一个尚属疑问的伟大的东西。"找到也好，找不到也罢，都无法告诉我们了。

　　世界上许多知识都可以通过经验获得，但死亡的经验却谁都没有；许多知识都可以验证，而关于死亡的知识却无法验证，至少是无法亲身验证。人们虽然可以间接地认识死亡，通过别人的死亡来认识死亡，却无法真正了解他们死后的情况：究竟是人死如灯灭，还是灵魂离开身体继续存在？倘若灵魂不灭，那么，彼岸世界比此岸世界怎么样？耳听为虚，眼见为实，人们宁愿相信自己的眼睛，对没有亲身经历的事情总是不大相信。

　　南宋叶衡罢相还乡，每日与门客饮酒消遣。一日忽忽不乐，对门客说："某（我）且死，所恨未知死后佳否耳。"一门客说："佳甚！"叶惊问："何以知之？"回答说："使死而不佳，死者皆逃归矣。一死不反，是以知其佳也。"（岳珂《桯史》）这不过是帮闲者的一个噱头，但死者一去不返却是事实。正因为一去不返，所以不可能有什么经验，死亡于是被视为不可知。

　　除非死而复生的人，或许对死亡有发言权。历代笔记中多有再生之类的记载，但率多荒诞不经，不足为训。倒是弥留之际乍死还生，庶几可以谈点感受。北宋僧人惠洪《冷斋夜话》载，尹洙（字师鲁）被贬官过邓州，手书（亲笔信）与范仲淹诀别。范仲淹得书从南阳赶来，尹洙已沐浴更衣，少顷端坐而逝。范仲淹恸哭失声，尹洙大概听到了，忽然又活过来，抬起头说："死生常理也，何（何以）文正（范仲淹谥号，生时不应称此）不达此。"问他后事，尹洙说："此在公耳。"与范仲淹相揖而逝。少顷再次活过来，举手对范仲淹说："亦无鬼，亦无恐怖。"说完才真正与世长辞。尹洙在最后死去前，已死过两次，"亦无鬼，亦无恐怖"就是他对死亡的切身感受。

其实，真正了解死亡，并不需要亲历死亡；即便可以经历死亡，又岂能真正懂得死亡？这就像人们虽然生活过，却未必真正懂得生活。孔夫子是生活过的人，而且比子路多吃许多咸盐，但他却自认为"未知生"。这不仅是他嫌子路的问题愚蠢，而且是对生命的真谛的确没有标准答案。他毕生都在探求真理（包括生命的真谛），但直到临终都不敢说自己已经找到。从那时到现在两千五百多年过去了，人们从未停止这种探索，但对生命的真谛仍然众说纷纭。死亡并不神秘，也并非不可知，正如生存并不神秘，并非不可知。假如死而有灵，死者在彼岸世界想必也会众说不一，正如现实中人们对生命的真谛众说纷纭。其实，人们并不真正需要标准答案，只需了解众说，而又勤于思考，凡事形成自己的看法，也就是孔夫子所谓"不惑"，那么真谛可能就在其中了。

晋代有个名叫苏节的人，其父苏韶死后，灵魂回家达三十多次。一次，苏节问其父："死何如生？"苏韶（灵魂）回答："无异。而死者虚，生者实，此其异也。"（《王隐晋书》，据《太平广记》）这当然并非苏韶的回答，而可能是文人墨客的杜撰，所反映的不过是作者的见识，虽然"卑之无甚高论"，却也颇耐人寻味。所谓死生"无异"，大约以为人死后还有另一种生活，与活着时差不多；所谓"死者虚，生者实"，大约以为死者的另一种生活，并不像生者的生活那样实在。现在看来，另一种生活当然并不存在，死后的生活，其实是活人的想象，是活人观念中的生活。正由于此，死才会"无异"于生，因为观念的生活不过是现实生活的反映；也正由于此，死者的虚区别于生者的实，无非就是观念区别于现实。

"死何如生"的问题，是相信灵魂不灭的人们提出的问题，或者至少是对灵魂存在与否不能确定，因而持怀疑态度的人们提出的问题。苏格拉底相信神的存在，相信彼世的判决将比此世公正，在那里他将受到公正的对待，他还将与众多的哲人为伍，所以他在告别这个世界时说："谁的去路好，唯有神知道"。拉伯雷可能像其他人文主义者一样，是一个怀疑论者，他不相信宗教提供给他的天堂和地狱，所以要"去寻找一个尚属疑问的伟大的东西"。在他临终的时候，出现了很长一阵的沉寂和几乎失去一切意识的症状，也许是要感受一下死亡，就像尹洙弥留之际，只不过他是有意识的，试图在生命的最后一刻，通过自身的毁灭来寻找一个答案，那答案他可能已经有了，只是没有直接说出来，而是突然张开眼睛，对着死亡放声大笑，说："拉幕吧，戏演完了！"

死生为昼夜

　　《庄子》一书多处以死生为昼夜，如"死生为昼夜"（《至乐》）、"死生终始将为昼夜"（《田子方》）。死生与昼夜也许不无相似之处，生命有如白天、死亡就像夜晚，或者生命好似光明、死亡堪比黑暗。在荷马史诗里，"活着和见到阳光"是一回事。古代波斯神话中，死亡即出自黑暗之神。古斯拉夫人崇信的死亡之神，据说就是严冬的酷寒和幽暗的化身。《旧约·诗篇》这样形容死："他仍必归到他历代的祖宗那里，永不见光。"在诗人笔下，"生命是美女，身著白昼为表、黑夜衬里的衣衫。"（纪伯伦《暴风集》）"生，便是由黑夜的神秘／进入白天的更大的神秘。"（泰戈尔《流萤集》）无论将生死比作昼夜，还是用光明和黑暗暗示生死，都是取其相似的特征，因而具有一种修辞上的关系；除此之外，死生和昼夜还有什么相通之处吗？

　　昼夜是自然规律，生死也是自然规律。"死生，命也；其有夜旦之常，天也。人之有所不得与，皆物之情也。"（《庄子·大宗师》）对生死起支配作用的是命，对昼夜起支配作用的是天，无论天还是命，都是不依人的意志为转移的"物之情"。所谓"物之情"，大约指事物所固有的规律性，"天"有夜与昼是物之情，"命"有生与死也是物之情。值得注意的是，《庄子》用"夜旦之常"来看待生死，这个"常"字耐人寻味，它有恒久、经常的意思，又有法则、规律的意思，如《荀子》所谓"天行有常"。
而经常出现、反复起作用的东西，其实就是规律，也就是《庄
子》所谓"物之情"。

昼夜不可知，生死也不可知。——至少有些古人是这样看
的。子路问死，孔子说："未知生，焉知死？"（《论语·先进》）
在这里，孔子似乎主张不可知论，其实未必，而不过是一种
"知之为知之，不知为不知"的态度。"子不语怪力乱神"（《论
语·述而》），缘于怪力乱神属于未知领域。人生也有许多未知
数，尤其对古人来说，既然连灵魂不灭与否都不能确定，那么孔
子的态度就是明智的。孔子以后两千多年的古代，由于人们对人
生的认识一直没有多么深入，也就一直不乏有人以为生死不可
知。清代文人袁枚在其《牍外余言》中写道：

> "要知所以来，便知所以去。汝当日呱呱坠地时，能知
> 所以来乎？不能知之于前，乃欲知之于后乎？人之有死生，
> 犹天之有昼夜也。自有天地，便有昼夜；所以有昼、有夜
> 之故，天不能知也，顺其自然而已。自有人生，便有生死；
> 所以有生、有死之故，人不能知也，尽其当然而已。故曰
> 不知命，无以为君子。知即知其不可知者而已。"

当时国人的自然科学知识尚不足以认识昼夜的真相，也不足以揭
示生命的奥秘，就难怪在袁枚看来，死生之不可知，正如昼夜之
不可知。

昼夜一体，死生也一体。《庄子》常以死生为一体，如"孰

能以无为首，以生为脊，以死为尻（臀）；孰知死生存亡之一体者"（《大宗师》）；"以无有为首，以生为体，以死为尻。孰知有无死生之一守（道）者"（《庚桑楚》）。这种想象非常奇特，具有非理性色彩，笔者无论如何也想象不出生何以为脊，死何以为尻。不过，脊和尻都是身体的部位，只不过所处的位置不同罢了，脊、尻一体意味着死生一体，死生同属于生命，正如昼夜同属于自然（天）。不仅如此——

昼夜是一种顺序，生死也是一种顺序。首、脊、尻是身体上相互连接的部位，于是有学者解释：三者同为一体而顺序不同。所谓"以无为首，以生为脊，以死为尻"，就是把从无到生、再到死比喻成从头到背脊、再到屁股。从生到死的发展变化是一种顺序，正如"日夜相代乎前"、"相与为春秋冬夏四时行"（《庄子·至乐》）都是一种顺序。死生与昼夜相似，白天过去是黑夜，生命的终点是死亡；死生与昼夜似乎又不同，白天过去还会再来，人死后却不能复生。但这种不同其实也并非真正的不同，白天过去了虽然还会来，而已经过去的那个白天却永远也不会再来了。因为顺序无非是时间的延续，而时间是不可逆的，所以死生和昼夜同样是不可逆的。

昼夜是两极，生死也是两极。至少在人们的表象中，昼夜仿佛是对立的两极，而生死确乎是对立的两极。"死生、存亡、穷达、贫富、贤与不肖、毁誉、饥渴、寒暑，是事之变、命之行也。"（庄子·德充符》）如果将"事之变"理解为事物的发展变化，将"命之行"理解为在发展变化中起支配作用的规律，那么，在这些两极对立的范畴中发挥作用的规律，大概就是对立统一。

在《庄子·德充符》中，叔山无趾以为，由于受某些桎梏，孔子尚未达到至人的境界。老子于是说："胡不直使彼以死生为一条，以可不可为一贯者，解其桎梏，其可乎？"这里的一条和一贯大约是相连、相通的意思。正因为死生相连而又相通，所以子路问孔子，只不过说"敢问死"，并没有问生，而孔子却回答"未知生，焉知死"。并非孔子答非所问，而是在他看来，死与生联系在一起，不了解生存，也就不了解死亡；反过来说，不了解死亡，也就不能真正了解生存。

死生对立，因而相互否定。死亡是对生存的否定，这好理解；反过来说，生存是对死亡的否定，行不行呢？也行，生命的延续就是对死亡的否定。死亡是不可避免的，生命的延续也是必然的。有些昆虫交配以后就会死去，这是死亡对生存的否定；但却留下了卵，从而延续了生命，这又是生存对死亡的否定。高等生命的生死相代虽然不像昆虫那样直观，但无非是一个更加复杂的过程，不仅会留下生命的种子，还要让新生命发育成长；而在人类繁衍生息的意义上，"造福子孙后代"其实就是对死亡的更加长远的否定。

死生一体，因而相互依存。没有生就无所谓死，这好理解；反过来说，没有死就无所谓生，行不行呢？这似乎不好理解，因为生死是不可逆的。但如果想到自然界实际上不存在不死的生命，也就不难理解生存其实也离不开死亡，即不能离开死亡孤立存在。事实上，确有人将死亡视为生命的接生婆，如十七世纪英国医生、作家托马斯·布朗；并且与《庄子》相似，布朗也曾将生死比作昼夜，他在其《墓穴》中写道——

> 死人的数目远远超过活着的人，黑夜的时间远远超过白天。谁知道什么时候昼夜一样长？时间是算术式的相加，不会有停下来的时候。死亡必然是生命的接生婆，因而异教徒甚至能够怀疑说，出生是否就是死亡；我们的最长久的太阳，每日按时下山，形成冷落的天穹，所以，我们在黑暗中躺下来之前的时间不会很长，我们在灰烬里得到亮光；由于死神每天都带着死亡的警告拜访我们，随着年龄增长，时间告诉我们不要再希望延长生命了，永生是一个梦，是愚蠢的企望。

这段话可能比《庄子》还费解，大约因为这不是思想家的表述，而是作家的表述。我们只需理解，他实际上是说死亡的必然性，就像太阳每日按时下山那样不可避免。值得注意的是"死亡必然是生命的接生婆"，这从何说起？如果理解为死亡孕育着生命，当然未尝不可；但布朗作为论据的，却是异教徒的怀疑："出生是否就是死亡？"这能说明死亡是生命的接生婆吗？也许只能这样理解：死亡是与生存俱来的，只有会死的生命才可以存在，不死的生命则无法存在；或者可以说，死亡是生命的属性，生命无法摆脱其自身的属性。说得更透彻点：假如有某种东西，一定要造物给它以不死的承诺，它才肯出生，那么它就永远不会出生。

生死相依

柏拉图的《斐多篇》中，苏格拉底关于灵魂不灭的第一个论证是万物都具有对立面，万物都是由它们的对立面产生出来的。他在与贝克的论辩中，要求对方用同样的方式陈述生与死——

"你承认死是生的对立面吗？"

"我承认。"

"它们相互产生吗？"

"对。"

"那么从生中产生的是什么？"

"是死。"

"从死中产生的是什么？"苏格拉底问道。

"我必须承认是生。"克贝说。

"所以，克贝，活的东西和活人是从死的东西中产生出来的吗？"

从生命中产生死亡好理解，从死亡如何产生生命？生与死不仅相互对立，而且相互依存。"生必有死"是说死亡缘于生存、依赖于生存；而从二者相互依存来看，生存也应该缘于死亡、依赖于死亡，即苏格拉底所谓"从死中产生"。但这实在违背人们的常识，因为生与死是不可逆的，人们只看到从生到死，从未见过从死到生。尤其在苏格拉底的时代，科学技术还不发达，对此更不可能给出一个合理的解释。

苏格拉底的论证不过是从概念到概念，但其雄辩的逻辑却使贝克不得不承认"显然如此"。苏格拉底由死亡这个确定的过程，导出另一个与它相对应的不确定的过程，那就是复活。"如果有复活这回事，"他说，"那么它必定是一个从死到生的过程"；既然"生出于死，就像死出于生一样"，"那么足以证明死者的灵魂一定存在于它们再生之处"。这样，苏格拉底得出了人死后灵魂存在于另一世界的结论。他借助于对立面互相产生来论证灵魂不灭，反过来，恐怕也只有借助于灵魂不灭，才能论证生与死相互产生，因为对于"从死到生"的过程，这大约是当时所能提供并让人接受的惟一论证。

人类的思维总是相似的，古埃及人也曾有过类似的困惑，并得出相似的结论。正如苏格拉底相信万物都有对立面，古埃及人相信万物都在循环。他们看到天体的运行、季节的更迭、植物的荣枯、尼罗河的涨落，无不处于周而复始的循环之中，认为人也无法摆脱循环。既然枯萎的植物可以再生，那么死去的人也应该复活。他们的观念使他们相信人的复活，他们的感官却不能提供相应的证据，于是他们将这种信念寄托于神灵。这位神灵应能赋予人与植物相似的性质，于是他们选中了掌管植物荣枯的奥西里斯，让他在经历了死而复活之后，成为掌管人的生死的冥王。这样，人便可以像植物那样生生死死循环不已，从而与自然万物在循环中达到统一。

中国古籍如《太平广记》中也有许多"再生"即死而复活的故事，无非是借助灵魂不灭观念，包括佛教轮回转生观念，而虚构出来的。如果从"再生"的故事中剔除灵魂不灭，那么，曾经死去的人之所以能"复活"，仅仅缘于他们本来就没有真正死去，而真正死去的人是活不回来的。植物的荣枯其实也是这样，那些在秋天枯萎的多年生草木，之所以会在春天到来时返青，就因为它们不曾真正死去；而那些一年生的小草，一旦枯萎将不复再生，人们在第二年看到的其实是它们的族裔。灵魂不灭是虚妄的，神灵只在幻想中存在，苏格拉底解释不了生命如何从它的对立面死亡中产生，古埃及人也解不开人的生死如何循环。

既然如此，又如何理解生命对死亡的依赖、从死亡中产生？如何理解托马斯·布朗所谓"死亡必然是生命的接生婆"，如何理解"即使从死亡的空洞的眼穴里，也可以望见生命的消息"（莎士比亚《理查二世》）？如果说苏格拉底让灵魂在另一个世界复活、古埃及人将生死循环交给神掌握，也包含某些合理成分的话，那便是超越个体生命、超越今生，从更大的范围看待生死。印度诗人泰戈尔在其《飞鸟集》中写道——

死亡隶属于生命，正与生一样。

举足是走路，正如落足也是走路。

死亡如何隶属于生命？"正与生一样"又是什么意思？倘若"举足"表示生存、"落足"表示死亡，那么这会是谁的脚步？如果考虑到泰戈尔承袭了印度古代吠檀多派的哲学传统，似乎也可以理解。这种哲学将"梵"这种宇宙精神视为惟一实体，它不仅存在于一切事物之中，而且就是一切事物。如果说生命的本质是梵，是梵的变化或发散物，甚至只是梵的幻象，灵魂与梵同为一体，那么，存在于一切生命中的便是同一种东西，灵魂与灵魂之间没有真正差别。"当一个灵魂在一切身体之中消散之时，问你是谁、我是谁，这是无益的事。"（《毘瑟纽》）存在于一切生命中的生命，当然不会因个体的死亡而死亡，正如生命（树汁）离开树木以后，树木就枯萎而死，生命并不死亡，"生命离开身体以后，身体即枯萎而死。生命并不死亡"（《奥义书》）。这种无差别的生命当然无所谓生死，而个体生命的生生死死都不过是它的表现，所以可以无穷无尽地反复上演——

"我将死了又死，以明白生是无穷无尽的。"（《飞鸟集》）

尽管印度哲学很难解读，却也不难看出，这种超越一切生命而又存在于一切生命之中的生命像是什么——它就像一条生命的长河。它自身就是生命的本源，所以无所谓生；它又是永恒的生命实体，所以无所谓死。当我们称它为"生命"时，它实际上是有别于一切生命体的生命总和，是普遍的、永恒的生命，是无数有生有死的个体生命组成的一条不生不死的生命激流，而个体生命的生生死死都不过是这条激流里的浪花。这样来看泰戈尔的诗句，就不难理解，死亡隶属于这生命，正如生存隶属于它一样，而举足和落足就像它后浪推前浪、一波未平一波又起的奔腾不息的进程。

这样理解印度古代吠檀多派哲学虽然未必准确，但却可以看到这种独特的思维方式与其他思维方式也有相通之处。当生命作为梵这种绝对存在的表现时，我们看到了苏格拉底没有明确表达的东西，那就是超越个体生命、超越每一个从生到死的生命周期来看待生命。这样，生与死的相互依存，特别是生命对死亡的依赖，就是可以理解的了。基督教的使徒圣保罗说，"种子若不死去就不能新生"。这话从形式逻辑来看似乎有毛病，因为真正死去的种子是不能发芽的；但当种子发芽时，我们的确可以看到那被新芽顶起来的空壳，就仿佛是种子的尸体，因而会认为种子已经死去。种子的确死了，它不再是种子，而成为一株谷物，如果超越了谷物生长的每一个周期来看待谷物的生死，那么种子的新生就成为"从死中产生"的证明。而超越一切生命体的生死来看待生命，就是泛指一切生命现象，是一切生命现象的概括和总结，是生命的演进过程和发展规律，当然也可以如古埃及人，看作是生命周而复始的循环。这生命，我们之所以称为生命，是相对于更加广泛地存在于自然界的无生命物质及其运动规律而言。法国作家蒙田说——

自然迫使我们这样做。她说，离开这个世界吧，就像你来到这个世界一样。从死到生，从生到死，经历着同样的过程，你不会有感觉也不会有恐惧。你的死是宇宙秩序的一部分；是世界生命的一部分。

这段话也颇为费解：离开这个世界与来到这个世界怎么会一样？从死到生与从生到死怎么会经历同样的过程？但理解了泰戈尔，也就理解了蒙田。蒙田以"自然"的口吻说出的这段话，站在自然的高度米看待生命个体的生死，他所谓"世界生命"，大约也是一条生命长河，生是它的一部分，死也是它的一部分，无论从死到生还是从生到死、离开这个世界还是来到这个世界，都是这条生命长河里的浪花。

新陈代谢

凡人的生活，就像树叶的聚落。

凉风吹散垂挂枝头的旧叶，但一日

春风拂起，枝干便会抽发茸密的新绿。

人同此理，新的一代崛起，老的一代死去。

这是荷马史诗《伊利亚特》中的诗句。死亡与生俱来，是谁也逃不脱的宿命，这是对个体生命而言；对人类来说，随着"老的一代死去"，则是"新的一代崛起"，世代繁衍，生生不息。死亡是个体生命的终结，又是生物种群繁衍生息必不可少的环节。死亡埋葬了衰老，却为新生开辟了道路，创造了条件，乃至让出了空间。英国生理学家哈维在《动物生殖》中写道——

> 事物之永恒，是与生殖和衰亡之间彼此的更迭交替联系在一起的；就像太阳似的，现在在东方，随后又西方，它永不停止的循环构成了时间的度量单位；人的生命是很短暂的，而人类的存在也可以通过持续不断的变化永远延续下去，各个物种也可以永久存在，尽管个体是会死的。

生命如果是永恒的，那么生命的永恒性就存在于持续不断的变化之中，生物种群的延续正是通过"生殖和衰亡之间彼此的更迭交替"而实现的。在生命的长河里，生殖和衰亡都是必要的，没有生殖，物种将难以为继，没有衰亡，也就不需要生殖；"由有生殖与繁衍，即可见死之必然，如无死，则不需生殖"（张岱年《论死与不朽》）。

这也就是叔本华为什么说"死亡和生殖的交替好像种族的脉搏"——试比较泰戈尔的诗句"举足是走路，正如落足也是走路"：如果将"举足"理解为生殖、"落足"理解为死亡，那么生殖和死亡之于种族的繁衍，正如举足和落足之于走路一样不可或缺。

类似思想在日本企业家松下幸之助那里也可以看到，他用成长发展的观点看待生死，认为"生是发展，那么死也是发展"。他说："有生命的东西会死，也是成长发展的形态之一。所谓死，固然是灭亡，然而也诞生出新生代的萌芽。不断地死，不断地

生——这就是成长发展的原理。"(《创业的人生观》)

生命处于永恒的发展变化之中，生与死就是推动这种发展变化的内在矛盾，是生物种群的内在矛盾，也是生物体的内在矛盾。新陈代谢是生命的基本特征，新陈代谢一旦停止，生命随之终结，死亡随即到来；而新陈代谢实际上就是生与死的矛盾在生物体和生物种群内部的表现。生物体同环境不断地进行物质和能量交换，一方面从外部摄取养分，使之成为自身的组成部分，发生同化作用；另一方面，将自身组成物质分解开来，排出体外，发生异化作用。同化作用和异化作用之于新陈代谢，也正如举足和落足之于走路、生殖和死亡之于种族繁衍一样。在生物体内，新的细胞不断产生、老的细胞不断死亡；对生物种群而言，生殖就像生命的同化作用，死亡就像生命的异化作用。不断地生和不断地死，维持着生命的健康和物种的繁衍。正如泰戈尔《在病床上》的诗句——

> 生存的至上财富攒积在一个瓶子里，
>
> 瓶底是密密麻麻的小洞。
>
> 它不断地接受的东西，
>
> 又点点滴滴地漏掉。

不仅如此，生物的进化同样适用新陈代谢规律，同样依赖生殖和死亡的矛盾。进化是通过遗传、变异和自然选择实现的，倘若没有新陈代谢，没有旧的生命死亡和新的生命产生，也就不会有遗传、变异和自然选择，那么生物怎么能够从低级到高级、从简单到复杂，种类由少到多地进化呢？遗传物质从上一代传给下一代，生物种群因而得以保存和延续；遗传过程在自然条件下不断发生变异，有利于生存的变异逐代积累加强，不利于生存的变异逐渐被淘汰，这就是自然选择。生物进化是自然选择的结果，自然选择又是新陈代谢的结果，即物种内部生殖和死亡的矛盾所致。倘若没有新陈代谢，没有生殖和死亡，某个物种一旦存在就一成不变，那么充斥于世界上的，就将是某种原初生命。

正是看到新陈代谢是宇宙间的普遍规律，特别是生命现象的普遍规律，因而不只一位哲学家在思考人生问题时，将新陈代谢规律运用到人类的繁衍生息上来，将生与死看作人类的新陈代谢。中国哲学家张岱年在《生之矛盾》中写道：

有生必有杀，为生之矛盾。

一切生物皆有新陈代谢，必有取于外界，必有所戕害。

设生者长生，而又生殖不已，设每一生物随意生殖而毫无阻碍，必将成为无穷。如此，则有限化为无穷。

宇宙固是无穷，然如宇宙中任何一个有限的生物皆化为无穷，必将无可容。所以仅有生而无杀是不可能的。

只有生殖而没有死亡当然不可能；假如可能，即便是无穷的宇宙也将不可承受生命之重——这也就是有一天突然出现在泰戈尔心里的天启的真理："到处弥漫的人世间生存的压力以死的均衡使自己保持平稳，因此才没有把我们压垮。"（《回忆录》）印度和中国一样，是一个人口大国，因而生存的压力也使泰戈尔感受到了"不可反抗的生命力的可怕重量"。近代以来人类面临着人口问题，人口的自然增长尚且让人们感受到了生命的不可承受之重，有生无死当然更加不可想象。但在遥远的古代，人口问题还不存在，企求长生不老的古人的确设想过：假如没有死亡，又将怎么样呢？

春秋时，齐景公置酒于泰山之上，饮至酣处，放眼四望齐国的土地，不禁喟然长叹："呜呼！使（假如）古而无死，何如？"晏子的回答原文比较费解，人意是："从前，上帝认为人有死是好事，使仁者得到安息，使不仁者从世上消失。假如古而无死，那么太公（始封于齐）、丁公（太公之子）将拥有齐国，桓公、襄公、文公、武公（均为齐国的国君）只能做他们的相，而你将戴着斗笠穿着粗布衣裳，拿着锄头蹲在田间劳作，哪有空闲去担心死呢？"（《晏子春秋》）晏子的回答可说是振聋发聩，但还不够彻底：假如古而无死，那么从桓公到景公可能都不会出生，并且生活在齐国这块土地上的也未必是太公、丁公。古来企求长生不老的人可能没有想过：假如人可以长生不老，那么他自己是不会来到这个世界上的。

晏子说死亡使"仁者息焉，不仁者伏焉"，还涉及死亡的一个社会历史功能：它使某种属于某一代人的善与恶、功与罪，与那一代人一道退出历史舞台，从而结束一段历史，开启一段历史——这也可以说是人类社会的新陈代谢。

死亡与睡眠

非洲某些民族流传着这样一种神话："人之所以有死，似为天罚神惩所致，——倘若人熬过睡意，神本欲赐之以永生，人却因贪睡而失之。"（托卡列夫《世界各民族历史上的宗教》）。这是对死亡由来的一种解释，人们看到死去的人就像睡着一样，于是将死亡与睡眠联系起来，以为睡眠之因结出了死亡之果。

人们也常常将死亡比作睡眠，如荷马史诗《伊利亚特》："当灵魂和生命离他而去，你可差遣，／死亡，亦同舒怡的睡眠，把他带走"；"把他交给迅捷的陪送，两位同胞／兄弟，睡眠和死亡，带往／富足的乡区"。但这又不仅是一种比喻，这里的死亡和睡眠还是希腊神话中的两位天神。天后赫拉想让神王宙斯闭上眼睛，于是求助于睡眠之神——

> 她见着了睡眠、死亡的兄弟，紧紧
>
> 抓住他的手，叫着他的名字，说道：
>
> "睡眠，所有凡人和全体神明的主宰……"

正如死亡之神不过是死亡在想象中的人格化，睡眠之神无非是睡眠在想象中的人格化。缘于死亡与睡眠的酷似，人们才将掌管它们的天神设想为同胞兄弟。他们常常同时行动，比如在给凡人带去死亡的同时带去睡眠，这时意味着死亡就是睡眠。而当他们单独行动时，睡眠之神的权力似乎还要大一些，他不仅是人的驯服者，而且是神的驯服者，就连众神之王宙斯也受他摆布。睡眠于人必不可少，所以人们尽管可以设想天神不死，却难以设想他们不睡。人们需要睡眠其实是一种无奈，因为它就像死亡一样不可避免。而无论死亡还是睡眠，由于人们自己把握不了，才将它们交给天神去掌管。

将死亡视为睡眠，死亡也就不那么可怕，甚至还有些幸福，因为当睡眠的需要得到充分满足时，对人来说无疑是一种幸福。在柏拉图《申辩篇》中，苏格拉底将死亡设想为两种情况：如果灵魂不灭，那么死亡就是灵魂从一处移居另一处；如果灵魂不存在，那么死亡就是毫无知觉的湮灭。在后一种情况下，"死者若无知觉，如睡眠无梦，死之所得不亦妙哉！"无论是谁，倘将自己一生中的酣睡无梦之夜挑出来，与其他时日做一番比较，那么不仅平民，就连国王也会感到屈指可数，还会发现这样的夜晚比其他时日更加幸福。"死若是如此，我认为有所得，因为死后绵绵的岁月不过一夜而已。"（苏格拉底）

> 我倒下，如同投进母亲的怀抱，
>
> 多么幸福呀！在那儿，我休息，
>
> 安心睡觉。（弥尔顿《失乐园》）

但如果灵魂不灭，死亡就像有梦的睡眠，那倒是一件麻烦事，因为睡着了还可能做噩梦。当莎士比亚笔下的哈姆雷特苦苦思索"生存还是毁灭"的问题时，使他踌躇不决的似乎正是死后的不可知："死了；睡着了；什么都完了；要是在这一种睡眠之中，我们心头的创痛，以及其他无数血肉之躯所不能避免的打击，都可以从此消失，那正是我们求之不得的结局。死了；睡着了；睡着了也许还会做梦；嗯，阻碍就在这儿：因为当我们摆脱了这一具朽腐的皮囊以后，在那死的睡眠里，究竟将要做些什么梦，那不能不使我们踌躇顾虑。"假如灵魂不灭，就像睡眠有梦，那么在死亡的睡眠里，固然可能梦见天堂，但也可能梦见地狱，而地狱的恐怖令人颤栗。

死亡固然无所谓幸福，因为感受幸福的主体不存在了；但也无所谓恐怖，因为它千真万确是毫无知觉的湮灭。拜占廷将军查士丁尼率军抗击波斯入侵，通过一篇气壮山河的演说鼓舞士气，其中就将死亡比作睡眠："死亡，这甜蜜之物，每天都可能尝到，它只是一种睡眠，只是睡得比通常的睡眠长些，但较之等待死亡的来临要简单得多。"不少人体验过昏迷、休克的状态，那时假如不再醒来，也就死过去了。我们周围有些人属于猝死，就像睡过去一样，没有任何痛苦。在这一点上，睡眠不仅可以作为死亡的比喻，而且可以作为死亡的"预习"。法国作家蒙田说："有人教导我们要学习睡觉，因为它与死亡相似，这并非没有道理。我们从醒到睡多么容易啊！我们失去对光和对我们自身的意识，几乎没有失落感啊！睡觉的能力剥夺了我们的所有行为和感觉，它也许是无用的、与自然相背的；事实上不是这样，自然告诉我们，她为了生和死才创造我们，她从生命的开始，就向我们呈现她为我们死后保存的永恒的状态，使我们习惯于死亡，免除我们对它的恐惧。"(《散文集》）在蒙田笔下，睡眠和死亡似乎是自然界有目的的创造；睡眠与生俱来，似乎是为了让人们熟悉和了解死亡。

当然，自然界并没有什么目的，只不过睡眠和死亡同属自然现象，二者相似也并非无缘无故：睡眠不过是身体局部停止了活动，而死亡则是整体停止了活动，所以二者呈现相似状态。中国古人以死为息，"夫大块（天地）载我以形，劳我以生，佚我以老，息我以死。"（《庄子·大宗师》）这个"息"字庶几可以包容睡眠与死亡的联系与区别：将其理解为休息，是局部的暂时的停止活动；将其理解为止息，则是整体的永远的停止活动。并且这个"息"字还带有不朽的意味："大哉死乎！君子息焉，小人休焉。"（《荀子·大略篇》）君子之"息"区别于小人之"休"，在于小人死后一了百了，而君子之息"不过是活动停止而已，其活动之影响则未尝断绝"（张岱年《中国哲学大纲》）。

印度婆罗门教也视无梦睡眠为至乐之境。古老的哲学经典《奥义书》中说，灵魂有三种状态，分别与觉醒、有梦睡眠、无梦沉睡这三种身体状况相适应。无梦睡眠是灵魂最接近于神的境界，"这是一种至乐之境，它没有知觉，不是因为知觉已经中止，而是因为没有客观事物供其知觉"。更高的境界则是灵魂经过修炼与梵结合为一，"在此状态之中，从沉睡而得的快乐，兼带有知觉"，"即散漫思想停止之时，心识与感觉已不活跃之时，其结果并不是与虚无相等的无知觉状态，而是灵魂的最高与最清净境界，在此境界之中灵魂超乎思想与感觉之上，享受其自身性质的自在快乐"（埃利奥特《印度教与佛教史纲》）。可见婆罗门颇在乎灵魂与知觉的存在。但梵是不生不灭的、常住的、无差别的和无所不在的最高实体，宇宙的最高主宰，毋宁说是宇宙精神。虽说与梵合一并不意味着死亡，但如果说河流汇入大海意味着自身的消失，那么与梵合一的灵魂无论存在与否，都意味着自我意识的湮灭。这种状态超出了我们的理解力，但如果将其理解为寂灭、断灭，就像我们常常把佛教的坐化、涅槃理解为死，则与苏格拉底殊途同归。

对于意识来说，没有客观事物供其知觉等于无知觉，超乎思想与感觉之上的存在等于不存在。死亡的痛苦与恐惧缘于对死亡有清醒的意识，随着自我意识的湮灭，恐惧与痛苦自然烟消云散。在死的无梦睡眠里，我们并不在乎自己是否还有知觉，也不在乎自己是否幸福——

> 因为当灵魂和躯体都沉入睡眠的时候，
>
> 就没有什么人还渴念自己和生命，
>
> 如果这个睡眠是永恒的也没有关系，
>
> 那时候不会有对任何自我存在的渴望……
>
> ——（卢克莱修《物性论》）

死后与生前

你想知道你死后在哪里吗？

就在未出生者所在的地方。

这是古罗马斯多葛派哲学家塞涅卡的诗句。他说死后在未出生者那里，未出生者又在哪里？对这个问题似乎可以有不同的理解。他在《致卢奇里论道德的信》中说："什么是死亡？既是一种转移，又是一种结束。我不害怕结束，这就与没有开端一样；我也不害怕转移，因为我决没有固定的区域，在哪里都一样。"死亡如果是一种转移，如苏格拉底所谓"灵魂从一处移居另一处"，那么死后"在未出生者所在的地方"，就可以理解为灵魂转移到未出生者那里，在这种情况下，未出生者是注定要出生的，是潜在的主体，甚至可能是特定的对象，就像生死轮回、灵魂转世说所描述的那样；而死亡如果是一种结束，那么未出生者就不是注定要出生，既不是特定对象，也不是主体，没有存在的位置，在这种情况下，死后"在未出生者所在的地方"，就等于说人死后也没有存在的位置，就像未出生者一样不存在，所以塞涅卡将结束看作"与没有开端一样"。

的确，人死后就不存在了，即便留下某些痕迹，已经与死者无关。"正如你生前的时间不属于你一样，你死后的时间也不属于你"（蒙田）。死后的漫长岁月与死者无关，正如出生以前的漫长岁月与生者无关。也许为了让人更准确地理解死后的状态，不只一位思想家把死之后与生之前（"之"字不宜省略，因"生前"一般指活着的时候）相提并论，古罗马思想家卢克莱修在《物性论》中写道——

> 回头瞧瞧，那些我们出生之前的
>
> 永恒的时间的过去的岁月，
>
> 对于我们是如何不算一回事。
>
> 并且自然拿这个给我们作为镜子，
>
> 来照照我们死后那些未来的时间。

　　卢克莱修意在说明，既然我们对于自己出生之前的不存在，既不会感到可怕，也不会感到可悲，那么我们死后的不存在，又有什么可怕和可悲呢？"难道它不是比任何睡眠更平静更好？"我们来到这个世界已经很晚，在我们之前这个世界已经存在了很久，那时这个世界没有我们，在我们看来很正常、很自然；但我们来到这个世界也可能太早，在我们之后这个世界还会存在很久，那时这个世界没有我们，其实也是一件很正常、很自然的事。"因此，我们用不着神经错乱，为一百年后我们已不在人世时的事担忧，正如不必为一百年前我们尚未出世时的事哭泣。"（蒙田《探究哲理就是学习死亡》）然而，却很少有人将我们死后的不存在，与我们出生之前的不存在等量齐观，因为这与其说是一种思想方法，不如说是一种境界，说起来容易，真正达到却需要大智慧。

　　十八世纪英国思想家休谟大约达到了这种境界，同时代的苏格兰作家鲍斯威尔听他说起过，"他想到死后不再存在，与想到他出生前并不存在相比，没有更多的不安"。鲍斯威尔自己也赞同休谟的说法，当他与其好友、英国作家约翰逊在一起时，"我提出死亡的题目，极力主张，对死亡的恐惧可以克服"，并且引证了休谟。但约翰逊却接受不了这种思想，他说："先生，如果他（休谟）真是这样认为的，那么，他的感觉是混乱的，他是疯子；如果他并不这样想，那他在撒谎。他告诉你，他把自己的手指放在蜡烛的火上，而没有感到疼痛；你相信他吗？他死时，他至少要放弃他所有的一切。"鲍斯威尔又提到另一个朋友福特告诉自己，他病重时，并没有害怕死。约翰逊说："先生，这不可信。把手枪放在福特的胸前，或放在休谟的胸前，威胁要杀死他们，你将看到他们会怎样做。"（鲍斯威尔《约翰逊传》）

　　作为一名作家，约翰逊大约是性情中人，不能像卢克莱修和休谟那样思考问题。当我们思考死亡时，"我们"是有自我意识的活人，有着自我保存的意向。这种意向使我们希望延续生命，不仅在现实中表现为对生命的珍惜，而且在想象中从生前延伸到死后。这种意向不可能为自己设置一个终点，除非自然界给它设置一个终点。但在到达这个终点前，人的想象早已超越了这个终点，并为自己死后的不存在感到恐惧和悲哀。死亡有悖于人的自我保存意向，因而会使人感到恐惧，这也是人之常情，凡人都难以免俗，就连基督教的同观福音（不含《约翰福音》）书中，耶稣被钉在十字架上，也曾悲惨地喊道："我的上帝，我的上帝，为什么离弃我！"表现出极大的痛苦和对人生的留恋。

但约翰逊也混淆了不同的问题。他对死亡恐惧的理解，与休谟所指的显然不是一回事，这也反映了作家与思想家的不同。休谟说的是对死后不存在的恐惧，是一种想象中的恐惧；而约翰逊说的则是对死亡过程的恐惧，他据以驳斥休谟的，如把手指放在火上、把手枪放在胸前，或者属于感性的痛苦，或者属于现实的恐惧。尽管人总是会死的，但自然死亡与被人为地夺去生命，决不可混为一谈。把手枪放在一个人胸前，威胁要杀死他，是要夺走他本来拥有并将持续的生命，而不是已经活够、自然耗尽的生命；是让他清醒地面对死亡的残酷，而不是在不知不觉中无疾而终；是让他经受死亡过程的痛苦，而不是想象死后不存在的痛苦。死亡过程的痛苦是感性的真实的，对此我们有理由感到恐惧；死后不存在的痛苦则是想象的虚幻的，对此感到恐惧则是一种谬误。

我们都是凡夫俗子，对人生不能没有留恋，想到死后的不存在，想到死亡将使我们放弃所有的一切，不能没有恐惧和不安。蒙田说："一切事物随我们诞生而诞生，同样，一切事物随我们死亡而消失。"这是就事物对我们的意义而言；事物本身则正好相反：一切事物的存在都不依赖我们，既不随我们的诞生而诞生，也不随我们的死亡而消失。死之后、生之前的时间客观存在，缘于我们的求知欲，我们不仅关心死后的岁月，而且对出生前的岁月也不是漠不关心，哲学家思考世界的由来，历史学家研究历史的发展，孩子们对古生物（如恐龙）产生浓厚兴趣。我们不仅想了解过去，而且想预知未来，古代有术数（卜筮、命相、星占等）、堪舆（风水）和宗教的先知，现代则有未来学、预测学。思考未来是我们的权利，但探究身后未知的世界却超出了我们的权力。正如了解过去并非为古人担忧，思考未来也不是为身后忧惧。

借助于哲学的思考，我们庶几可以达到哲人的境界，也就是中国人所谓达观。许多哲学和宗教都有这种境界，如在基督教的《约翰福音》中，耶稣被钉在十字架上已不再是受难，而是超升并回到天父身边，他平静地说："事情完成了！"这不应视为宗教的欺骗，事实上许多古人临终时，都能这样平静地面对死亡。

一视同仁

> 一定的生命的一定终点
>
> 永远在等待着每个人；
>
> 死是不能避免的，
>
> 我们必须去和它会面。

这是古罗马诗人卢克莱修《物性论》中的诗句。有道是"死亡面前人人平等"，死亡对人一视同仁，不会宽纵谁，偏袒谁，对谁高抬贵手、网开一面。荷马史诗《伊利亚特》中，阿喀琉斯对败在自己手下的吕卡翁说："所以你，我的朋友，你也非死不可。干吗还要来唱这么一大套呢？连那帕特洛克罗斯，一个比你好得多的人，他也死了。再看看我吧。我这样一个伟人的儿子，并且有女神做我的母亲，我不是魁威而美丽吗？可是死和至尊的命运也正在等着我呢。一个早晨终会来临，也许是一个夜晚或是一个中午，就要有人在战斗中投一支枪或是放一支箭，把我也杀。"阿喀琉斯是在将吕卡翁杀死前说这番话的，似乎要让对方明白自己为什么非死不可，或是让他明白这样死去对他并没有什么不公平。即便将对方杀死，也要对他进行一番开导，以减轻他面对死亡的痛苦，这也许正是荷马史诗中的人情味；却也未尝不可理解为杀人者为其杀人的正当性所做的辩解，杀人似乎也需要一个理由。然而他说的并不错，死亡对于强者和弱者、英雄和懦夫、高贵者和卑贱者一视同仁。

特洛伊战争发生在希腊神话中的英雄时代、古希腊历史上的迈锡尼时代后期（约公元前十三世纪到前十二世纪），其时父系氏族社会已到晚期，人与人之间已有贫富贵贱之分，如阿喀琉斯是阿耳戈英雄珀琉斯和海洋女神忒提斯之子、密尔米多人的酋长（斯库洛斯岛国王），吕卡翁是特洛伊国王普里阿摩斯之子，都可谓出身高贵。到荷马史诗形成，又经过几个世纪，奴隶主私有制已经形成，社会成员分化为自由民和奴隶，社会不平等进一步加剧，因而平等观念也随之产生。在这种情况下，强调人们在死亡面前的平等，其实就是在对死亡的认识中体现出来的平等观念。如古希腊悲剧诗人埃斯库罗斯的《奠酒人》中的诗句：

> 无论是自由人还是他手下的奴隶，
>
> 命定的时刻到来，都不分此彼。

埃斯库罗斯之所以拿自由民和奴隶说事，缘于两者社会地位悬殊，因而更具典型性。但是即便如此截然不同的两种人，在死亡面前也没有分别。人们在死亡面前的平等，毕竟也是一种平等，只不过仅仅是人的自然性或者说生物性方面的平等。死亡是人的自然属性，强调人与人在死亡面前的平等，其实就是从人的自然本性中寻找平等的依据。从人们在死亡面前的平等，可以看到人与人生来平等，所以人们也常常将生与死相提并论。古罗马诗人贺拉斯在其《颂诗》中写道：

> 提堤俄斯，来自阴暗的小溪，它的波浪
>
> 使地球上每个孩子都必须从此岸渡到彼岸，
>
> 无论君主还是佃户，
>
> 都有生有死。

提堤俄斯大约是古罗马人所谓冥世的界河，有点像中国人所谓奈河，河的这边是生，河的那边是死，渡过这条河就由此岸世界进入彼岸世界。君主和佃户大约是古罗马奴隶制国家中不平等的两极，但无论高贵如君主，还是卑贱如佃农，都不能幸免于死，"从此岸渡到彼岸"是他们共同的命运。

平等观念是社会不平等现实在人们观念中的折射，正因为社会不平等，所以人们要求平等，向往和追求平等。这是一种民主思想，与古希腊罗马的奴隶制民主相适应，因而也与其他民主思想一道，在中世纪政教合一的封建专制制度下受到压制，而在文艺复兴时期得以复兴。文艺复兴时期涌动着社会平等的思潮，文学作品中也不乏平等思想，包括人们在死亡面前的平等。如西班牙作家塞万提斯《堂吉诃德》中的桑丘说：

　　　"老实讲吧，先生，那位白骨娘娘——我指那死神——完全没准儿。她不分小羔羊、老绵羊，一起都吃下肚去。我听咱们神父讲：她的脚不单践踏贫民的茅屋，照样也践踏帝王的城堡。这位娘娘权力很大，却不娇气，一点也不挑剔。她什么都吃，吃什么都行：各种各样的人，不问老少贵贱，她一股脑儿都塞在自己粮袋里。她不停地收割，从不睡午觉，干草青草一起割下来。看来她吃东西不嚼，面前有什么就囫囵吞下，因为她害馋痨，一辈子也吃不饱。她那个骷髅架子没有肚皮，却好像有水臌病，把世人的生命当凉水似的喝来止渴"。

　　死神显然是死亡的人格化，之所以被奉为神，缘于人们不能支配自己的生死，于是将其交给神灵去掌管。桑丘口中的死神反映了西方民间对死亡的看法，死神的形象如此不堪，与中国古人想象中的司命之神大相径庭，可见西方民间视死亡为恶；死神的饕餮正如死亡之残酷，"她不停地收割"、"把世人的生命当凉水似的喝"；也正缘于她的残酷，她对世人一视同仁，"不单践踏

贫民的茅屋，照样也践踏帝王的城堡"，"不问老少贵贱，她一股
脑儿都塞在自己粮袋里"。这番话也许卑之无甚高论，而堂吉诃
德却表示赞同："说实在话，你用谈俗语对死神发挥这一通议论，
比得上一个好的宣讲师呢。我告诉你，桑丘，如果你天生的智慧
再配上一副好头脑，你就可以随身带了讲坛，各处讲道去，还能
讲得顶不错。"没有忘记顺便讽刺一下宗教说教，而人文思想无
非是与宗教神学相对立的世俗的非教会的思想。

不分彼此

《列子·杨朱》："万物所异者生也，所同者死也；生则有贤
愚贵贱，是所异也；死则有臭腐消灭，是所同也。"《列子》所
谓"万物齐生齐死，齐贤齐愚，齐贵齐贱"的思想，不无相对主
义因素，却也正是从"齐贵齐贱"导出"贵非所贵，贱非所贱"
的思想，对封建等级观念形成某种冲击。特别是在《列子》产生
的西晋时期，九品中正制沦为门阀制度，选才用人只注重门第高
低，即以士人的籍贯及乃祖、乃父的官位为标准，"上品无寒门，
下品无世族"。在这种背景下，《列子》上述思想庶几更具社会价
值，可说是民主性精华。

"死亡面前人人平等"的另一层含义，是生前的差别死后将
不复存在。人们生前在社会生活中占据不同位置，充任不同角
色，享受不同待遇，贫富悬殊，等级森严，一旦死后便进入无差

别境界，无论贵为王侯还是贱为奴婢，也无论富可敌国还是贫如乞丐，都将同归于臭腐消灭。由生存看到的是差别，由死亡看到的则是同一。死后的无差别境界让人们从中看到平等，所以人们常常借此发挥自己的平等思想。《堂吉诃德》中，堂吉诃德用演戏打比方：尽管戏里的角色千差万别，"国王呀、大皇帝呀、教皇呀、绅士呀、夫人小姐呀"等等，但"演完了一个个脱下戏装，大家一样都是演戏的"——

> 堂吉诃德说："人生的舞台也是如此。有人做皇帝，有人做教皇；反正戏里的角色样样都有。他们活了一辈子，演完这出戏，死神剥掉各种角色的戏装，大家在坟墓里也都是一样的了。"

> 桑丘说："这个比喻好！可是并不新鲜，我听到过好多次了。这就像一局棋的比喻。下棋的时候，每个棋子有它的用处，下完棋就都混在一起，装在一个口袋里，好比人生一世，同归一个坟墓一样。"

其实演员也是有个性的人，只不过不演戏的时候同样都是演员；国际象棋的棋子也可以做成不同形状，只不过不下棋的时候同样都是棋子。只有围棋的棋子几乎没有分别（只分黑白二色），棋子的作用完全取决于各自所处的位置——这倒更像人与人的差别，主要取决于各自在社会关系中的地位。人活着有差别，因为活人有自我和个性，秉有不同的遗传基因，生就不同的面孔，生在不同的环境，占据不同的位置，充任不同的角色，走过不同的生活道路等等；死后便没有了差别，因为死人没有自我和个性，一死便退出社会，复归于自然，还原为大致相同的元素。"生则尧舜，死则腐骨；生则桀纣，死则腐骨。腐骨一矣，孰知其异？"（《列子》）历史上类似思想，被文艺复兴时期的人文主义者发挥到极致。莎士比亚《哈姆莱特》中，哈姆莱特因误杀爱管闲事的御前大臣波洛涅斯，而被带去见克劳狄斯国王——

　　国王　啊，哈姆莱特，波洛涅斯呢？

　　哈姆莱特　吃饭去了。

　　国王　吃饭去了！在什么地方？

　　哈姆莱特　不是在他吃饭的地方，是在人家吃他的地方；有一群精明的蛆虫正在他身上大吃特吃哩。蛆虫是全世界最大的饕餮家；我们喂肥了各种牲畜给自己受用，再喂肥了自己去给蛆虫受用。胖胖的国王跟瘦瘦的乞丐是一个桌子上两道不同的菜，不过是这么一回事。（第四幕第三场）

哈姆莱特的回答看似颠三倒四，实则有深意焉。他给"胖胖的国王跟瘦瘦的乞丐"划上等号，表现了对封建价值观念的蔑视；他要让克劳狄斯看到自己梦寐以求、不惜逆天害理、犯下弑兄娶嫂的罪恶而得到的王冠，究竟有什么价值；他还要让克劳狄斯看到自己的毁灭，看到自己毁灭以后是多么平凡乃至下贱的东西——

　　哈姆莱特　一个人可以拿一条吃过一个国王的蛆虫去钓

　　鱼，再吃那吃过那条蛆虫的鱼。

　　国王　你这句话是什么意思？

　　哈姆莱特　没有什么意思，我不过指点你一个国王可以在一个乞丐的脏腑里作一番巡礼。（同上）

作为人文主义者，哈姆莱特深情地赞美人类；而人文主义理想的破灭，又促使他对人类进行理性的反思："可是在我看来，这一个泥土塑成的生命算得了什么？"由于生命毕竟是泥土塑成，所以贫富贵贱之间并没有不可逾越的鸿沟：生前是国王，死后不免给蛆虫受用；生前是偷天换日的好手，死后骷髅被人踢来踢去；生前玩弄刀笔颠倒黑白，死后脑壳里塞满泥土……高贵如亚历山大大帝，生前建立了地跨欧亚非的大帝国，死后也会化为泥土，"谁知道亚历山大的高贵尸体，不就是塞在酒桶口上的泥土？"（《哈姆莱特》）从生到死是一种变化，"从这种变化上，我们大可看透了生命的无常"（同上），也大可看到生命的平等。正如费尔巴哈《从人本学观点论不死问题》中写道：

　　但是，死是最坚决的共产主义者；它使百万富翁与乞丐，皇帝与无产者，都一律平等。在巴塞尔的"死人舞"中，皇帝说："现在，死已经制服了我，我不再像个皇帝了。"但是，在活着的时候，死已经革除了我一切贵族式的自负，用共产主义的思想来感化我。

费尔巴哈说得对，人们确乎应该在生前看到他们死后的平等，从而放下他们贵族式的自负，具有一点"死亡面前人人平等"的思想——自然也不妨说是"共产主义的思想"。

死亡意识

想到死亡

时至今日，许多人意识中仍有一种数字迷信，如汽车牌照、电话号码有意避开"四"，这个数只缘与死谐音而被视为不祥。国人讳言死其来有自，《后汉书》载："桓帝时，汝南有陈伯敬者，行必矩步，坐必端膝，呵叱狗马，终不言死，目有所见，不食其肉，行路闻凶，便解驾留止，还触归忌，则寄宿乡亭。"这个陈伯敬在历史上没什么影响，《后汉书》之所以写上一笔，只缘他以忌讳多而出名，"时人罔忌禁者，多谈为证焉"。又如明朝嘉靖皇帝好神仙不死之术，晚年越发迷信，不许言疾、言死，甚至连"地下"也不能说。他们讳言死，或许害怕触犯忌讳而招致实祸，却也是为了避免引起有关死亡的联想。触犯忌讳姑且不论，有关死亡的联想则可能给人带来痛苦和恐惧。十七世纪法国思想家帕斯卡尔说：

> 人们既然不能治疗死亡、悲惨、无知，他们便认定为了使自己幸福而根本不要想念这些。(《思想录》)

　　尽管有着这些悲惨，人还是想要能够幸福，并且仅仅想要能够幸福而不能不想要幸福；然而他又怎样才能掌握幸福呢？为了要好好做到这一点，他就必须使自己不死；然而既然不能不死，所以他就立意不让自己去想到死。（同上）

　　打从自我意识形成起，人就有了自我保存的意向，死亡意味着自我的消亡，因而为人情所难。每当人们想到死亡，尤其是想象力丰富的人，想到总有一天会离开这个世界，想到死后不存在的状态，甚至想到永堕无尽的黑暗，难免会有痛苦和恐惧之感。死亡的痛苦缘于人们对死亡有清醒的意识，动物对死亡缺乏自觉意识，虽然它们也并非不怕死，但它们的恐惧出于本能，只要没有面对死亡的危险，就不会感到恐惧。人则很明白死亡是怎么回事，不仅死亡到来时会感到痛苦，而且死亡尚未到来时也会为它终将到来而痛苦。死亡的痛苦主要还不在于死亡本身，而在于对死亡的预见和想象。如法国作家蒙田所说："可以肯定，就大多数人而言，准备死亡比忍受死亡之痛苦更折磨人。古时一位判断力极强的作者（坎提利安）确实说过这句话：'想象比忍受使人更感痛苦。'"（《论相貌》）的确，死亡对于人只有一次，而人在一生中可能无数次想到死亡，虽不能因此说死亡的痛苦将伴随人的一生，但说它可能出现在人生的许多时候却不为过。既如此，那么"立意不让自己去想到死"就不失为一剂有效的药方。

　　然而"不让"而且"立意"，怎么琢磨都觉得有点心理强迫的意味。其实，无论回避死亡、讳言死亡，还是不让自己想到死亡，都缘于对死亡的注意，这种注意反而可能使死亡的意识挥之不去，倒不如干脆不去注意它，或者从来没把它当回事。生活中确有许多人很少想到死亡，他们或者由于乐观开朗、大大咧咧，或者由于无知无识、浑浑噩噩，用他们自己的话说就是"没心没肺"，从来不知道什么死亡的痛苦，当然也就不需要什么药方。但这是学不来的，也有许多人天生多愁善感，思维活跃，想象力丰富，看到月缺花残，也会联想到人生易老，以至于黯然泪下。他们对死亡有着清醒的意识，即便想让自己变得糊涂一点，也不可能。特别是某些有知识有文化乃至有哲学头脑的人，想到死亡的时候更多，感受死亡的压力更大。如蒙田所说：

　　　我从未见我家周围的农人思考以怎样镇定自信的姿态度过他最后的时刻。大自然教他只在自己死亡那一刻才想到死。比之亚里士多德，他们更心甘情愿赴死；死亡对亚里士多德却有双倍的压力，由于死亡本身，也由于他对死亡长期的预见。(《论相貌》)

　　蒙田所说笔者也有同感，家乡的农民的确对死看得比较淡。但这并不是说他们不会或很少想到死亡，他们也经常提起死亡，甚至挂在嘴边，只不过较之于其他人，他们更多地生活在自然之中，更加亲近自然、依赖自然，靠天吃饭，因而更多地受到自然的陶冶，更加习惯于顺应自然。死亡作为一种自然现象，不可能不反映到人的头脑中来，因而没有谁可以不想到死亡；只不过有知识、有文化的人的确想得更多一些，特别是他们中有的人如思想家以思考为业、作家以想象为业，对他们来说，死亡不仅是思考和想象的对象，而且是所谓"永恒的主题"。他们既然不能不思考和想象死亡，那么，"立意不让自己去想到死"就是不可能的——当帕斯卡尔这样说时，很难设想他没有想到死亡。对于那些不得不想到死亡的人，除非进一步深思熟虑，直到把这个问题彻底想明白，否则就不能没有痛苦和恐惧。

与帕斯卡尔差不多同时代的思想家斯宾诺莎说："自由人最少想到死；所以他的智慧不是关于死的默念而是关于生的沉思。"这与帕斯卡尔的结论相似，却显然有高下之分：大约帕斯卡尔对一般人而言，"不让自己去想到死"，便没有死亡的痛苦，问题在于一旦想到将不免痛苦；斯宾诺莎所谓"自由人"，有点像中国人所谓达人或曰通人，由于经过深思熟虑而透辟地理解了死亡，从而对死亡获得某种精神自由，无须勉强自己，只要达到生死不惊的人生境界，自然"最少想到死"。

斯宾诺莎认为神即自然，人因自然界的必然性而生存于世。人作为有理智的存在物，要理解自身的存在，就要理解自然界的必然秩序（或者说神的无限理智）。人的本性就是自我保存，但基于感性欲望的自保是违反人的本性的，只有建立在理性之上的自保，才是体现人的最高本性的最完善的自我保存。理性的自保由于理解了自然的必然性，所以能主动地顺从自然，就像婴儿依偎在母亲的怀抱里而充满了幸福感。要达到"自由人"的境界，就要认识自然界的必然秩序，探究万物的必然原因，用理智理解自然，领悟人生真谛，按照自然的必然性把握人生行为。当然，人的理智不可能在整体上把握自然，所以人只能完全顺应自然，这种顺应因领悟宇宙的伟大和谐而心甘情愿，是一种主动的人生抉择。当人们越出个体的情感之外而专注于从自然的本质来理解人生时，人们实际是在过一种纯理智的生活，即完全服从自然必然性的支配。对死亡的恐惧是一种被动情感，缘于对恐惧对象的无知；"自由人最少想到死"，就因为"自由人"充分理解外物及其必然性，因而不受被动情感的支配。对斯宾诺莎"自由人最少想到死"的格言，英国哲学家罗素推崇备至，他说：

> 在毫无疑问存在人力限度的情况下，斯宾诺莎的处世箴言大概是最好不过的了。譬如拿"死"来说，凡是人办得到的事情没有一件会使人长生不死，所以为我们必不免一死而恐惧、而悲叹，在这上面耗费时间徒劳无益。让死的恐怖缠住心，是一种奴役；斯宾诺莎说得对，"自由人最少想到死"。(《西方哲学史》)

据罗素说，"斯宾诺莎的为人极彻底实践这句箴言。他在生活的最末一天，完全保持镇静，不像《斐多篇》里写的苏格拉底那样情绪激亢，却如同在任何旁的日子，照常叙谈他的对谈者感兴趣的问题。"(《西方哲学史》)尽管苏格拉底在死亡面前以大勇不惧而著称，但较之于斯宾诺莎似乎仍嫌不够镇静。至于亚里士多德，倘若真如蒙田所说"死亡对亚里士多德却有双倍的压力"，则其境界又等而下之。倒是蒙田所谓"我家周围的农人"、"天然需要满足后万事不操心的庄稼汉"，与斯宾诺莎有着更多的相通之处，又如蒙田所说："哲学的信条说到头来要我们模仿大力士和骡车把式，他们那些人平时对死、痛苦和其他艰辛从不那么大惊小怪"（《雷蒙·塞邦赞》）。由此可见，人生境界达到一定程度，就开始返朴归真，同样不去想死亡，淳朴的人因其淳朴而做到了这一点，睿智的人则因其睿智而做到了这一点。这有点像金庸武侠小说中所写的武功：多少会点武功的人，举手投足都显得与众不同；但武功真练到炉火纯青的地步，别人反而看不出他有什么武功了。

死亡相告

　　徐昌谷构别墅，实邑之北邙，前后冢累累。或颦蹙曰："目中每见此辈，定不乐。"徐笑曰："不然，见此辈，政使人不敢不乐。"（冯梦龙《古今谭概》）

　　康对山构一园亭，其地在北邙山麓，所见无非丘陇。客讯之曰："日对此景，令人何以为乐？"对山曰："日对此景，乃令人不敢不乐。"（李渔《闲情偶寄》）

　　北邙山在洛阳古城北门外，在古代是埋葬死人的地方，古人用以代指坟山，倒不一定实指洛阳之北邙山。徐昌谷是吴中四才子之一徐祯卿，康对山是陕西武功人康海，都是明代名士。此事归在谁的名下并不重要，要在古人有这样的言行和见解。徐昌谷也好，康对山也罢，所居与坟墓为邻，放眼荒冢之上，举步丘陇之间，不以为忧，反以为"不敢不乐"，无非将死亡当作一种警示，提醒自己人生有限，应该珍视生命价值，享受生活乐趣。唐代诗人张籍有句云："人居朝市未解愁，请君暂向北邙游。"（《北邙行》）也有相似的意蕴。

　　如果将死亡当作一种警示，那么这种警示随处可见，倒不一定住在坟墓附近。如今电视节目中差不多每天都有与死亡有关的报道，如某地发生交通事故，死伤多少人；某地发生炸弹袭击事件，死伤多少人等等，有心人均可引以为警示。清代文人李渔在《闲情偶寄》中写道：

　　　　又况此百年以内，日日死亡相告，谓先我而生者死矣，后我而生者亦死矣，与我同庚比算、互称弟兄者又死矣。噫！死是何物？而可知凶不讳，日令不能无死者惊见于目，而怛闻于耳乎！是千古不仁，未有甚于造物者矣。虽然，殆有说焉。不仁者，仁之至也。知我不能无死，而日以死亡相告，是恐我也。恐我者，欲使及时为乐，当视此辈为前车也。

　　在李渔看来，造化之所以"日日死亡相告"，就是为了吓唬人，让人及时行乐。这很可能已经超出徐昌谷或康对山的本意，徐、康所居近坟山，很可能缘于喜欢那里的风景，大约他们都有点落拓不羁的名士风度，并不把一般人的顾忌放在心上。至于"日对此景，乃令人不敢不乐"的回答，的确是一种颇含机锋，而又不无幽默感的耐人寻味的巧妙对答，却不一定代表他们自己的人生态度。但对他们的说法，李渔已不仅是欣赏，称道其为"达哉斯言"，以为座右铭，而且讲出一番道理，上升为一种享乐主义的人生哲学。

在李渔那里，"劝人行乐，而以死亡怵之"（《闲情偶寄》）似乎已成为一种表达模式。古人虽然未必自觉地运用这种模式，但古人确乎常常把死亡同享乐联系起来，从死亡引出享乐。战国杨朱据说是享乐主义的鼻祖，论说人生"为美厚尔，为声色尔"的道理，就是从死亡说起。据《列子·杨朱》，子产（公孙侨）相郑，其兄公孙朝、其弟公孙穆耽于享乐，子产用"性命之重"来开导他们，用"礼义之尊"来引导他们，他们却回答说：

> "吾知之久矣，择之亦久矣，岂待若（你）言而后识之哉？凡生之难遇，而死之易及；以难遇之生，俟易及之死，可孰念哉？而欲尊礼义以夸人，矫情性以招名，吾以此为弗若死矣。为欲尽一生之欢，穷当年之乐，唯患腹溢而不得恣口之饮，力惫而不得肆情于色，不遑忧名声之丑，性命之危也……"

《列子·杨朱》系魏晋人所伪托，大约反映了魏晋人的某种思想，或者魏晋人想象中的杨朱的思想。不过，所谓"凡生之难遇，而死之易及"，与杨朱"轻物重生"（《韩非子》）的基本思想并不相悖；且"杨子取为我，拔一毛而利天下，不为也"（《孟子》），与"欲尽一生之欢，穷当年之乐"也比较一致。如果说这不过是《列子》的寓言，那么类似的说词在史书上却也不乏记载，如北齐权臣和士开劝武成帝高湛及时行乐，就是拿死亡说事："自古帝王，尽为灰烬，尧、舜、桀、纣，竟复何异。陛下宜及少壮，恣意作乐，纵横行之，即是一日快活敌千年。国事分付大臣，何虑不办，无为自勤苦也。"（《北齐书·恩幸传》）

毋庸置疑，至少在魏晋以前，从死亡引出享乐，已成为古人诗文的传统主题之一。汉代乐府《怨诗行》："天道悠且长，人命一何促。百年未几时，奄若风吹烛……人间乐未央，忽然归东岳（死后魂归东岳）。当须荡中情，游心恣所欲。"《满歌行》："命如凿石见火，居世竟能几时。但当欢乐自娱，尽心极所嬉怡。"由这些诗句可见，无论诗人是否自觉，面对死亡，往往乞灵于享乐主义，或者用及时行乐抵御死亡的恐惧。

把死亡与享乐联系起来，这种思想并不孤立，在世界各民族历史上不难找到知音。据古代历史学家希罗多德等人描述，古埃及人常在宴会进行到一半或即将结束时，将一具死人的骨架或者木乃伊模型搬到饭桌上来，并且高喊："喝吧，乐吧，你死时就是这个模样！"或者搬上来一具银制的人体模型，各个关节都可以活动，可以向各个方向扳来扳去，作出各种各样的姿势。这样经过一番演示，就会有人说："唉，多可怜啊，人真是无用！当死亡把我们领走时，我们都会变成这个样子，因此，趁活着的时候，就让我们好好地享受生活吧！"在古埃及人那里，这种节目已成为一种惯例，就像饭后甜点一样必不可少。至于为什么上演这种节目，仅从其说词也可见得：或者以死亡为警示，提醒人们享受生活；或者把死亡作为享乐的衬托，以显示享乐的价值。正如李渔所谓"劝人行乐，而以死亡怵之"。

不同民族、不同时代文化中的死亡与享乐相联系的情况，似乎说明二者之间确有某种必然联系。然而，这种联系如果确实存在，那么也只是一种单向联系，即享乐主义常常由死亡生发，而死亡却并不必然导向享乐主义。死亡可能使人感到人生短暂，因而有某种紧迫感；有了这种紧迫感，固然可以让人想到及时行乐，却也可以让人作出许多其他选择，如建功立业。即以古埃及人的上述节目而论，固然可以理解为享乐主义的诉求，却也可以表达多种对生活复杂而又矛盾的心情。当宴会进行到一半时，将死人的骨架摆到美味佳肴中间，在法国作家蒙田看来，是"以此警告我们不要暴饮暴食"，"不要过分纵乐，以免忘记乐极会生悲"（《探究哲理就是学习死亡》）。也有人认为，人们尽情欢乐时会忘记现实中的烦恼和忧愁，所以在宴会结束时抬出一具木乃伊的模型并进行一番教训，是要将人们从梦境拉回现实，告诉人们享乐并不是真实的生活，享乐之余，人生更多的是烦恼和忧患。

生活中的确"日日死亡相告"，这是因为死人的事是经常发生的。随着社会的发展，尽管人们的平均寿命有所提高，但借助现代传媒，人们所知的死亡事件反而大幅度增加。死亡在客观上也许不无警示作用，但自觉地将死亡作为一种警示，在中国人中并不多见，至于像古埃及人那样在宴会上摆弄死人的骨架，对中国人来说更是一件煞风景的事，即便是名士如徐昌谷、康对山之流，恐怕也难以接受。但死亡的确可以给人诸多警示和启示，促使人们更加珍爱生命，热爱生活，当然也包括享受生活，并为享受生活而更加努力地创造生活。

存不忘亡

春秋时，楚国令尹子佩请楚庄王赴宴，楚庄王答应了。到了约定那天，子佩在强台备下酒宴，楚庄王却没有去。第二天，子佩去见楚庄王，问道："昔者君王许之，今不果往。意者臣有罪乎？"楚庄王回答说："吾闻子具于强台。强台者，南望料山，以临方皇，左江而右淮，其乐忘死，若吾薄德之人，不可以当此乐也。恐留而不能反。"（《淮南子·道应训》）

有道是："所谓乐者，岂必处京台、章华。"（《淮南子·原道训》）京台即强台，是楚国大台。楚庄王不赴强台之宴，缘于那是个"其乐忘死"的胜地。这固然有老子所谓"不见可欲，使心不乱"的意思，却也说明死亡是不该忘记的，而这也正是《易传》所谓"存而不忘亡"之义。此事不见于春秋三传和《国语》等史书；且以强台之大，即便是楚国之最，也不至于大到"左江而右淮"，或许是《淮南子》的寓言也未可知。《易传》形成于战国时期,《淮南子》成书于西汉时期,后者吸收前者的某些思想顺理成章。且楚庄王不赴强台之宴,如果用《易传》解释,也完全可以理解为趋吉避凶的正确选择。《周易》乾卦六爻皆阳,其中上九居于最高处,其辞曰"亢龙有悔",其《象》曰"盈不可久也"。"亢"就是高到了极点,"盈"就是满,高到极点就会走向反面,满了就会溢出来,这也就是物极必反的意思。楚庄王作为诸侯国君,距离"亢龙"只有一步之遥。他不往胜地,就是避免走出这最后一步,脱离其臣民,成为高高在上的孤家寡人,"贵而无位,高而无民,贤人在下位而无辅,是以动而有悔也。"(《易传·乾第一》)

不仅如此,"亢龙"之所以"有悔",《易传》解释:"'亢'之为言也,知进而不知退,知存而不知亡,知得而不知丧。"总之是只知其一、不知其二,是一种片面的思想方法。《易传》将阴阳视为贯穿天道、地道和人道的总规律,其中"人道"也就是人生和社会领域,贯穿其中方方面面的,也都是像阴阳那样两两相对、交互作用的范畴,如进退、存亡、得丧。正确的思想方法是合乎正中之道,知进又知退,知存又知亡,知得又知丧;但这并不容易做到,所以说:"知进退存亡而不失其正者,其唯圣人乎?"(同上)

具体到对待生死的问题,"知存而不知亡"离开了正中之道,因而是错误的思想方法;"存而不忘亡"合乎正中之道,因而是正确的思想方法。为什么这样说?《易传·系辞传》借孔子之口说："危者，安其位也。亡者，保其存者也。乱者，有其治者也。是故君子安而不忘危，存而不忘亡，治而不忘乱，是以身安而国家可保也。"其中"亡者，保其存者也"，是说知道死亡，才可以保其生存。人因有死亡意识而知道自我保护，倘若缺乏死亡意识，当死亡的危险临头时浑然不觉，也就不能有效地避免死亡。举个简单的例子，知道汽车能把人撞死，才会在过马路时提防汽车，因有死亡意识而避免交通事故，维护自身的生存权利。事实说明，经常想到死亡的人，死于意外事故的概率反而低；而那些从不考虑死亡会降临到自己头上的人，毫无顾忌地横穿马路甚至翻越护栏，把自己的生命交给别人去掌握，死于意外事故的概率必然要高。

　　死亡是生活的前提，也是人类一切活动的前提。人类的所有活动首先是为维持生存所需要，假如没有死亡，那么维持生存的所有活动将不再必要，既不需要物质生产，也不需要精神生产。死亡作为一种状态，是生命所从产生的状态，又是生命试图否定的状态，自然界中万千物种竞相生长，似乎要离开这种状态，却又不得不复归这种状态。生命如果对这种状态缺乏自觉意识，就只能被动适应这种状态而物竞天择；人类由于对这种状态有自觉意识，所以会主动依据这种状态调节自己的生活。如法国思想家帕斯卡尔所说：

　　　　因为无可怀疑的是，这一生的时光只不过是一瞬间，而死亡状态无论其性质如何，却是永恒的；我们全部的行为与思想都要依照这种永恒的状态而采取如此之不同的途径，以致除非根据应该成为我们最终鹄的之点的那个真理来调节我们的途径，否则我们就不可能有意义地、有判断地前进一步。

"应该成为我们最终鹄的"的真理是什么，姑且不论；帕斯卡尔所谓依照"永恒的状态"调节生活，说白了也就是依照死亡调节生活。由此想到，古人所谓"存而不忘亡"所以合乎正中之道，就在于能依照死亡调节生活；"知存而不知亡"所以背离正中之道，就在于不能依照死亡调节生活。

死亡是人生的内涵，规定了人生的性质；又是人生的外延，使人生有了边际。用存在主义者海德格尔的话说，人生含有某些"边际境况"，死亡就属于这类境况。死亡给人生划出了范围，人生的一切只在这个范围里才有意义。人的一生无论重于泰山，还是轻于鸿毛，都缘于人固有一死，假如没有死亡，也就无所谓"一生"，人生的意义也就无法判断，人生的价值也就无法衡量。死亡使人意识到生命有限，因而有一种紧迫感，无论只争朝夕地干一番事业，还是及时行乐，都缘于人固有一死，倘若没有死亡，无论劳作还是享受，什么时候都不晚。也正因为人生有限，所以要倍加珍惜，慎重地选择生活道路，合理地安排一生。如海德格尔认为，人人都应该选择如他所说的那种踏实的存在——

　　踏实的人是一个面对事实的人，他承认不免一死是自己的结局，参照着这个结局计划自己的一生。踏实的人并不打算否认自己要死，也不打算回避死的全部意义。他承认自己何时死、怎样死是不明确的，终归一死则是必然的，从而作出选择，决定现在好好生活；这样，万一死亡很快袭来，他的一生已经有某种意义了。（据宾克莱《理想的冲突》）

在海德格尔看来，死亡是人生不可避免的一部分，企图回避死亡，那只是站在物的高度上，而不是在人的自觉负责的高度上追求存在。站在人的高度上追求存在，也就是依照死亡调节生活；站在物的高度上追求存在，也就是被动地适应死亡。

自身处境

法国作家蒙田在其《探究哲理就是学习死亡》中写道："经常看见骸骨、坟茔和灵柩，我们就会不忘自身的处境。"这可看作对中国古人"存不忘亡"思想的补充。生必有死是最根本的人性或者说人情，也是人生最根本的处境，所以说忘记了死亡也就忘记了自身的处境。这个道理虽然浅显，真正掌握却并不容易。生活中也许没有多少人真的忘记死亡，而忘记自身处境者却比比皆是，究其原因还是忘记了死亡——即便不是在生物学意义上忘记了死亡，也是在社会伦理意义上忘记了死亡。

举例来说，《红楼梦》中，一首《好了歌》一口气唱出四个"忘不了"：忘不了功名、金银、姣妻、儿孙。这四个"忘不了"

其实都缘于一个忘记了：忘记了死亡，亦即忘记了"荒冢一堆草没了"、"及到多时眼闭了"等等。当然，这些世俗价值并不应该完全忘记，但如果因为念念不忘这些价值而忘记了死亡，从而忘记了自身的处境，那么这些价值在自己心目中就不只占据一席之地，而是置于不适当的地位。比如对于金银即钱财取什么态度，如今市场经济，人们日不能少的需求无不需要货币来满足，于是有"没有钱是万万不能的"之说；但如果想到死亡，想到人总有一天将不再有任何需求，想到死亡降临时，再多的钱财对死者也将失去效用和价值，那么，那种对于钱财"终朝只恨聚无多"的永远也满足不了的贪欲，也许就会消除，至少有所消减。

由此想到，楚庄王不赴强台之宴、《易传》所谓"存而不忘亡"，已经明言的意思是不忘死亡，尚未明言的意思还有不忘自身的处境。中国古代也许没有蒙田那样有明确的说法，却不乏类似认识，甚至更加清晰。据清代笔记《履园丛话》，作者钱泳曾借住苏州府城隍庙，亲见该庙住持袁守中案头有紫檀木小棺材一具，长三寸许，有一盖可阖可开，他于是笑问："君制此物何用耶？"袁回答说："人生必有死，死则便入此中，吾怪世之人但知富贵功名利欲嗜好，忙碌一生而不知有死者，比比是也。故吾每有不如意事，辄取视之，可使一心顿释，万事皆空，即以当严师之训诫，座右之箴铭可耳。"小棺材长仅三寸，只具象征意义，每有不如意事辄取视之，意在提醒自己不忘人终有一死，从而解开心结，就像去看心理医生，故可作为严师之训诫、座右之箴铭。

　　这位城隍庙住持为什么在有不如意事时提醒自己想到死亡？为什么想到死亡就"一心顿释，万事皆空"？人之所以有不如意事，在许多情况下缘于人有贪爱；人之所以有贪爱，又缘于"但知富贵功名利欲嗜好，忙碌一生而不知有死"，也就是忘记了死亡，因而忘记了自身的处境。既如此，为了灭除贪爱、节制欲望，就要经常想到死亡。宋代笔记《清异录》载："右补阙正己四十四致仕（辞官），预制棺，题曰'永息庵'，置诸寝室。人劝移之僻地。（正己）曰：'吾欲见之常运死想，灭除贪爱耳。'寿七十八，无疾而逝。"正己不知何许人，而补阙是宋初谏官，所谓"士人清选"。在他七十八岁的生命中，四十四岁尚在盛年，他却不仅已辞去官职，而且已提前做好棺材，置于卧榻之侧，为的是每天都能看见，提醒自己经常想到死亡。

　　常运死想确乎可以灭除贪爱。一个人如果经常提醒自己想到死亡，想到人生有限，想到每一个生命都有一个尽头，每一个生命的尽头都有死亡在等待，那么，世俗所重如"富贵功名利欲嗜好"之类，都不过是过眼云烟，而不具有长久的更别说永恒的、绝对的价值了。明代朱国祯《涌幢小品》记载了以下两件事——

　　其一，江西赵尚书与常省元两家的园子相邻，赵尚书千方百计要把常家的园子弄到手，常省元于是写了一首诗，连同园契（园子的所有权证明）一并给赵尚书送去。其诗曰：

乾坤到处是吾身，机械从来未必真。覆雨翻云成底事，清风明月冷看人。兰亭禊事今非晋，桃洞仙人也笑秦。园是主人身是客，问君还有几年春。

赵尚书读诗深感惭愧，将园契还给常省元。

其二，松江人王翰因凶暴淫虐而死，其住宅久已废弃。后来，同乡钱溥学士还乡修宅第，用丁夫筑地基。有位老人干活很勤快，钱学士慰劳他说："负且勤，土甚美，何自来耶？"老人放下担子回答说："个便是王翰土。"钱学士既惭愧又惊骇，打发老人走了。有人就此事写了一首讽刺诗：

钱学士，瀛洲人。玉堂金马当青春。归来故乡广田宅，筑室役使官民。不问老与少，荷畚负锸来乡邻。老父负土殊殷勤，学士慰劳方逡巡。对言此乃王翰土，学士流汗麾而嗔。君不见，翰之恶，通于天，翰之死，何足怜！讵知富贵不可逞，覆车之戒犹昭然。学士读书破万卷，底事老父之言是殷鉴。

赵尚书之所以千方百计想把常家的园子据为己有，就在于"但知富贵功名利欲嗜好，忙碌一生而不知有死者"，所以常省元对症下药："园是主人身是客，问君还有几年春。"意在提醒他想到死亡，从而想到自身的处境。其中"园是主人身是客"故意颠倒了主体与客体的关系，意在强调人生易老：同一个园子可能经历不同的主人，那么园子比人还长久一些，毋宁将园子看作主人，而将主人看作过客。这与"铁打的营盘流水的兵"有相近的意味。

为钱学士负土的老人，所负之土想必真的来自王翰久已废弃的故居，此所谓说者无心；而钱学士之所以"且愧且骇"，缘于他想到自己落了王翰的窠臼，此所谓听者有意。王翰是凶暴淫虐之徒，堂堂学士重复王翰做过的事，这是令钱学士惭愧之处；修宅第是喜庆之事，一句"个便是王翰土"，在古人的意识中无疑犯了忌讳，且相似的行为可能导致相似的后果，新修的宅第也可能像王翰的故居那样落个废弃的下场，这是令钱学士惊骇之处。当钱学士大兴土木之际，老人提起死鬼王翰，无意中提醒他想到死亡，想到富贵无常，想到峻宇雕墙招致灭亡，吓出他一身冷汗。

"灭除贪爱"是佛家的说法，正己深受佛教影响，是佛教信徒也未可知；城隍庙住持有点像西方的神职人员，可能也是宗教信徒。他们提醒自己经常想到死亡，或许是要培育某种宗教精神。一般人无须灭除贪爱，却也不妨常运死想。朱国祯在明代天启年间曾为内阁首辅，《涌幢小品》中的笔记大部是他退居林下所作，他写道："我辈居林下，不是至人，莫作悬空齐得丧语，直是向闭门扫轨中寻出许多滋味。看世上人纷纷叠叠，到老不休，真是可怜，心下便干干净净。"他不是宗教徒，不想发宗教议论，所谓"世上人纷纷叠叠，到老不休"，在利益面前不知老之将至，其实就是忘记了死亡，因而忘记了自身处境；所谓"干干净净"，也近似"一心顿释，万事皆空"的境界。"三寸气在千般用，一旦无常万事休。"只要想到人总有一死，人在世间曾经贪爱的一切，就没有什么是不可以舍弃的。

熟思死亡

在斯巴达人的葬礼方面，吕库古也制定了最卓越的制度。首先，他准许斯巴达人在城里殡葬死者，准许他们在圣地附近建树悼念死者的纪念物，以此打消一切迷信恐惧，使青年人熟悉和习惯这类景象。他们就不致让这些事搞得惊慌失措，对死亡也不致产生恐惧……（普鲁塔克《希腊罗马名人传》）

公墓建在教堂旁或城里最热闹的地方，用利库尔戈斯的话来说，是为了使民众、妇女和儿童见到死人不惊慌失措。（蒙田《探究哲理就是学习死亡》）

比较上述两段引文，不难看出其中相似的内容，且利库尔戈斯一译吕库古，蒙田说的利库尔戈斯，很可能就是古希腊立法者吕库古。然而，不只一本书上注释利库尔戈斯或吕库古是雅典演说家、政治家，生存于公元前 4 世纪，如果不是有误，则当另有其人。立法者吕库古是古代斯巴达制度的创建者，据亚里士多德等人考证，曾经参与创立或恢复公元前 776 年的奥林匹克运动会；另据《伯罗奔尼撒战争史》的作者修昔底德推测，吕库古立法当在伯罗奔尼撒战争结束以前四百多年，约公元前 804 年。

　　蒙田与普鲁塔克所说如果不是一人，那么相隔数百年的两个吕库古可谓所见略同，姑且不论。立法者吕库古让斯巴达人在城里殡葬死者，是为了让人们尤其是青年人熟悉和习惯死亡，可谓深谋远虑。死亡意识不是与生俱来的，儿童不知道死亡，或者不知道死亡意味着什么，如果一直对他们隐瞒死亡的真相，那么直到有一天他们终于了解死亡时，很可能惊惶失措。

　　佛教创始人释迦牟尼本名乔达摩·悉达多，据说是净饭王了，相传他出生时，净饭王把能找来的算命先生（占星学家）统统找来，让他们预测孩子的一生。他们说这孩子有两种可供选择的命运：或者成为最伟大的国王；或者抛弃俗世，成为最伟大的修道者。净饭王要求他们想出办法，以避免王子抛弃俗世。他们说，要让他永远感觉不到人生的苦难，尤其是不能让他知道衰老和死亡的真相。

　　　　他必须永远都看不到叶子变黄、变老、准备枯死掉。晚上的时候，所有即将枯萎的花都必须被摘掉，年老的男人或女人都不可以进入他的皇宫，每当他有机会上街，就必须安排不让他碰到死人或和尚（修道者）。（《叛逆的灵魂》）

　　所有这些都做到了，王子被谨慎地同一切令人不安的景象隔离。在二十九年里，他甚至连一片枯死的叶子都没有见过，既不知道，也从来没有想到过死亡。然而，当他有一天终于看到一个死人时，其父为他精心建造的象牙之塔就在瞬间垮塌了。他问马车夫："那个人到底怎么了？"马车夫不愿继续欺骗他，告诉他那个人死了。他立刻问："每一个人的命运都是这样的吗？我是不是有一天也会死？"马车夫做出肯定的回答。就在那天晚上，他逃离王宫，"去找寻那个永远不会死的"。

这虽然不过是传说，但在不少佛经中留有痕迹。据晚期佛经中的一则传说，王子一日出游，得遇四种人，因而顿悟。一为奄奄待毙的老人，一为病入膏肓的患者，一为待葬的死者，至此始知老、病、死为人生所难免；后又遇一位贫苦比丘，见他甘愿弃绝尘世富贵享乐，刻意修苦行，以求解脱之道，便矢志追随其后。

类似传说虽然不过是佛家寓言，却蕴含着一种必然逻辑：如果担心青少年承受不了，因而对他们隐瞒死亡的真相，那么很可能事与愿违，当总有一天瞒不住时，他们就会因缺乏心理准备而难以承受，就像从未打过预防针而缺乏免疫力。在这种情况下，像净饭王子那样因此悟道而成为圣人恐怕绝无仅有，换个人后果可能不堪设想。常有青少年在自我意识形成时期，仿佛突然意识到死亡似的，不知道如何面对，以致产生了一些奇怪的想法，恐怕就缘于缺乏这方面必要的教育和引导。死亡不可回避，更不可刻意隐瞒。既然早晚都得面对，就不如像古希腊斯巴达人那样，早日接触和了解死亡，在潜移默化中形成死亡意识。

死亡也需要学习——古罗马人就是这样看的。古罗马思想家塞涅卡说："'练习死亡'。说这句话是告诉一个人去练习自己的自由。"（《致卢奇里论道德的信》）可见古罗马本来就有此类说法，西塞罗《论灵魂》中也有"学习死亡"之说。塞涅卡又说："你在为生命祈祷的同时，要学习死亡。"（《论命运》）为什么要学习死亡？死亡早晚都会降临，难道还怕不会死吗？虽然我们对古罗马人缺乏了解，但有一点不难理解：所谓学习死亡，不是说不学习死亡就不会死亡，而是说不学习死亡就不会生活。这也正是文艺复兴时期的法国思想家蒙田的主张，他有一篇文章的题目就译作"探究哲理就是学习死亡"。学习死亡就是学习生活，正如蒙田所说："谁教会人死亡，就是教会人生活。"学习死亡就是要学会正视乃至蔑视死亡，如果说死亡使人生不幸，那么蔑视死亡则使人生幸福，死亡从人们生活中夺走的快乐，由于人们对死亡的蔑视而回到人们手里，正如蒙田所说："勇敢的丰功伟绩主要是蔑视死亡，这使我们的生活恬然安适，纯洁温馨，否则，其他一切快乐都会暗淡无光"（《探究哲理就是学习死亡》）。

如前所述，为了避免死亡引起的痛苦和恐惧，一般人的办法是"立意不让自己去想到死"，而在蒙田看来，这就"如同把笼头套在马尾巴上，'决定倒退着走路'（卢克莱修）"，大意是事与愿违、适得其反。死亡是人生大事，不能正视死亡也就不能正视人生，刻意不让自己想到死亡，或者一想到死亡就赶紧将念头转到别的事情上去，也许可以暂时逃避对于死亡的恐惧，却因缺乏正视死亡的勇气而不能从根本上解决问题，若非有斯宾诺莎所谓自由人的那种修炼，在很多情况下几乎是不可能的。既然做不到这一点，就不如反其道而行之，干脆对死亡加以深思熟虑，如蒙田所说，"为使死亡丧失对我们的强大优势，我们就要逆着常规走。我们要习惯死亡，脑袋里常常想着死亡，把它看做很平常的事。"（《探究哲理就是学习死亡》）这样，"想象死亡和想象别的事一样，不会让我皱一皱眉头。当然，起初一想到死，会有不舒服的感觉。但翻来覆去想多了，久而久之．也就习以为常了。"（同上）一方面，由于习以为常而不再有痛苦和恐惧之感；另一方面，由于深思熟虑而对死亡有了更加透辟的理解，因而能够坦然面对。

蒙田是思想家，以思考为业，对死亡似乎情有独钟，据他自己所说："我已养成习惯，不仅心里常念着死，而且常把它挂在嘴边。我最感兴趣的问题是人死时的情形：他们说了什么，有怎样的面容和神情；我最爱读的书是有关死的叙述"（同上），并打算"汇编一部死亡评论集"。一般人不必像他那样着意去想，却也不必害怕去想，顺其自然而不回避，那么，当他有了一把年纪以后，也会活得像个哲人。

日日死得

"人要日日死得"是古人的话，现在很少有人这样说了，孤陋寡闻如笔者，新近才从一本古书中读到。清人龚炜在其《巢林笔谈》中，谈到其曾祖父的人生境界，引用了这句谚语——

谚云"人要日日死得"，此境甚难。或以家累未了为恋，公则七十而传矣；或以子孙不振为忧，公则有孙发科矣（时先君已登贤书——原注，谓其父已中举）；或以后事未备为虑，公则松楸郁然矣；或以万业随身为惧，公则勤苦于前，焚修于后矣。及耄而终，尽除障碍，非福德兼备者不及此。

"日日死得"这话意味深长，但显然可以做不同理解。若以龚炜所述其曾祖父为参照，似乎"尽除障碍"方可日日死得。所谓"障碍"，也可以理解为牵挂，人生有未了之事、未了之情、未酬之愿、未尽之业，总之有所挂碍，都达不到"日日死得"之境，又岂一个难字了得！所谓死不瞑目，大概就缘于死到临头藕断丝连，心有不甘，在人世上留下一大堆首尾。拿毕生事业来说，一般人虽然谈不上"万业随身"，但总有一业二业萦心挂怀，倾注了毕生精力，又岂能轻易放下！死得乎？死不得也！

但"日日死得"也可以理解为对人生随时都能放下，就像旅行，无需等到事事完备才能动身，而随时打点行装就可以上路。这种人生态度较早见于古希腊罗马的斯多葛派，大约以为死亡随时可能降临，所以人也要随时做好死亡的准备。如古罗马皇帝、斯多葛派思想家马尔库斯·奥勒留就曾说过："既然你目前这一刹那就可能离开生命，你就按着这种情况来安排你的每一桩行为和思想吧"（据《西方哲学史》）。倘换成中国古人的说法，"日日死得"可说是比较准确的表达。法国思想家蒙田也说："死神在哪里等待我们，是很难确定的，我们要随时随地恭候它的光临。"（《探究哲理就是学习死亡》）这种说法与斯多葛派的渊源显而易见，但较斯多葛派少了某种无奈，而多了某种自觉，这在蒙田已成为一种比较洒脱的人生态度。他说：

> "感谢上帝，我已作好充分的思想准备，随时都可以离开人间。我没什么好遗憾的，虽然我对生命尚有眷恋，失去它会令我悲怆伤怀。我同一切断绝了关系，几乎同每个人告了别，就是没同自己告别。从没有人像我这样对死亡的思想准备那样充分，对生命那样不在乎。"（《探究哲理就是学习死亡》）

对这话也许不可过于当真，却也不应视为调侃而一笑置之。如果确知自己离死亡还远，当然没有必要同一切断绝关系、同所有人告别；但如果死亡随时可能降临，则"作好充分的思想准备"还是必要的。人生并不像斯多葛派所说那样无常，在一般情况下死亡也不会随时降临，但死亡的危险的确无处不在，即使概率不大，也应有某种思想准备。

在电视节目中看到，一对夫妻到偏远山区献爱心，去时分乘两辆车，其用意正如不把鸡蛋放在一个篮子里，一人万一出事，另一人还可为其处理后事；返回时合乘一辆车，缘于山区的艰苦生活使他们震撼，他们的想法变了，万一出事，"要死就死在一块"。出事的概率微乎其微，但夫妻二人都想到了这种可能，无论分乘还是合乘，都有相应的思想准备。生活中类似的情况很普遍，如房门钥匙不只带在一个人身上，银行卡密码不只一个人知道，处理私人物品时随手毁弃那些不愿意让人看到的东西，以及必要时立下遗嘱等等，可见人们的许多行为含有应对意外的潜台词，意味着对死亡有某种思想准备，而并不觉得多此一举，更不认为有什么荒唐之处。这固然是一种现代意识，却也是"日日死得"的题中应有之义。这样来看蒙田等人的说法，就没有什么不好理解，只不过作为哲学家，他们也许更加自觉，话说得更彻底。

中国古人虽然不一定如此理解"日日死得"，却并不缺乏与蒙田等人类似的思想，实践中甚至有过之而无不及。如古人有载棺自随的，足见其对死亡有更加充分的思想准备。据清人王应奎《柳南随笔》，其乡人周子肇以鬻书为业，有点像如今的书商，经常载书出游，足迹半天下。年刚六十，就制作了一口精美的棺材，走到哪里带到哪里，"谓逆旅旦夕不测，身后可无虑也"。电视剧表现官员不怕死，往往有载棺自随的情节，也许古代的清官尽管不怕死，却怕死后没有棺材，姑且不论。但这位书商不同，他并非不在乎死亡，反倒很重视后事的处理，所以才会载棺自随。他看重后事也许是他的局限，但他想死得有尊严却无可厚非，尤其是他正视死亡、不回避死亡、随时恭候死亡降临的心态，可谓达观。这口棺材他虽然没有用上，却给一位做县令而行取入都的同乡用上了，可见真是人有旦夕祸福，只不过更应有思想准备的，也许是他那位做县令的同乡。

抱有"日日死得"的心态的人，与其说对人生无情，不如说缘于人生无常。没有人知道死神在何时何地等待自己，虽然意外不常有，但是万一出现，一次就够了。"如果我们想一想，即使这个最威胁我们生命的意外不存在，尚有成千上万个意外可能降临我们头上，我们就会感到，不管快乐还是焦虑，在海上还是在家里，打仗还是休息，死亡离我们近在咫尺。"（蒙田《探究哲理就是学习死亡》）正缘于此，蒙田反复对自己说："未来的一天可能发生的事，今天也可能发生。"他于是"作好充分的思想准备，随时都可以离开人间"，包括"同一切断绝了关系，几乎同每个人告了别"；且随身带有一个记事本，"有人翻阅我的随身记事本，发现那上面写着我死后要做的事"（同上）。

现代人热爱生活，珍惜生命，想望健康长寿，不愿意相信人生无常，然而面临的死亡危险也显而易见。行走在路边，谁敢保证飞驰的汽车中没有失控的，司机中没有酒驾乃至醉驾的，以及心里不痛快、看你不顺眼的？每天出门，谁能保证自己就能平安回家？拜汽车文明之赐，死亡的危机正如延伸的路网四通八达，布满大街小巷，也是古人所无法比拟的。既如此，现代人对死亡的意外也应有充分的思想准备，而不妨借鉴古人"日日死得"的心态。

　　　　把照亮你的每一天当作最后一天，

　　　　赞美它赐给你意外的恩惠和时间。（贺拉斯）

希望与恐惧

宗教与死亡

　　尽管人们对死亡有着自觉的意识，但面对死亡仍然会感到困惑。《旧约》中说："主啊，求你教训我，说我必将了结，说我的生命自有它的目的，而我必将离弃这生命！""求你教我们想到，我们如何必将死去，好让我们增长智慧。"对于死亡，人们本已司空见惯，"一想到他死了，就知道你也必然要死去。"（《旧约》）难道还有什么不明白的，需要上帝教训吗？

　　也许人们以为，人其实可以不死，只是由于阴差阳错，或者由于人类自身的错误，才导致了死亡。在非洲某些民族的神话中，死亡缘于一种"讹传"。据说，天神派遣某种动物为使者，到人间传谕：人类虽然会死，但死后仍可复生。不知何故，这一神谕迟迟没有下达，而人类得到的却是由另一种动物传达的另一神谕：死后永不复生。又如流传于非洲某些民族的神话，假如人能熬过睡意，神本来可以赐人以永生，人却因贪睡而痛失良机。美索不达米亚也曾流传类似神话：智慧之神埃阿创造了第一人，本来是要让他永生，他却因故而错失长生不死的机缘。

对于死亡的来由，犹太民族也有类似解释。据《旧约·创世纪》，上帝创造了亚当和夏娃，并没有同时将死亡赋予他们，只因他们禁不住蛇的引诱，违背了上帝的旨意，偷吃了智慧树上的果实，才被罚出伊甸园，从而与死亡结下不解之缘。《所罗门的智慧》中说："上帝造人，是要人永远活着。但是，由于魔鬼的嫉妒，世界上就有了死。"也正缘于此，美国作家马克·吐温在其《傻瓜威尔逊的日历》中写道："凡是对人生的阅历较多、体会了生命的意义的人，都知道我们受了亚当多么深厚的恩德，还没有报答，对不起这位人类的第一个大恩人。他把死亡带到了人间。"

面对死亡，人们也许真的感到困惑莫解，不知道人的生命是否像草木那样，在秋天枯萎，在春天再生；或者如非洲某些民族，将死亡看作与月之出没、蛇之蜕皮类似的现象，似乎死去的并未真正死去，或者死后还会复活。也许正因为人们不了解死亡，才会幻想出一个无所不知的上帝，以为答案掌握在他的手里；或者人们并非不了解死亡，只不过不愿意相信自己对于死亡的了解，以为上帝既然知道人类所不知道的东西，也许会作出与人类不同的回答；或者并非不相信死亡，只缘在死亡面前无可奈何，才会乞灵于上帝，以为人的生死掌握在神的手里。见诸《旧约》的上述呼求似乎表明：正因为人们不愿意想到死亡，所以才需要上帝的教训；正因为人们不愿意相信死亡，所以才需要上帝帮助人们确认："我必将了结"、"必将离弃这生命"，"我们如何必将死去"（均见《旧约》）。

对于人类的心灵来说，死亡也许过于残酷，以至于难以面对。人总有一天要离开这个他曾经倾注了全部情感的世界，告别至爱亲朋，以及他所眷恋的一切人，丢下他毕生追求并辛苦挣来的一切，而撒手人寰，归于乌有。这种严酷的结局很难让人接受，正如俄罗斯作家阿尔志跋绥夫在其《上帝》中写道："要是人的智慧会彻底消失，要是人所说的话，所受的苦，对整个周围环境所作的理解，所有铭刻于心的东西，到头来全化为乌有，像一架毁坏了的普通机器，这似乎是极不自然的。对死亡的恐惧、它的无可逃避、跟世界和世人彻底分离的痛苦，对于人们而言确实是无法忍受的，所以出现有关阴间生活的宗教教义乃是极为自然的，也是必然的。"恐惧创造神，正是人们对于死亡的恐惧，创造了不死的神，催生了宗教，包括宗教许诺给人们的不灭的灵魂，以及供灵魂居住的彼岸世界。关于宗教对死亡的依存关系，费尔巴哈在其《宗教本质讲演录》中这样说：

> 但是，最容易被人感觉到并且最使人痛苦的一种有限感，就是人们感觉到并且意识到，他总有一天确实是要完结的，是要死去的。如果人是不死的，如果人永远活着，因而世上根本没有死这回事，那末也就不会有宗教了。……异教哲学家塞尼加（塞涅卡）在他的书信中曾说："只有当必死的人想到自己终归有死，知道人只是为了有一

天要死而活着的时候，他的感情才是最神圣的，或者用我
们的语言来说，最宗教的。"

的确，人如果长生不死，那么他自己就是神，而无须乞灵
于宗教，既没有死亡的恐惧，也不必到宗教中寻求不死的慰藉。
并且，他因有充足的时间去了解一切、掌握一切，而近乎神的全
知全能。"只有人的坟墓才是神的诞生地"（费尔巴哈），正因为
人们在现实中逃避不了死亡，才会到宗教中寻求不死的安慰，借
助宗教以承受生命所难以承受的死亡之重。在一定意义上，宗教
也可以说是应运而生，即适应人类社会一定发展阶段的需要而产
生，在那个发展阶段上，也许正如法国启蒙思想家伏尔泰所说：
"一切人的共同福利要求我们相信灵魂永生"，"即使没有上帝，
也必须捏造一个！"

死亡对宗教是如此重要，以至于在一定意义上可以说，正
是死亡导致了人们的宗教信仰，没有死亡就没有宗教。佛教将死
亡看作人生痛苦的根源，据说佛陀就是在见识了死亡，以及与死
亡密切相关的衰老和疾病之后，出家修行，以寻求解脱之道的。
"如果没有三事（生、老、死）存在，佛陀不会出现于世，他的
教法也不会放光。"（《增一阿含经》）道教所追求的长生不死，
也是基于死亡这个前提，正因为生命有限，才会有长生的愿望，
也正因为有死亡，才会有不死的愿望。几乎所有宗教都否定生命
的现世完结性，给企求不死的人们带来希望；犹太教也许是个例
外，其冥世观念十分朦胧，但即便在犹太教中，也有这样的信

念："在我的皮肉灭绝之后，我将在肉体之外见到上帝。"（《旧约·约伯记》）至于脱胎于犹太教的基督教，则"认为死亡是不真实的，因此拿死后还有生命的诺言，来安慰忧心忡忡的人们"（弗罗姆《逃避自由》）。《新约》四福音书中，充斥着有关"永生"的说教——

"我实实在在地告诉你们，那听我话、又信差我来者的，就有永生。"（《约翰福音》5章）

"信守我教诲的人将获永生"（同上8章）。

"那些义人要往永生里去"（《马太福音》25章）。

"吃我肉喝我血的人就有永生"（《马可福音》10章）。

"我是从天上降下来（的）生命的粮；人若吃这粮，就必永远活着。"（同上）

"我给的水要在他里面成为泉源，不断地涌出活水，使他得到永恒的生命。"（《约翰福音》4章）

"人为我和福音撇下房屋，或是弟兄、姐妹、父母、儿女、田地……在来世必得永生。"（《马可福音》10章）

"我的羊听我的声音，我也认识他们，他们也跟着我。我又赐给他们永生，他们永不灭亡，谁也不能从我手里把他们夺去。"（《约翰福音》10章）

"复活在我，生命也在我；信我的人，虽然死了，也必复活。凡活着信我的人必永远不死。"（同上11章）

"爱惜自己生命的，要失丧生命；在这世上恨恶自己生

命的，就要保守生命到永生。"（同上 12 章）

可以说，"永生"是耶稣传道时的一个重要诉求，是基督教在创始阶段的重要吸引力所在。据《马可福音》，耶稣在约旦河外传道，有人跑过来，跪在他面前，问他说："良善的夫子，我当做什么事，才可以承受永生？"可见，当人们对耶稣的思想尚未了解时，对他所宣扬的"永生"已有耳闻。用现在的话说，"永生"在当时很受追捧。想必"永生"的说教迎合了许多人的愿望，使原本缺乏这种观念的人们（如犹太民族）耳目一新，这很可能是他们抛家舍业追随耶稣的重要原因。

长生不死

不死观念的滥觞似乎并不十分遥远。较多地保存了中国古代神话资料的《山海经》中，就有多处有关不死的记载，如《海外南经》所谓"不死民"，《大荒南经》所谓"不死之国"，以及《海内西经》所谓"不死树"等等。这些记载多见于《海内外经》和《荒经》，统称《海经》，据信形成于战国时期；而在形成于东周时期的《五藏山经》即《山经》中，尚难觅踪影。虽不能因此说人们的不死观念产生于《山海经》成书的这段时期，但至少说明在这段时期仍有较大发展。

而神仙不死的传说确乎产生于战国时期，较早出现在燕齐一带近海之地，传说海中有蓬莱、方丈、瀛洲三神山，据《史记·封禅书》记载：

> 此三神山者，其传在勃海中，去人不远，患且至，则船风引而去。盖尝有至者，诸仙人及不死之药皆在焉。其物禽兽尽白，而黄金银为宫阙。未至，望之如云；及到，三神山反居水下。临之，风辄引去，终莫能至云。

大约"尝有至者"也是传言，而"终莫能至"才是实情。这三神山变幻莫测，未到时望之如云，将到时风辄引去，瞻之在上，忽焉在下，可望而不可及，完全符合海市蜃楼的特点。大约人们对海市蜃楼缺乏正确认识，而受其变幻莫测的迷惑，于是产生了海岛上有仙人以及仙人不死的说法。

神仙不死的传说一经产生，便受到企求不死的人们追捧，特别是"受到当时荣华富贵到了极点，只愁年命有限，不能永久享受的国君们的赏识"（袁珂《略论〈山海经〉的神话》）。也许是神仙不死说挠到了一些人的痒处，触发了他们不死的愿望，而更大的可能则是为了迎合统治者不死的欲求，社会上出现了一种方士，以神仙不死之说游说于诸侯之间。《战国策·楚策》记载，"有献不死之药于荆王者"；《韩非子·外储说》也说，"客有教燕王为不死之道者"。神仙不死说经方士煽扬，更加激发了某些统治者不死的欲望，以至于"世主莫不甘心焉"（《史记·封禅书》）。战国齐威王、齐宣王、燕昭王，以及后来的秦始皇、汉武帝，都曾听信神仙不死的传言，遣人入海寻求仙人和不死药。特别是秦汉时期，最高统治者一人好之，国中万人趋之，汉武帝东巡海上，"齐人之上疏言神怪奇方者以万数"（同上）。神仙不死传说的影响于此可见一斑。

先秦以迄两汉的神仙不死传说，是道教的一大来源，尤其是神仙道教的直接来源。战国时期的方士有所谓方术，因缺乏系统理论，于是从诸子百家中寻找思想武器，如用道家、阴阳家的学说解释其方术，将神仙不死说同古代宗教、民间巫术以及古代医学、体育知识相结合，方士于是成为神仙家，其方术也渐变为一种方仙道。这种早期的宗教大约是道教的前身，只是还缺乏统一、稳定的教团组织，因而不能算是成熟的宗教；经过秦汉时期漫长的历史孕育，终于在东汉末年的社会环境中形成太平道和五斗米道，道教于是形成。

道教是一种以生为乐、重生恶死，甚而追求长生不死的宗教。作为道教的思想来源之一，道家思想中原本就包含着长生的胚胎，如《老子》所谓"谷神不死"、"长生久视"；《庄子》所谓"无劳汝形，无摇汝精，乃可以长生"（《在宥》）；《淮南子》所谓"食气者神明而寿，食谷者知慧而夭，不食者不死而神"（《地形训》）。到了神仙家那里，这些思想资料都被当作长生不死的理论依据。他们神话老子，依托道家进行创教活动，直至将道家学说改造成为神学。至东汉河上公《老子章句》，其中神仙家思想明显增多，如说："人能养神则不死也"，"精气不劳，五神不苦，则可以长久"。道教特别是魏晋时期的神仙道教（丹鼎派）形成后，长生不死、得道成仙已成为道教信徒信仰的宗旨和学仙修道的终极目标。

如果说几乎所有宗教都否定人们的现世完结性，用不死的许诺安慰人们，帮助人们解脱对于死亡的恐惧，那么，道教更加径情直遂，而直接诉诸不死。道教，至少是神仙道教丹鼎派所谓不死，还不同于其他宗教，不是相信人死后灵魂在另一个世界继续存在，或者其他变相的不死，而是直接延伸人的自然生命，以至于无穷，即所谓长生不老；不是将不死的希望寄托在冥冥之中的神灵之上，而是通过自身努力以期达到不死的目的，如模仿自然界长寿动物的生活习性，发明行气导引等养生方法，服食自己烧炼的丹药等等。在晋代道教理论家葛洪看来，个体经过一定修炼，就可以脱胎换骨，直接超凡入仙。他在其《抱朴子》中说："若夫仙人，以药物养身，以术数延命，使内疾不生，外患不入，虽久视不死，而旧身不改，苟有其道，无以为难也。"（《论仙》）葛洪出生在道教世家，年轻时师从郑隐学道，深受神仙不死文化的熏陶，他的见解大约出于信念，而不是像某些现代人那样"忽悠人"。他是这样说的，也是这样做的，直到晚年，他仍"欲练丹以祈遐寿"（《晋书》），听说交阯出丹，于是求为句漏令，携子侄前往广州罗浮山炼丹，终老于此。

道教追求长生不死，长生不死也就成为道教的最大吸引力所在，许多信徒，包括传说中的神仙级人物，就是为求长生而皈依道教的。如葛洪《神仙传》所写刘政学仙修道的动机："深维（思）居世荣贵须臾，不如学道，可得长生"。如果说像魏晋时期的丹鼎派那样以烧炼服食为事还只是少数人的事业，那么道教后来的发展，则说明企求长生不死、得道成仙者大有人在。

兴盛于金元时期的全真道，吸取钟吕（钟离权、吕洞宾）派的内丹成仙说，将内丹修炼成果由低至高分为五种仙，以"天仙"为最高目标，声称内丹炼成，精气神在丹田凝成不坏的"阳神"，便可从顶门上自由出入，飞升天界，从而自主生死、超出生死。这种信仰在金元时期达到鼎盛阶段，信徒遍及各个阶层，"河朔之人……乃人敬而家事之。"（元好问《紫微观记》）影响所及，"南际淮，北至朔漠，西向秦，东向海，山林城市，庐舍相望"（同上）。可见即便是普通民众，也难以抵御长生不死的诱惑。而内丹修炼简便易行，对物力财力没有特别要求，也是内丹派道教兴盛的一大原因。

明清时期的民间宗教黄天教，也像内丹派道教那样，以人体为丹炉，在人体内修炼精气神，以精化气，以气化神，"采诸精，合一粒"，说白了就是炼丹；一旦丹成，似乎就突破了凡与圣、生与死的界限，所谓"结金丹，九转后，自有神通"，就可以"赴蟠桃，永续长生"，达到修行的极致——

　　天无圆缺人无老，人无生死月常明。

　　无饥无饿无寒暑，无染无污自清凉。

　　寿活八万一千岁，十八童颜不老年。

从其鄙俚的经文也可见其传播对象主要是底层民众。如果说突破生死界限的幻想人皆有之，那么"无饥无饿无寒暑"则主要是穷苦百姓的愿望，他们生活在水深火热之中，因而希望借助宗教信仰结束现实的苦难，进入美妙奇幻的神仙世界。该教创立于长城脚下的万全卫（今河北万全县），其教祖李宾就是从军长城的"北鄙农人"；而创立不久便迅速风靡河北、京畿及山西北部，明末又传至江南，又可见其教义迎合了下层民众的愿望。

从道教及民间宗教所追求的长生不死，可见宗教与死亡割不断的联系。宗教产生于死亡，又否定了死亡，人们借助于宗教以战胜死亡；而宗教所能给予人们的，也无非是形形色色不死的许诺。

死而复生

古埃及有一则神话，叙述奥西里斯死而复生的故事。奥西里斯原为埃及之王，因误中其弟塞特的毒计而遇害。塞特脔割其尸，弃于四方。女神伊西丝多方搜寻，终于收拢碎尸，感而受孕，生子霍鲁斯。霍鲁斯战胜塞特，并使其父奥西里斯复活。据说这则神话隐喻了谷物生长的过程，古希腊历史家普鲁塔克在其《论伊西丝与奥西里斯》中写道："据说，奥西里斯埋葬之时，恰逢谷物播种；当他死而复生，重返人间，嫩芽正破土滋生。"古埃及人确乎将奥西里斯当作谷物的化身，在一年一度庆祝奥西里斯死而复生的盛典上，除了举行耕作、播种仪式外，还以土壤和谷种为奥西里斯造像。

古埃及人信仰多神，诸神之间自然有分工。耐人寻味的是，奥西里斯集植物之神与亡灵祐护神于一身，似乎两者之间存在什么共性。在古埃及人看来，人与自然遵循着同样的法则，既然日月星辰没而复出，月亮缺而复圆，季节去而复来，尼罗河落而复涨，植物枯而复荣，万物处于周而复始的循环之中，那么人也不应独立于这种循环之外，而应当死而复生。实际上，人类繁衍生息既遵循着生命运动乃至物质运动的共同规律，又有区别于其他运动形式的特殊规律，而无论人类繁衍还是其他运动，都不是简单的生死循环。只不过古埃及人受人皆有之的自我保存意向或者说不死愿望的局限，宁愿相信人也可以像植物那样死而复活。他们一方面相信人不会真正死去，另一方面却又从来没有见过死人复活，理想与现实的这种矛盾困扰着他们，使他们将目光投向曾经死而复活，因而具有这种特质的植物之神奥西里斯，将人的生死一并交由他掌管，希望他像主宰植物的荣枯那样主宰人的生死，给人们带来复活的希望。正如苏联学者托卡列夫在《世界各民族历史上的宗教》中写道：

> 奥西里斯崇拜与冥世信仰两者相联结的纽带，则是将奥西里斯视为死而复生之神的观念。据神话传说，奥西里斯是为亘古第一位亡者，因而被描述为亡灵之主宰，奥西里斯一年一度的复苏，给予信者这样一种憧憬，即亡后之灵赖其福祐可免于泯没无存，人们对此神的祈祝，意在望其庇佑亡者之灵。

奥西里斯成为植物之神或农耕丰产神之前，原本就是王室丧葬之神。大约受其死而复活故事的启迪，为死去的帝王举行的葬礼皆须模拟奥西里斯死而复活的仪式，以此祈愿已故帝王得以永生。这种仪式起初只是帝王的特权，随着奥西里斯兼具农耕丰产神的职能，逐渐从宫廷流传到民间，而奥西里斯也从王室丧葬之神逐渐转变为所有死者的救主、冥世之主和亡灵审判者。人们甚至借助法术，将亡者与奥西里斯相提并论——

> 始而，惟有王者方可享此荣耀，——金字塔文献中竟将晏驾之王称为"奥西里斯"；继而，对其他亡者亦用此称，——最初限于名门望族，后延及一般亡者。诸如"奥西里斯××"之称，在"死者书"中比比皆是。（《世界各民族历史上的宗教》）

这说明古埃及人相信，人人都能成为奥西里斯，意味着人人都能像奥西里斯那样死而复生。古埃及人相信，人的灵魂（巴）及偶体（卡）并不随人一道死去，其偶体是否存在，以及在冥世的境遇如何，与所依躯体的状态（是否保存完好）密切相关；其灵魂则盘旋在躯体周围，极力寻找重新进入躯体的机会。只要处置得当，并供其所需，灵魂终究还会回到身体里去，那将是人们所期待的复活。正缘于此，古埃及人将死者的遗体制成木乃伊，以法术符咒相祐护，并为死者建筑豪华的陵墓。他们无不希望自己死后葬于奥西里斯陵墓（实则为第一王朝法老哲尔之陵）近侧，以求置身于奥西里斯庇祐之下。

类似古埃及人死而复活的信念，在基督教中同样存在。古埃及人相信奥西里斯曾经死而复活，因而具有使人复活的神力；基督教则相信耶稣曾以死为人类赎罪，同样经历了死而复活，并同样具有使人复活的神力。古埃及人传说伊西斯曾经帮助一名被蝎子咬死的儿童复活；耶稣也曾让寡妇的儿子和拉撒路复活。古埃及人以为神的咒语可以使人复活；在《新约·约翰福音》中耶稣也说："我实实在在地告诉你们：时候将到，现在就是了，死人要听见神（的）儿子的声音，听见的人就要活了。"基督教与古埃及信仰在复活问题上这种相似之处并不奇怪，一方面，产生了基督教的迦南（巴勒斯坦）一带与古埃及自古以来就有文化交流，以至圣经有《出埃及记》；另一方面，罗马帝国基督教化前，与基督教差不多同时传播的，还有一种以伊西丝和奥西里斯为中心的秘传宗教，极有可能曾对基督教产生过影响。

古埃及人将复活的希望寄托于奥西里斯，基督教也将起死回生的力量赋予耶稣。耶稣曾对拉撒路的姐姐马大说："复活在我，生命也在我；信我的人，虽然死了，也必复活。凡活着信我的人必永远不死。"（《约翰福音》）其中"复活在我，生命也在我"一译"我就是复活，就是生命"，如果说前一种说法将耶稣视为复活的主宰，那么后一种说法则干脆将耶稣视为复活的化身，一如古埃及人将奥西里斯视为谷物的化身。耶稣曾多次预言自己将死而复活，结果正如他所预言；他能在现实中让个体复活，也能在末日让人们普遍复活；不仅让义人复活，也让恶人复活。《新约》四福音书中不乏如下记载：

　　"……时候要到，凡在坟墓里的，都要听见他的声音，就出来。行善的复活得生，作恶的复活定罪。"（《约翰福音》）

　　"差我来者的意思就是：他所赐给我的，叫我一个也不失落，在末日却要使他们复活。"（《约翰福音》）

　　"你摆设筵席，倒要请那贫穷的、残废的、瘸腿的、瞎眼的，你就有福了！因为他们没有什么可报答你。到义人复活的时候，你要得着报答（一译"上帝要亲自报答你"）。"（《路加福音》）

　　"……从死里复活的人，也不娶也不嫁，因为他们不能再死，和天使一样，既是复活的人，就为神的儿子。"（《路加福音》）

由此可见，基督教所谓复活，主要指末日复活，在彼岸而不在此岸，是理想而非现实。如果说让现实中的个体复活只是耶稣偶一为之，是为了传道而显示奇迹，那么，末日复活则是上帝赋予耶稣的使命，是为了实现正义，在末日审判中奖善惩恶，给上帝的选民发放天堂幸福的门票。对这种复活的期待，使人们既感敬畏又感依赖，既对地狱心存恐惧，又对天堂满怀希望。这种复活的希望其实就是不死的愿望，既然人皆有死，以至连耶稣也未能幸免，那么，也就只能寄望于死而复活了。

耶稣被钉死在十字架上，几位女人买了香料，到他的墓地去为他涂抹遗体，惊奇地发现堵在墓穴出口的巨石被移开了。她们进去，却没有见到耶稣的尸身。有人（可能是天使）告诉她们，耶稣复活了，并让她们把这个消息告诉耶稣的门徒。她们于是想起，耶稣曾经预言过人子的死难和复活。她们把这个消息告诉使徒，使徒们根本不信。使徒彼得跑到墓穴前，只见亚麻布尸衣，别无他物。

　　福音书中有关耶稣复活的上述记载，与中国道教所谓"尸解"十分相似。对于尸解，《后汉书》注："言将登仙，假托为尸以解化也"；《宗教词典》释："谓遗弃肉体而仙去"。无论"假托为尸"还是"遗弃肉体"，都没有说明肉体究竟怎么样了。查阅古书，许多地方都明确交代尸体消失不见了。如葛洪《神仙传》记其从祖葛玄之死："至期，玄衣冠入室，卧而气绝，颜色不变。弟子烧香守之三日三夜。夜半，忽大风起，发屋折木，声响如雷，烛灭。良久，风止，燃烛，失玄所在，但见委衣床上，带无解者。"同书所写王远死后，"至三日三夜，忽失其尸，衣带不解，如蛇蜕耳"。《续仙传》所写李珏亦复如此，"三日棺裂声，视之，衣带不解，如蝉蜕，已尸解矣。"值得注意的是，对穿在身上的衣服都作了特别说明，或者"委衣床上，带无解者"，或者"衣带不解，如蛇蜕（蝉蜕）耳"，似乎"衣带不解"隐藏着尸解的秘密。的确，衣带不解，肉身是怎么出去的？可见已非肉体凡胎。

　　尸解会失去尸体而留下衣冠，而耶稣的尸体也不见了，且也留下亚麻布尸衣，这在道教看来恐怕就得说是尸解；反过来，道教所谓尸解，也与耶稣复活如出一辙，因而也可以理解为复活。《集仙录》说："其死而更生者……皆尸解也"（《太平广记》卷五十八）。"死而更生"也就是复活，虽说只是尸解的一种表现，但毕竟揭示了尸解与复活的联系。

道教理论家葛洪将仙人分为天仙、地仙和尸解仙："上士举形升虚，谓之天仙。中士游于名山，谓之地仙。下士先死后蜕，谓之尸解仙。"（《抱朴子·论仙》）其中上士和中士都是直接成仙，而下士为什么还得死一回呢？大约道教所谓神仙，都是些被神化了的人，他们有的游于世外，人们见其生而未见其死，因而以为他们直接成仙了；有的就生活在人们中间，人们既见其生也见其死，说他肉身成仙人们必不信，于是就有了尸解之说。如汉武帝时的方士李少君，"少君死于人中，人见其尸，故知少君性寿之人也。如少君处山林之中，入绝迹之野，独病死于岩石之间，尸为虎狼狐狸之食，则世复以为真仙去矣。"（王充《论衡·道虚》）"世学道之人，无少君之寿，年未至百，与众俱死，愚夫无知之人，尚谓之尸解而去，其实不死。"（同上）"尸解"大约就是为了弥缝神仙不死之说这种破绽而设，而其实就是中国式复活。

尸解虽然是少数人（仙）的事，但人们因此知道存在这种可能。道经上说："虽是仙品之下第，而其禀受所承，未必轻也。"既有这种可能，便心存这种希望，而这也就是复活的希望，即通过死亡实现不死，从而解脱对于死亡的恐惧。

魂归佛门

北魏尚书裴植，"少而好学，览综经史，尤长释典，善谈理义"。受权臣于忠陷害，被以莫须有的罪名处死，"临终，神志自若，遗令子弟命尽之后，剪落须发，被以法服，以沙门礼葬于嵩高之阴。"（《魏书》）

北宋宰相王旦临终，召杨亿嘱以后事："吾深厌烦恼，慕释典，愿未来世得为苾蒭林间宴坐观心为乐。将易箦（死）之时，君为我剃除须发，服坏色衣，勿以金银之物置棺内。用荼毗火葬之法，藏骨先茔之侧，起一茅塔，用酬夙愿。吾虽深戒子弟，恐其拘俗，托子叮咛告之。"（《续湘山野录》）

在生命的最后时刻，他们不约而同地遗嘱亲友为自己剪须落发，换上出家人的行装，举行沙门的葬礼，以佛教徒的方式告别人世。他们都曾读圣贤之书，禀圣人之教，但在前往另一个世界时，却并不想去见圣人，而宁愿去见佛祖。他们生前或蒙冤受屈，或受困于烦恼，由现实的殊途走到生命的终点，对彼世的心愿则同归于佛门。他们希望光着头、披着僧衣去见佛祖，不仅为了易于识别，更在于表明心迹。他们相信自己将去往佛国，那里既没有架在裴植脖子上的屠刀，也没有困扰王旦的烦恼。

古代士大夫不乏有人儒、释、道兼收并蓄，裴植"尤长释典"，王旦也"慕释典"。但通晓佛经并不意味着皈依佛门，从他们在朝为官并身居高位来看，他们走的是一条入世的路，即圣人指引的"学而优则仕"之路。如果说裴植因蒙冤受屈而可能看破红尘，那么王旦终其一生深受宋真宗礼遇，所谓"本朝眷待耆德，于仪物之盛，惟王文正（王旦谥号）公也"（《续湘山野录》），原本不应该有什么抱怨，何以会心存出世之想？对此人们想必难以理解，于是传说他"尝记前世为僧"（《青箱杂记》）。就连受他嘱托的杨亿，对他想法也不敢苟同："若剃发三衣（和尚的三种法衣）之事，此必难遵。"理由是王旦贵为三公，一旦薨逝，皇上必亲临吊唁，"自当敛赠公衮（王公的礼服），岂可加于僧体乎？"（《续湘山野录》）加之子弟囿于俗见，不忍心照他说的那样送他，最终"止以缁褐（僧衣）一袭纳诸棺而已"（《青箱杂记》）。

王旦的亲友不让他"剃发三衣"前往另一个世界，以为是为他好，却不承想他面对死亡也需要某种安慰，这种安慰他只有在佛教中才能找到。他因生前受困于烦恼，所以视死亡为解脱，假如有下一辈子，他最想当一名和尚，所以说"愿未来世得为苾蒭林间宴坐观心为乐"。他违心地对宋真宗一手导演的天书迷信保持沉默，身为宰辅却不能犯颜直谏，且被委任为天书使，"每有大礼，辄奉天书以行"（《宋史》），这对他来说无异于一种耻辱，为此他常邑邑不乐。他受宋真宗"委任无贰"，日理万机，以至回到家里还在忧朝廷之事，"或不去冠带，入静室独坐，家人莫敢见之"（《宋史》）。他"素羸多疾"，却宵衣旰食，心力交瘁，人们只看到他身居高位，有谁知道他活得多累？他需要从身体到精神全面解脱，一般人并不缺少的闲暇对他来说是那样宝贵，所以"宴坐观心"对他来说才是莫大的享受。他的遗嘱在执行时打了折扣，但他皈依佛门的心愿却不打折扣，好在还为他留下一袭僧衣，黄泉路上也许还来得及换装，而无论什么装束，都不妨碍他一心向佛。如果说人的灵魂有一个去处，那么他显然将魂归佛门。

孔子对于鬼神是否存在不置可否，儒家学说中没有灵魂不灭的观念，也没有解决生命的现世完结性问题；儒家的理想如大同社会，不在彼岸和世外，就在地上和人间，因而也没有为灵魂设想存在的空间。也许正缘于此，圣人之徒在前往另一个世界时，可能会感到灵魂无所归依；他们中因受宗教和民间信仰影响而相信灵魂不灭者，就只好在别处寻觅魂归之地；而那些儒、释、道兼收并蓄的读书人，则可能到佛教和道教中寻求慰藉。

宗教信仰中的彼岸世界，往往被宣扬得完美无缺。如大乘佛教宣称，人人都可以通过简易的修行方法，死后转生到极乐世界，享受永恒的幸福。那里的大地由七宝铺成，地上生长着七宝树林，"微风徐动，吹诸宝树，演出无量妙法音声"（《无量寿经》），众生听到这种声音就可以得道成佛。生活在极乐世界的都是些菩萨、天人，"智慧高明，神通洞达"，颜貌端正，容色微妙。他们所住讲堂、精舍、宫殿楼阁皆由七宝筑成，周围有七宝装饰的流泉浴池，池中生长着七宝莲华，池边环绕着七宝树。那里的衣服饮食都是"应念即至"，一想到吃饭，眼前就会出现七宝钵盂，钵中有自然化生的百味饮食，香美无比。那里的菩萨、天人"转相敬事如兄如弟"，没有人与人之间的钩心斗角，也没有尘世间的诸般苦恼，"无有诸痛痒，亦无复有诸恶臭处，亦无复有勤苦，亦无淫泆嗔瞋怒愚痴，亦无有忧思愁毒"（《大阿弥陀经》）。总之，一切都尽善尽美，称心如意。

这样的佛国净土、极乐世界，对佛教信徒具有极大的吸引力。出家人自不必说，东晋道安和尚和他的一些弟子，都曾屡屡发愿，要以弥勒所在的兜率天为归宿。传说道安临终，梦长眉尊者来谒。道安问死后当去何处，尊者手拨西北天空，忽见云开，现兜率妙境。唐朝圣僧玄奘在生命的最后时刻，模仿释迦牟尼临终的情状，向众弟子交代后事完毕，即不断地念弥勒，请求往生弥勒净土。便是有些在家修行的所谓居士，对弥勒净土也满怀向往。唐代诗人白居易"儒学之外，尤通释典"（《旧唐书》），"暮节惑浮屠道（佛教）尤甚，至经月不食荤，称香山居士"（《新唐书》），晚年也成为一位弥勒迷，他在《画弥勒上生帧记》中写道：

> 先是乐天归三宝、持十斋、受八戒者有年岁矣，常日日焚香佛前，稽首发愿。愿当来世，与一切众生同弥勒上生，随慈氏（据说弥勒姓慈）下降，生生劫劫，与慈氏俱，永离生死流，终成无上道。今因老病，重此证明，所以表

不忘初心，而必果本愿也。慈氏在上，实闻斯言。

作为佛教信徒，其信仰的虔诚于此可见一斑。他生前就曾听说，海上有所谓"白乐天院"。唐人卢肇《逸史》（已佚）载，有海客遭风，飘至一座大山，"瑞云奇花，白鹤异树，尽非人间所睹。"有人引他游观，所见玉台翠树，光彩夺目，"至一院，扃锁甚严。因窥之，众花满庭，堂有茵褥，焚香阶下"。人家告诉他，"此是白乐天院"，并说"乐天在中国未来耳"（《太平广记》卷四十八）。白居易是名人，想必道教也想拉他以壮声势，所以慷慨地送他这样一处神仙世界的住所，应该说已相当不错。但这话传到他耳中，他仍不为所动，而一心向佛，以诗述志："吾学空门非学仙，恐君此说是虚传。海山不是吾归处，归则须归兜率天。"（《白乐天集》）他死时，遗命肉身葬于香山如满师塔之侧（《旧唐书》），而灵魂想必已归弥勒净土。

有了皈依佛门的心愿，在死亡面前将不再感到痛苦和恐惧。裴植临刑神志自若，盖缘于此。现存梁、陈二史作者，南朝姚察，少年时曾"就钟山明庆寺尚禅师受菩萨戒，自尔深悟苦空，颇知回向"（《陈书》）；生前发愿读一藏经，并已兑现；"习蔬菲五十余年，既历岁时，循而不失"（同上）；遗嘱"敛以法服"，临终"曾无痛恼，但西向坐，正念，云'一切空寂'"（《陈书》）。北宋宰相丁谓，因欺君罔上及交通宦官，被贬崖州司户参军，于是"专事浮屠因果之说"（《宋史》），作诗曰："且作白衣菩萨观，海边孤绝宝陀山。"流落贬窜十五年，髭鬓无斑白，其气量超凡脱俗，恐怕还得益于宗教信仰。致仕后居光州，"临终前半月，已不食，但焚香危坐，默诵佛书，以沉香煎汤，时时呷少许。启手足之际，付嘱后事，神识不乱，正衣冠，奄然化去。"（《东轩笔记》）他们虽不曾出家，却像佛门高僧那样，疑似"坐化"，之所以死得安祥，从容不迫，没有痛苦，"其能荣辱两忘，而大变不怛"（同上），想必得益于佛教的安慰作用。

灵魂不灭的安慰

清人黄均宰《金壶七墨》载，吴中祝氏女嫁与梁生，夫妻情深，婉娈相得。梁生卧病在床，祝氏女精心服侍，无怨无嫌。梁生病故，"女绝不哭，亦不言，饮食作止如常。"亲朋故旧窃窃私议，大约不理解她何以不悲，而能如此镇静。一个月后，祝氏女也暴病昏死，只余心口微温，气息若有若无。这样过了七天，"一夕，尸忽转动，守者皆惊避，其胆壮者就问之，妇乃拍床哭曰"：

> "吾初以为吾夫之亡，不能常聚于人间，尚可相从于地下，庶几昭昭不足，冥冥有余，故吾不哭不言，默默求死者匝月。今幸而死矣，而不见吾夫，求所谓阎罗、地藏者而皆不可见，茫茫然一片昏黑，无所复之悲愤。……则是吾夫竟无其人也，则是百千万年永无见期。推之父母儿女，以及于吾身一死，而皆寂灭无知也，吾是以恸也。"

如果不考虑省略之处，单看所引内容，作者当是唯物主义者，对灵魂不灭予以明确否定——作者也确乎认为普通人即所谓愚夫愚妇的灵魂不是不灭的，"惟忠义烈节、精诚冤苦之人，死而不灭，然且有聚散久暂之不同"。可见作者持一种以"气"为本源的一元论，即相信无论肉体还是灵魂，都由气聚而成，时间久了都会散去；只不过普通人随死即灭，而"忠义烈节、精诚冤苦之人"死后仍有一股气回荡在天地间，久久不会散去，所以死而不灭。

祝氏女原本相信灵魂不灭，丈夫死后她之所以不哭不言、饮食作止如常，就因为她已抱定必死之心，期待不久之后与丈夫相见于地下。倘如此，则夫妻二人共同生活在人间的日子虽然不多，却将在冥世得到补偿，此所谓"昭昭不足，冥冥有余"。死亡本来为人情所难，但与丈夫分离的痛苦更甚于对死亡的恐惧，所以她"默默求死者匝月"。死而复生的体验却使她认识到灵魂不是不灭的，想在另一个世界夫唱妇随是不可能的。这一来，她的希望破灭了，精神也垮了，虽未主动求死，却已了无生趣，不能再保持镇定，而是大放悲声，直至"号哭三日夜，泪竭心枯，家人再进参汤，呼之已殁"。

祝氏女是死而复生后认识到灵魂不是不灭的，如果一死便没有了知觉，那么她将在与丈夫团聚的希望中死去，而死得毫无痛苦。无论是在丈夫死后镇定如常，还是坦然面对自身的死亡，都缘于她实际上获得一种安慰，那就是建立在灵魂不灭信念上的与丈夫团聚的希望；死而复生后之所以痛不欲生，则缘于灵魂不灭观念的破灭，使她失去了这种安慰。可见，当人们相信灵魂不灭时，灵魂不灭确乎可以成为人们面对死亡的一种安慰。这不难理解，人们对死亡的恐惧，在很大程度上缘于对死后不存在的恐惧，而灵魂不灭则使人们相信死后继续存在，死亡于是不那么可怕。

西晋十六国时期，汉昭武帝刘聪之子刘约死而复生，说在不周山见到其祖文光帝（刘渊），"诸王公卿将相死者悉在，宫室甚壮丽，号曰蒙珠离国。"其祖告诉刘约，"东北有遮须夷国，无主久，待汝父为之。"听了儿子的叙述，刘聪说："若审如此，吾不惧死也。"他之所以"不惧死"，固然缘于死后到另一个世界还做国王，也缘于他由此得知人死而灵魂不灭，因而获得一种安慰。据《晋书·载记》：刘约死后，刘聪见其子白日显形，知道自己也不久于人世，对另一子刘粲说："何图人死定有神灵，如是，吾不悲死也。"这大约是相信灵魂不灭的古人共同的想法。据唐小说《逸史》，唐宰相李林甫魂游身后所居之地，见宫室轩敞，帐榻华侈，说："审如是，某（我）亦不恨。"他所谓不恨，就有对死后的存在而感到的欣慰；何况他罪孽深重，而受到的惩罚不过如此。

古人相信灵魂不灭，不以死亡为消灭，而以死亡为转移。在柏拉图的《申辩篇》中，苏格拉底设想：如果灵魂不灭，那么死亡就是灵魂从一处移居另一处。古罗马思想家塞涅卡在《致卢奇里论道德的信》中也说："什么是死亡？既是一种转移，又是一种结束。我不害怕结束，这就与没有开端一样；我也不害怕转移，因为我决没有固定的区域，在哪里都一样。"在中国古人的意识中，死亡是从阳间到阴间的远行，也许一去不回，却仍可以登望乡台以望家乡。这种灵魂不灭的观念减轻了人们对于死亡的恐惧，死亡因而不再显得那么可怕。

也许正缘于此，当人们相信灵魂不灭时，他们在死亡面前表现出来的从容镇定可能就要打点折扣，而不可与无神论者同样的表现等量齐观。苏格拉底面对死亡之所以"是那样地大勇不惧，以至于直到最后的时刻他始终保持着安详、儒雅与幽默"，据英国哲学家罗素推测，就可能与他相信灵魂不灭有关："从他最后那一段谈论死后事情的话里，使人不可能不感到他是坚决相信灵魂不朽的；而他口头上所表示的不确定，只不过是假定而已。……他并不怀疑，他在另一个世界的生活将是一种幸福的生活。"如果不是这样，如果不是相信真正哲学家的灵魂可以升天，如果不是相信爱知识的人的灵魂将与众神同在，"如果临死时他不曾相信他是要与众神在一起享受永恒的福祉，那末他的勇敢就会更加是了不起的了。"（《西方哲学史》）在视死如归上，苏格拉底是西方人的典范，相信灵魂不灭无损于他的形象；但假如他不相信灵魂不灭，也许他仍将大勇不惧，却可能会死得比较痛苦，因而更具悲剧色彩。

灵魂不灭观念是人类一定发展阶段的产物，也是在一定发展阶段上有其价值。当人们面对死亡需要某种安慰时，灵魂不灭观念适应这种需要而给予人们某种安慰，因而有其合理之处。这也就是伏尔泰为什么说"一切人的共同福利要求我们相信灵魂永生"。阿尔志跋绥夫在其《上帝》中写道：

> "有一种幻想，那就是随着死亡，还不算一切全玩儿完，我的个体躺进坟墓后仍要活着，看得见和听得见我们死后所发生的一切，这种幻想是带有某种明智的乐天的因素，说明人有的时候愿意跟明显的毫无根据的想法，跟显而易见的臆想和平共处，于是只能相信它，相信阴间生活……"

李商隐《李贺小传》讲了一个"玉楼赴召"的故事：李贺临终，见绯衣人持版（木板文书）来召，说："帝成白玉楼，立召君为记，天上差乐不苦也。"对此，鲁迅在《娜拉走后怎样》一文中写道：

> 做梦的人是幸福的；倘没有看出可走的路，最要紧的是不要去惊醒他。你看，唐朝的诗人李贺，不是困顿了一世的么？而他临死的时候，却对他的母亲说，"阿妈，上帝造成了白玉楼，叫我做文章落成去了。"这岂非明明是一个谎，一个梦？然而一个小的和一个老的，一个死的和一个活的，死的高兴地死去，活的放心地活着。说谎和做梦，在这些时候便见得伟大。所以我想，假使寻不出路，我们所要的倒是梦。

灵魂不灭的观念如同人类曾经做过的一个梦。在那个发展阶段，既然人们对死亡缺乏正确的认识，既然人们受认识的局限而相信灵魂不灭，既然灵魂不灭可以对人们起到安慰作用，那么，人们又何必拒绝这种安慰呢？既然灵魂不灭可以减轻人们面对死亡的痛苦和恐惧，人们有什么理由抛弃这种观念，而宁愿选择痛苦和恐惧呢？当然，人们对死亡一旦有了正确的认识，灵魂不灭的观念一旦破除，即便想获得这种安慰，也不可能了。

灵魂不灭的恐惧

"一个人死了之后，究竟有没有魂灵的？"这是鲁迅小说《祝福》中祥林嫂的天问。在民间，许多人晚年都有类似疑问，笔者就曾听长辈提出类似问题；而长辈之所以问我，与祥林嫂之所以问"我"（第一人称）如出一辙："你是识字的，又是出门人，见识得多。"

没读过多少书的人，以为一切问题的答案都明明白白写在书中，殊不知有些问题是读尽人间书也难解的。即如"我"面对祥林嫂的提问，就悚然而惶急——尽管不难给予一个切实的回答，却不知怎样告慰一个末路的人。在别人祝福的时候，"分明已经纯乎是一个乞丐"的祥林嫂大约倍感寂寞，回答有，也许可以给她一些安慰，所以"我"吞吞吐吐地说："也许有罢，——我想。"谁知，祥林嫂紧接着问："那么，也就有地狱了？"

地狱是佛教欲界六道（天、人、阿修罗、畜生、饿鬼、地狱）中的恶道之最。佛教以为一切皆苦，灵魂轮回其中的六道无一不苦，生而为人尚且苦不堪言，何况死后灵魂堕入地狱！中国民间信仰深受佛教和道教影响，不仅同样有地狱，而且更加阴森恐怖。如民间宗教黄天教的《造恶地狱宝忏》所列举的割舌地狱、开肠地狱、剜眼地狱、锯解地狱等十八种地狱。这些地狱，即便对普通人也并不遥远，下地狱的概率非常大，生活中一不留神就有堕入地狱的危险。如说兄骂嫂、打街骂巷、调唆人非、污触丝棉、污秽好衣、佛灯无油、油蜡不清、抛洒五谷、饮酒吃肉、打僧骂道、不报天地、不答三光、不托皇王、杀猪屠狗、剥兔煨鸡，甚至衣服挂的不是地方、乱泼污水、妯娌吵嘴等等，都算人生罪孽，都将受到地狱的惩罚。其中许多罪责所针对的都是女人，似乎特别为"造罪女人"而设，如民间宗教红阳教的《宝忏》：

> 若夫不敬三宝，堕刀山地狱。不孝双亲，堕剑树地狱。……饮酒食肉，堕于粪坑地狱。……抛撒五谷，堕于火床地狱。剪碎绫罗，堕于碎尸地狱。妄搽胭粉，堕于飞刀地狱。杀人害命，堕于刀剁地狱。大斗小秤，堕于称秤地狱。如是一十八层大地狱，受苦无尽，何日是了。

民间信仰中的地狱，于此可见一斑，而女人对于地狱的恐惧也就可想而知。饱受尘世苦难的祥林嫂，好不容易走到生命的尽头，看到了解脱的希望，如果她知道，等待她的将是到地狱里继续受苦，那么，这对她来说决不是一种安慰。她当然不希望地狱存在；至于灵魂，因与地狱相关，她希望听到的回答很可能也是否定的。但"我"一言既出，无法收回，只得支吾道："地狱？——论理，就该也有。然而也未必……"这就不像是一个回答。

而祥林嫂却进一步追问："那么，死掉的一家人，都能见面的？"在民间信仰中，阴间是阳间的翻版，阳间有什么，阴间就有什么，阳间有城郭人民，阴间"街市贸贩，一如人间"（《聊斋志异·酒狂》）。人死后，灵魂在阴间照样居家过日子，生前是一家人，死后还是一家人。照理，孤苦无依的祥林嫂，如果知道冥冥中还有死去的亲人陪伴她，不也是一种安慰么？但是，"难道在地狱支配的地方，会有家庭幸福吗？"（费尔巴哈）

虽然在民间信仰中，阴间并不等同于地狱，地狱只是其中的一部分；不是所有的灵魂都会进地狱，只有有罪的灵魂才会在地狱里受罚。但那又怎么样？正如阳间有监狱，阴间就有地狱，阳间有衙门，阴间就有冥司，汉语的"狱"字又当官司讲，人死后，灵魂在阴间会受到审判，据其生前行为的善恶，决定其应受罪与福的报应。尽管祥林嫂一生受苦，没有做过什么坏事，但她却是嫁过两个男人的，在世人如柳妈的观念中，她"倒落了一件大罪名"。她想知道死掉的一家人会不会见面，与其说心存希望，不如说心怀恐惧。她这样问时，心里必定还装着柳妈的说法："你将来到阴司去，那两个死鬼的男人还要争，你给了谁好呢？阎罗大王只好把你锯开来，分给他们。"那情景，又岂止是可怕！

为了避免到那阴森恐怖的地方遭受更大的苦难，她信了柳妈的话，支取了历年的工钱，到土地庙捐了一条门槛，当作自己的替身，"给千人踏，万人跨，赎了这一世的罪名"。然而在人们眼里，她仍然是一个不祥的人。她最后的一点希望也破灭了。一个经历了丧夫失子种种苦痛的人，一个被侮辱与被损害的人，一个已经没有了一切活路的人，死，难道不是一条结束患难的道路么？

　　"受患难的人，为何有光赐给他呢？心中愁苦的人，为何有生命赐给他呢？他们切望死，却不得死，求死胜于求隐藏的珍宝。"（《旧约·约伯记》）

人们往往以死亡为最大的不幸，却不知道正是死亡，有时甚至惟有死亡，可以使不幸终结。古希腊悲剧家爱斯启拉斯说："人之憎恨死，是不正当的，因为，死是一切患难之结束。"德国思想家费尔巴哈也说："不幸者所意识到的，只不过是他自己的不幸。所以，他把死看作是大救星，因为，既然死使他失去了自我意识，那末，他所失去的也就不是别的，不过是对他自己的不幸之意识而已。"（《从人本学观点论不死问题》）

祥林嫂最想知道的是死后的情况，可见死的念头早已萦绕在她的心中。在她那消尽悲哀神色、仿佛木刻似的表情上，还能最后让她激动一下的，大概只有死了，以至于当久久困扰她的问题终于出口时，"她那没有精采的眼睛忽然发光了"。这个世界本

来已经没有什么可让她留恋，一无所有的她本来可以轻轻松松地
走进死亡的大门，如果她确知灵魂和地狱为虚妄，死亡尚不失为
一个最后的避难所。但佛教、道教和民间信仰中的地狱，中国的
礼教，黑暗的社会现实，却共同编织成一个精神牢笼，对她加以
精神虐杀，让她活着背负着沉重的枷锁，走进死亡的大门也不能
解脱。

祥林嫂死时的情景，作者没有交待，想必十分痛苦。她至
死也不明白，"一个人死了之后，究竟有没有魂灵的？"地狱的
阴影始终笼罩在她的心头，至死也不能消除。如果说一个人魂归
何处，取决于自以为灵魂会去哪里，那么我们有理由怀疑，祥林
嫂的灵魂是被关进了地狱。那是一个她十分不情愿去的地方，也
是一个不该存在的地方，尤其是不该为她这样的人存在。倘若灵
魂不灭，那么今生受苦的人，死后本来应该进天堂。不妨比较一
下，不同的民族、不同的信仰如何对待像祥林嫂那样未能"从一
而终"的女人。《新约·马可福音》中，有些不相信复活这回事
的撒都该人来见耶稣——

　　他们来问耶稣说："夫子，摩西为我们写着说：'人若
死了，撇下妻子，没有孩子，他兄弟当娶他的妻，为哥哥
生子立后。'

　　有弟兄七人，第一个娶了妻，死了，没有留下孩子。

　　第二个娶了她，也死了，没有留下孩子。第三个也是
这样。

那七个人都没有留下孩子，末了，那妇人也死了。

当复活的时候，她是哪一个的妻子呢？因为他们七个人都娶过她。"

耶稣说："你们所以错了，岂不是因为不明白圣经，不晓得神的大能吗？

人从死里复活，也不娶也不嫁，乃像天上的使者一样……"

超脱苦难

听罢我言，阿基琉斯开口答道：
"哦，闪光的俄底修斯，不要舒淡告慰死的悲伤。
我宁愿做个帮仆，耕作在别人的农野，
没有自己的份地，只有刚够糊口的收入，
也不愿当一位王者，统管所有的死人。"

这是荷马史诗《奥德赛》中的诗句。俄底修斯访问地府，见到已故战友、希腊英雄阿基（喀）琉斯的灵魂，于是有上述道白。荷马笔下的地府是一个阴暗、悲惨、没有欢乐的王国，成群结队的灵魂痛苦地呻吟着，发出惊心动魄的哭喊，聚集在祭供的土坑周围，争相舔饮祭供的羊血。阵亡的战士带着裂开的伤口，披着血迹斑斑的甲衣，纷纷向俄底修斯倾诉其悲惨境遇。人们心目中的地府既然是这个样子，就难怪阿基琉斯宁愿在人间做帮仆，也不愿在地府做王者了。

对于企求自我保存、心怀不死愿望的人们来说，灵魂不灭似乎是一种安慰。然而所以如此，也许缘于灵魂实际上不是不灭的，人们对灵魂不灭将信将疑；当人们确信灵魂不灭时，就未必是一种安慰，而可能是一种无奈，甚至不幸了。古希腊神话产生的时代，距离"万物有灵"的原始时期还比较近，因而古希腊人可能比后人更加真诚地相信灵魂不灭，以至于将其视为当然；但也正是在他们那里，灵魂不灭被视为一种真正的悲哀，正如恩格斯关于灵魂不死的表象说："这种表象，在那个发展阶段上决不是一种安慰，而是一种不可抗拒的命运，并且往往被认为是一种真正的不幸，例如希腊人就是这样想的"（《费尔巴哈与德国古典哲学的终结》）。

古希腊有一种奥尔弗斯教（奥尔弗斯是希腊神话中的音乐家，可能还是宗教改革家，相传被酒神的信徒撕碎），对其信徒来说，"现世的生活就是痛苦与无聊。我们被束缚在一个轮子上，它在永无休止的生死循环里转动着；我们的真正生活是属于天上的，但我们却又被束缚在地上。唯有靠生命的净化与否定以及一种苦行的生活，我们才能逃避这个轮子，而最后达到与神合一的天人感通。"（罗素《西方哲学史》）这种宗教与佛教有不少相似之处：同样以人生为苦，同样相信生死循环（轮回），意味着同样相信灵魂不灭，并将其视为不幸；作为逃避痛苦的途径，其苦行生活也与佛教的出家修行相似，由此而达到生命的净化与否定，以及与神合一的理想，也近似于佛教所谓涅槃。可见，在佛教和奥尔弗斯教所处的发展阶段，无论对古印度人还是古希腊人来说，灵魂不灭都是一种不可抗拒的命运，一种真正的不幸。

佛教的基本教义四谛，第一就是苦谛，包括生苦、老苦、病苦、死苦、怨憎会苦、爱别离苦、求不得苦、五盛阴苦。苦谛是对自然和社会特别是人生的价值判断，认为这一切的本性都是苦；其他几谛也都围绕苦谛展开，如集谛是指苦的原因，灭谛是将断灭诸苦产生的原因作为修行的目的，道谛是指跳出苦海、达到涅槃的理论和方法。生而为人或者众生本来就够苦了，如果灵魂不灭，那么死亡将不是苦难的终结，而是新一轮苦难的开始，如此则苦难将循环往复而没有尽头，又怎一个苦字了得！逃避苦难几乎是不可能的，但如果让生死循环的链条中断，那么无边的苦难至少还有望终结。所以，早期的小乘佛教修行的目的，不是往生极乐世界，而是涅槃。

佛教认为世间万物都不是真实存在，而是因缘和合而生。众生在过去、现在、未来三世中流转所遵循的十二因缘，部分是纯粹的精神活动，部分也由精神活动派生。既然现象世界不过是精神的产物，那么只要灭除一切精神活动，就可以摆脱十二因缘、跳出三世轮回，从而达到涅槃的境。包括佛教在内，印度人"一切较高的抱负，使他要摆脱这种反复生死的迷宫，摆脱这种转瞬即逝没有实质的梦想幻象。他通常相信可以用知识来做到这一点，因为整个生死轮回既然是幻觉，灵魂一旦知道自己的真实性质，知道自己与现象无关以后，生死轮回就会消失终止"（埃利奥特《印度教与佛教史纲》）。

涅槃的原义是和平与快乐的境界，在此境界中贪嗔痴的火焰已经熄灭。涅槃有两种形式：一种是有余涅槃，贪欲已断，而诸蕴仍然存在，即所谓阿罗汉果，虽然不属于世间，但仍然逗留在世间，以便教导（救渡）他人；另一种是无余涅槃，也就是阿罗汉逝世以后的境界，诸蕴已不存在。无余涅槃虽然被说得玄而又玄，其实就是灰身灭智，灵魂与肉体一同消灭，死得干干净净，用任继愈主编的《中国佛教史》的话说就是"彻底死绝"，当然也就永远摆脱了生死流转。这本来是每个人的必然归宿，只不过在那个发展阶段，由于人们真诚相信灵魂不灭，才会以为这种境界多么难以达到，以至于需要经过生生世世的修行。

如果说佛教绕了那么大的弯子，追求的不过是寂灭，就不如唯物主义径情直遂。大约在同一个发展阶段或者稍晚，同样针对灵魂不灭的恐惧，古希腊思想家伊壁鸠鲁做出的是另一种回答。他对人类的苦难具有强烈的悲悯情怀，将快乐作为"幸福生活的开始和目的"，即人生的出发点，而他所谓快乐，"是指身体的无痛苦和灵魂的无纷扰"，在实践中则将避免痛苦当作智慧人生的鹄的，以至于他在临终时写给友人的信中，将自己死的这天称为"我一生中真正幸福的这个日子"。他认为生活中最重要的是避免恐惧，而恐惧的两大根源是宗教与怕死，其中宗教又助长了对死亡的恐惧。"所以他就追求一种可以证明神不能干预人事而灵魂又是随着身体而一起消灭的形而上学。"（罗素《西方哲学史》）比如他在《致美诺寇的信》中说：

> 你要习惯于相信死亡是一件和我们毫不相干的事，因为一切善恶吉凶都在感觉中，而死亡不过是感觉的丧失。……所以一切恶中最可怕的——死亡——对于我们是无足轻重的，因为当我们存在时，死亡对于我们还没有来，而当死亡时，我们已经不存在了。

就死亡不足惧而言，这话说得够透彻了。的确，如果灵魂不是不灭的，人死后没有感觉，就既没有恐惧的意识，也不会有恐惧的感觉。人们对死亡的恐惧，如果不是害怕死亡的过程，就只是对于自身不存在的恐惧，而只要正确地认识死亡，就会"把我们从对于不死的渴望中解放了出来"（同上）。

伊壁鸠鲁虽然不像佛陀那样以人生为苦，甚至还将快乐当作人生的目的，但追求快乐是一回事，实际上快乐与否是另一回事。也许正因为生活并不快乐，他才将快乐视作最高的善。实际情况正如罗素所说："伊壁鸠鲁的时代是一个劳苦倦极的时代，甚至于连死灭也可以成为一种值得欢迎的、能解除精神苦痛的安息。"（《西方哲学史》）伊壁鸠鲁因生活劳苦倦极而以死灭为解脱，正如释迦牟尼以人生为苦而追求涅槃。他们从各自时代的灵魂不灭观念出发，针对灵魂不灭的恐惧开出了不同的药方，但在否定灵魂不灭的意义上却殊途同归。这不难理解，因为"要使一切患难不存在，就必须以完全的不存在为代价"（费尔巴哈）；而只要灵魂还存在，希望解脱苦难的人们就得不到彻底的解脱。

贫富与死

清代王应奎《柳南随笔》记了这样一件事：陈在之与邰因仲是儿时伙伴，平时各自忙于生计，同住一邑却很少见面，晚年一次不期而遇，握手叙旧，有如下一段对话——

> "吾辈垂髫相友，如昨日事，不谓一转瞬间，各已衰老若此。"

> "不特老也，且将死矣！"

> "尔我贫苦一生，此事岂尚不免乎？"

> "免则贫苦无已矣！"

于是相对大笑。

衰老与死亡的沉重话题，在两位穷苦文人口中成了轻松调侃的内容，且调侃得颇有意味，可见他们对于死亡的豁达和理性。由此想到家乡两位穷苦老人见面寒暄，一人问："你还没死哩？"另一人答："死不了。死了还有人受罪哩？"也有相似的意味。

的确，对于穷苦人来说，死亡不过是穷苦生活的终结，死了就不再受穷，也不再受苦了。家乡管农民叫受苦人，干农活叫受苦，活儿重也叫"受"（累的意思），能干就叫能受。对他们来说，"受"是常态，他们生为受苦人，"受"就是他们的宿命，以至对于生活的所有艰辛，他们都用"受"来承担。既然活着就是"受"，那么直到老死才算"受"到了头。当他们还能受时，或多或少会享受这受苦的生活；但在他们的意识中，由于生活毕竟是受苦，所以当这种生活结束时，他们并没有太多遗憾，也不感到恐惧。特别是当他们不再能受（丧失劳动能力）时，支撑他们活下去的理由已不充分，活着已不像从前那样有尊严，衰老和疾病又加重了他们的穷困，消磨着他们受苦的能力。"在这样痛苦的时候，他别无他望，只求解脱痛苦，而为了解脱痛苦，他当然就应当以自己的不存在为代价"（费尔巴哈）。他们对死亡于是有一种期待，"怎么就不死呢？"这是他们常挂在嘴边的话。

> 驴子如果驮得不重，
>
> 走起路来才会轻松。
>
> 穷人受过饥饿的苦痛，
>
> 走进死亡的门时脚步很从容。
>
> 富人一生享尽幸福，
>
> 离去时感到分外痛苦。

这是波斯诗人萨迪《蔷薇园》中的诗句。萨迪生活在十三世纪，其时蒙古人入侵中亚，迫使他离开家园，长期在异国他乡漂泊流浪，他因此饱尝生活艰辛，深知民间疾苦，他的诗句因而朴素透彻，富有生活哲理。上述诗句运用类似中国比兴的手法，揭示了不同的人对于死亡的不同感受。

五代徐铉志怪小说《稽神录》，写明州人陈龟范客游广陵，侍奉赞善大夫马潜。一天夜里突然死去，灵魂来到地府，府官验看文书，说："吾追陈龟谋，何故追龟范耶？"龟范回答："范本名龟谋，近事马赞善，马公讳言，故改一字耳。"府官查阅明州簿籍，确认无误，于是引至一处曹署（冥司部门），冥吏说："有人讼君，已引退（撤诉）矣，君当得还也。"龟范于是说出自己的真实想法："平生多难，贫苦备至。人生固当死，今已至此，不愿还也。"在生与死之间，陈龟范宁愿死而为鬼，而不愿重返人间，就因为"平生多难，贫苦备至"。这虽然不过是小说家言，但由此仍可看到，在那个时代，还有人是这样想的。按说陈龟范还有一份工作（给马赞善当差），有多少人可能还不如他，在不如他的人们中，类似想法想必更不奇怪。

尽管死亡面前人人平等，但平等的死亡对不平等的人却意义不同：对生活在水深火热中的人，死亡意味着跳出苦海，对享尽荣华富贵的人，死亡意味着幸福不再；富有的人一死便失去了一切，一无所有的人在死亡中失去的只是贫穷……穷人与富人因所处的地位不同、生存状态不同，对死亡的态度、在死亡面前的感受也不同。这个道理，不同民族、不同时期的人们都有所认识。《旧约·先知书》中西拉赫说：

　　"哦，死啊，当一个生活舒适、无有烦恼、万事顺利、胃口良佳的人想到你的时候，感到你是多么地残酷啊！哦，死啊，对于那既软弱又苍老、满腹烦恼、无甚盼望的贫穷之人，你又做了怎样的好事啊！"

　　死亡既残酷又仁慈，是坏事也是好事。死亡这种两面性，缘于生活的两面性。彼岸世界的天堂和地狱，其实是此岸世界光明与黑暗两极对立的倒影——所以说是倒影，因为生存的影像在死亡中颠倒过来，就像物体在水中的倒影：对于今生享福的人来说，死亡形同地狱；对于今生受苦的人来说，死亡有如天堂。天堂和地狱子虚乌有，不能说其中有什么，但可以说其中没有什么：如果说天堂里没有什么，那么可以说天堂里没有患难，"所以，在原始时，天堂不外是关于死——就死是一切祸患、苦痛和斗争之结束而言——的表象。"（费尔巴哈《从人本学观点论不死问题》）如果说地狱里没有什么，那么可以说地狱里没有幸福，"所以，在原始时，或者说，自在地，地狱也不外是关于死——就死是一切善良、一切生活享受和乐趣之不存在而言——的表象。"（同上）在基督教神学中，天堂的首要定义也是"一切患难之不存在"，对穷人来说，这是一死才能达到的境界。所以费尔巴哈说："如果从快乐的一面来看，那末，死就是天堂。"（同上）

　　死亡是穷人的天堂、富人的地狱，所以穷人不怕死，而富人不想死，正如费尔巴哈所说："死是穷人的愿望，而不死，却是花天酒地的富人的愿望。穷人是唯物主义者，而富人是唯心主义者"（同上）。穷人是唯物主义者，因为穷人较能正视死亡、顺应自然规律；富人是唯心主义者，因为富人不死的愿望有悖于自然规律。富人养尊处优，想要永远占有他们日思夜想、倾情聚敛的财富，延续他们锦衣玉食、呼奴使婢的生活，他们"正像一头不胜重负的驴子，背上驮着金块在旅途上跋涉"（莎士比亚《一报还一报》），所以走进死亡的门时脚步很沉重。穷人则"要求实惠的、物质的、合时的帮助；如果他们得不到这种帮助，那末，他们也就不会自不量力地愿望将来到天上去尽情纵乐，他们只有一个极其低微的、否定的愿望，这就是：不要让自己再存在下去"（费尔巴哈）。——这里的穷人当属绝对贫穷，至于相对贫穷一点，如现实中虽未致富却已温饱乃至小康的人们，则又当别论。

罪 与 死

在柏拉图的《国家篇》中，凯发卢斯拥有万贯家财，苏格拉底问他：你认为自己拥有这些财产的最大好处是什么？凯发卢斯回答这个问题时，说了如下一段话：

当一个人开始明白自己快要离开这个世界的时候，他就会想一些过去不愿想的事。从前听到那些关于地下世界以及人在阳世作恶，死后到阴间受惩罚的故事，他会笑着把它们当作无稽之谈，而到了这种时候，他的灵魂就会生出疑心，认为这些故事有可能是真的。这也许是因为年老体弱，也许是因为比以前看得更清楚。不管怎么说，他满腹疑虑、猜测、惊恐，开始扪心自问有没有在什么地方害过人。如果发现自己这辈子造了不少孽，那么他会像小孩一样经常做噩梦，一次次从梦中惊醒，甚至连白天也疑神疑鬼，担心冤家对头报复。但一个问心无愧的人就不一样了，他会怀着甜蜜的希望安度晚年，就好像有一位好保姆在照料他。

在凯发卢斯看来，财富对好人"最有价值"，因为拥有财富就可以做到不欺骗人、不存心作假、不亏欠神的祭品、不借债不还，总之问心无愧，"如果能做到这些事，那么去另一个世界也不用害怕了"。这是一个三段论式的推论：有了财富就可以不做坏事，不做坏事就不怕死。但前提显然是不周延的，有了财富并不一定不做坏事，人们更多地看到的倒是为富不仁。何况如前文所述，财富使人更加害怕死亡，怎么能说它有助于消除死亡的恐惧呢？但如果考虑到古希腊的智者是特殊的一群，他们将德性和智慧视为人生的幸福、将灵魂的不朽和安乐作为价值目标，那么，上述看法似乎也可以理解。何况凯发卢斯所说是有条件的："如果能做到这些事"、"只对好人才这样"。

凯发卢斯的上述回答，还涉及到善恶与死亡的关系问题。当临近死亡时回顾一生，如果问心无愧，"他会怀着甜蜜的希望安度晚年"；"如果发现自己这辈子造了不少孽，那么他会像小孩一样经常做噩梦"。这也就是中国人所谓"为人不做亏心事，不怕半夜鬼叫门"；但如果做了亏心事，那又怎么样呢？北宋陈师道《后山谈丛》讲了这样一件事：

西都（洛阳）崇德寺僧善端，酒色自恣（放纵），既病，度（自忖）必死，念地狱果有无耶？若有，不亦危乎？乃然（燃）香祝之曰："地狱若无，烟当上，有则当下。"既然（燃），烟下而地裂受之，端大惊失色而逝。

这位善端身为佛家弟子，却不守佛家戒律，酒色自恣，以至人称酒色僧。在人生的末路，他自知超生佛国无望，回顾一生所作善恶诸业，自认为地狱才是他该去的地方，所以很想弄清楚地狱的有无。作为佛教徒，佛家对地狱的种种描述想必他一清二楚：等活地狱、黑绳地狱、众合地狱、号叫地狱、大叫地狱、炎热地狱、大热地狱、阿鼻地狱，无不令他望而生畏。难怪他一旦相信地狱的存在，便极度惊恐而死。

当人们相信灵魂不灭和因果报应时，前往另一个世界时的心情就与一生行为的善恶有关。积德行善的人，相信自己的行为将受到福报，所以面对死亡心怀坦荡；作恶多端的人，相信自己的行为将受到罪报，所以在死亡面前惊恐万状。莎士比亚的历史剧《亨利六世》中，红衣主教亨利·波福临终，亨利王闻讯来到他的床前，问他身体如何——

　　红衣主教　假如你就是死神，那么我请求你让我活下去，不要叫我受罪，我情愿把财宝献给你，足够你买一个和英格兰一般大小的岛国。

　　亨利王　唉，见到死的来临就恐怖到这样地步，足见他一生的罪孽是多么深重！

与亨利王同行的华列克看到"垂死的痛楚弄得他（红衣主教）呲牙裂嘴的"，也说："他死得这样惨，足以证明他一生不干好事。"

亨利王和华列克所见略同，他们的看法大约是莎士比亚时代的共识。由于宗教在人们的意识中根深蒂固，人们深信，作恶多端的人死后将在地狱里受罚，因而面对死亡倍感恐惧；反过来，从一个人面对死亡的恐惧，也可以推断他生前罪孽深重，因为倘若积德行善，是不害怕灵魂进入天堂的。的确，红衣主教死得十分痛苦，他以为亨利王在审问他，于是乞求："嗳哟，不要拷打我，我情愿招认。"还看到他在政治上的死敌、他参与迫害的护国公葛罗斯特的鬼魂在威胁他："……瞧呀，他头发根根直竖，好似捕鸟的樊笼一样要捕捉我起飞的灵魂呢。"红衣主教一生坏事做绝，正如葛罗斯特生前对他的指控："你重利盘剥、刚愎自用、扰乱治安；你淫乱荒唐、阴险狡诈，不仅三番五次想谋害我，在你内心深处，只怕连王上也不肯放过……"身为主教，他那足够"买一个和英格兰一般大小的岛国"的财宝，显然来自巧取豪夺，足见他是多么贪婪。但丁笔下的地狱，就是为他这样的人准备的。

其实，无论红衣主教还是善端，都不是虔诚的宗教信徒，当他们违犯宗教戒律作奸犯科时，何曾想到"头上三尺有神灵"？只是死到临头，才害怕鬼神和地狱的惩罚，这大概就是中国人所谓"不见棺材不掉泪"。直到求生无望，摆在面前的只有死路一条时，他们才不得不面对死亡，想到自己可悲的下场。他们的一生，无论沉湎其中的酒色，还是孜孜以求的财富，这时都帮不了他们。回顾一生，他们也许穷得就只剩下罪恶了，因为除了罪恶，什么也带不进地狱。但罪恶不是灵魂的安慰，没有人是因为罪恶累累而含笑离开人世的，何况一切审判和惩罚无不缘于罪恶！他们所面对的死亡的惊恐，其实无需求证于鬼神，无论红衣主教眼前出现怒发冲冠的葛罗斯特的冤魂，还是善端透过缭绕的香烟看到地狱存在的显征，即便不问鬼神也完全可以理解，不过是缘于他们生前作恶多端，心中原本就有罪恶感罢了。鞭笞他们、审判他们的，与其说是冥冥中的力量，不如说是他们自己的罪恶。

在柏拉图的《申辩篇》中，苏格拉底说："逃死不难，逃罪恶却难得多，因为罪恶追人比死快。"对于犯罪作恶的人来说，罪恶本身也将是一种惩罚，这种惩罚往往比死亡更快到来，也就是说，他们往往活着就会受到报应。而面对死亡的痛苦和恐惧，正是这种惩罚或报应的一种表现。英国作家托马斯·布朗在《宗教沉思》中写道："人心是恶魔居住的地方，我常常感到地狱在我自身之内；撒旦的法庭设在我胸中，古罗马军团在我身上复活。"布朗大约是主张人性恶的，如果理解不错，他意在说明，人性中的恶对人来说就是地狱，他说："每一恶魔对其自己而言就是一个地狱；他认为自己的身上经受了足够的磨难，不需要周围的苦难再折磨他。这样，这里如此发狂的意识就是来世进到地狱的幽灵或前奏"(《宗教沉思》)。在他们下地狱之前，死亡的痛苦和恐惧已经使他们的意识发狂了。

正如人性中有善，有美好的憧憬，于是就有了天堂；同理，人性中有恶，因而也要为罪恶寻找一个去处，于是就有了地狱。在这个意义上，也可以说地狱是存在的。地狱不在别处，就在犯罪作恶者的内心深处——不是罪恶的灵魂要下地狱，而是地狱存在于罪恶的灵魂之中。既然如此，那么作恶多端的人即便不信鬼神和地狱，在死亡面前仍然会倍感痛苦和恐惧，正如费尔巴哈在《从人本学观点论不死问题》中说：

> "但是，特别是对那些不信上帝的人，不义的人——例如，无情的拜金主义者，傲慢的王公大人，'强暴的逆天者和食人者'，'大胆的饮酒英雄和吞肉者，时髦的好色者和亚马第斯的弟兄们'——来说，死尤其意味着惊恐，意味着严厉的审判，意味着惩罚。"

天堂为谁而设

安徒生笔下卖火柴的小女孩是在圣诞之夜冻饿而死的。比起死在除夕之夜的祥林嫂来，她死得似乎还有那么一丁点光和热。直到生命的最后时刻，她仍然追逐着温暖和光明，一根又一根地擦亮火柴。在火柴的光亮中，她看到了温暖的火炉、美丽的烤鹅和幸福的圣诞树，看到了美丽高大的祖母——

她把小姑娘抱起来，搂到怀里。她们两人在光明和快乐中飞走了，越飞越高，飞到既没有寒冷，又没有饥饿，也没有忧愁的那块地方——她们是跟上帝在一起。（《卖火柴的小女孩》）

小姑娘确乎是在希望中死去的，当人们发现她时，她的嘴角还带着微笑。她的希望与其说来自那一小把火柴，不如说缘于她心中有一个天堂。这天堂是虔信基督的老祖母安放在她心中的，老祖母说过："天上落下一颗星，地上就有一个灵魂升到上帝那儿去。"

对于基督徒来说，死亡不过是物质生命的终结，而灵魂则是不死的，天堂就是为不死的灵魂设想的去处。但并不是所有的灵魂都升到上帝那儿去，只有得到拯救的灵魂才进入天堂，与上帝同享永福；那些不知悔罪的灵魂将堕入地狱，受到永罚；虽然有罪但已得赦免的灵魂则被置于炼狱，待到炼尽罪过、做完补赎方可升入天堂。在基督教看来，世人都是有罪的，因而都需要拯救。但人世间最需要救助的，与其说是罪孽深重的人，不如说是灾难深重的人，他们受苦受难，不是因为自己的罪过，如祥林嫂和卖火柴的小女孩都不是有罪的人。他们在现实中饥寒交迫，温暖的火炉、美丽的烤鹅只有在天堂里才属于他们。正如费尔巴哈所说："地上无数的贫民和饥民，只有在彼世，才第一次享受到是人应该吃的食物"。在这个意义上，穷人似乎更需要一个天堂，而基督教的天堂原本也是为穷人准备的。在《新约全书·路加福音》中，耶稣对他的门徒以及听他讲道的百姓说：

> "你们贫穷的人有福了，
>
> 因为神的国是你们的；
>
> 你们饥饿的人有福了，
>
> 因为你们将要饱足；
>
> 你们哀哭的人有福了，
>
> 因为你们将要喜笑……
>
> 但你们富足的人有祸了，
>
> 因为你们已经享够安乐
>
> 你们饱足的人有祸了，
>
> 因为你们将要饥饿；
>
> 你们喜笑的人有祸了，
>
> 因为你们将要哀恸哭泣……"

　　耶稣大约有一颗善良的心，他对穷人的困苦满怀同情。但拿什么给穷人呢？由于他自己也是一个穷人，没有做慈善家的资本，他所能给予穷人的，也只有天堂幸福的门票了。天堂是穷人的专利，因为穷人一无所有，走进天堂的大门时不需要失去什么，何况天堂里还有他们想要、需要，却在现实中得不到的东西！但对富人，天堂的大门却并没有敞开，因为富人很少愿意放弃他们的钱财，而钱财是带不进天堂的。耶稣说："有钱人要成为上帝国的子民，比骆驼穿过针眼还要难！"（《马可福音》）耶稣大约还有一颗正义的心，他认为穷人受苦、富人享福的现实并不合理，但他却无力改变，而只能设想出一个有别于现实世界的彼岸世界，在此岸和彼岸之间实现某种正义。在《路加福音》中，他还讲了这样一个故事：

> 有一个财主，穿着紫色的袍和细麻布衣服，天天奢华宴乐。
>
> 又有一个讨饭的人，名叫拉撒路，浑身生疮，被人放在财主门口。
>
> 他要得财主桌上掉下来的饭渣充饥，狗来舔他的疮。
>
> 后来那讨饭的死了，被天使带走，放在亚伯拉罕的怀中。财主也死了，并且埋葬了。
>
> 财主在阴间里受苦，举目远远地望见亚伯拉罕和他怀里的拉撒路，就叫喊：我祖亚伯拉罕啊，可怜我罢，让拉撒路来，用指尖蘸点水，凉凉我的舌头，因为我在这火中极其痛苦。
>
> 亚伯拉罕说，儿啊，你该回想你生前享过福，拉撒路也受过苦；如今他在这里得安慰，你倒受痛苦。

奢华享乐的财主在地狱里受苦，受尽饥寒的拉撒路则在天堂里享福，彼世与今生互为补偿，幸福和不幸似乎达到了某种平衡。假如存在彼世，似乎这样才算合理，基督教的"粉丝"（有别于信徒）也正是以此为彼世辩护的："因为，没有彼世，便没有什么赏罚、什么公理了，至少那些非由自己罪过而过着痛苦和不幸生活的人，必须在天堂得到补偿的。"（据费尔巴哈《宗教本质讲演录》）而那些相信灵魂和彼世为实有的人们，也正是这样想的，"譬如堪察加人就确实相信：在这世界是贫穷的人，到另一世界就变成富人，反之富人要变成穷人，如此，这两个世界合算起来就有一种平等存在。"（同上）

天堂"不是为其他的人而设的，不是为在地球上已经是够幸福的、找得到必要的手段以满足和发展其人性的需要和才具的那种人而设的"（同上），而是为那些缺少必要的物质生活条件，因而不能人性地生活的人们而设的。他们原本只要求地上的合理的幸福，但在现实中，他们连最起码、最必要的生活需求也得不到满足，这就难怪他们"必然会产生对死后的幸福生活的憧憬，正如野蛮人由于没有力量同大自然搏斗而产生对上帝、魔鬼、奇迹等的信仰一样。对于工作一生而贫困一生的人，宗教教导他们在人间要顺从和忍耐，劝他们把希望寄托在天国的恩赐上"（列宁《社会主义和宗教》）。

但天堂和地狱都是不存在的，没有什么彼世的幸福可以作为今生不幸的补偿。只有死亡可以使今生的苦难终结，却也正是死亡使今生的苦难定格为永远的苦难。宗教似乎改变了死亡的意义，死亡因而被视作进入天堂幸福的门坎。尽管宗教是麻醉人民的鸦片，但让今生受苦的人上天堂，比起让他们下地狱来，还是多少有一点人性。它让卖火柴的小女孩在天堂幸福的希望中死去，而不是让今生受苦的祥林嫂在彼世接着下地狱。它对饥寒困苦的穷人寄予同情，而不是认为他们活该受苦。卖火柴的小女孩死了，人们看见她手里捏着一束差不多烧尽的火柴，说"她想把自己暖一下"；而祥林嫂死了，鲁四老爷却还在生她的气："不早不迟，偏偏要在这时候，——这就可见是一个谬种！"（鲁迅《祝福》）

谁需要地狱

英国学者弗雷泽在《魔鬼的律师——为迷信辩护》中，谈到"中国人对于死者存在及其力量的信仰"时说：

> 不过，对鬼魂及其回报的坚信还有其他效果。它制止了令人发指的非正义行为，因为受屈的一方绝对地相信自己灵魂脱离肉体后的复仇力量，总是毫不畏惧地自杀，使自己变作厉鬼，以便在死后对压迫者进行他生前无力做到的复仇。

弗雷泽的这种印象大约来自古装戏如《李慧娘》之类，而未必是中国人的信仰，因为史料中很少有为复仇而"毫不畏惧地自杀"的记载。不过，中国人确有一种将实现公平与正义的希望寄托于死后的观念。没有人需要地狱，但如果人们苦苦追寻的公平和正义只有在地狱里才能找到，那么人们也就不惮于下地狱。唐代笔记《逸史》中讲了这样一件事——

桂州有所谓山贼反叛，桂州观察使杜式方奉诏讨捕，继而郎中裴某又奉命招抚。裴某过桂州，杜式方派乐生及两名副将协

助。裴某派乐生等人出使贼营，贼帅黄少卿喜欢乐生的佩刀，要
用两名婢女和他交换。其时两名婢女的价格还不及宝刀的一半，
但为了完成使命，乐生只好忍痛割爱。同行的一名副将与乐生不
和，向裴某诬告乐生通匪，有婢女为证。裴某不由分说，诬为大
过，将乐生关在宾州，并向杜式方发出公文，强调非杀不可。裴
某是钦差，其意难违。杜式方心知乐生冤枉，有意放他，让前往
押解的使者暗示他逃走，却被乐生拒绝了。乐生自知投诉无门，
遂自诬成罪。临刑，对家人说："买得椖木？可速买，兼取纸一
千张、笔十管，置棺中。吾死，当上诉于帝前。"

　　乐生本来可以不死，但既然人间无理可讲，便宁愿一死也
要找个说理的地方。如前所述，在古人观念中，人活着在阳间，
死后就到了阴间。阴间是阳间的翻版，冥司相当于阳间的衙门，
亡灵在那里受审，当然也可以申诉。"狱"字在古汉语中有讼案
即官司的意思，"地狱"也可以理解为地下的官司。在这个意义
上，人世间蒙冤受屈的人们未尝不需要一个地狱。乐生叮嘱家人
以纸笔随葬，就是要把官司打到阴间。历史上也许没有多少人像
他那样，为了寻求人世间所稀缺的公正而不惜一死，但像他那样
叮嘱亲友以纸笔随葬者却史不绝书，试举数例——

　　北齐阳翟（今河南禹州）太守张善"苛酷贪叨，恶声流
布"。御史台遣御史魏辉俊赴郡查办，查实张善"赃贿狼籍，罪
当合死"。张善在狱中指使人上告，反诬魏辉俊收受民财，制造
冤案。齐文宣帝高洋偏听偏信，一怒之下，令尚书左丞卢斐复

审。卢斐是北齐有名的酷吏，《北齐书》说"斐性残忍，以强断知名"。他逢迎高洋的旨意，将魏辉俊定成死罪，奏报（所奏得到批复）于州斩决。魏辉俊临刑，遗语令史（掌文书官）："我之情理，是君所见。今日之事，可复如之。当办纸百番、笔二管、墨一锭，以随吾尸。若有灵祇，必望报卢（斐）。"（《还冤记》）

南朝梁武帝开国，追尊其父为文皇帝，并在其父皇陵上建造寺庙，苦于找不到上好的木料，于是诏令有司督办。此前，曲阿（今江苏丹阳）富人弘氏与其亲族运载大量财货，前往湘州（今长沙）做生意，"经年营得一（木）筏，可长千步，材木壮丽，世所稀有"。归途经南津，南津校尉孟少卿决意侵吞弘氏木材以献皇陵，不惜制造冤案，将弘氏贸易所剩衣裳缯彩诬为劫掠罪证，将弘氏定成死罪，奏请施行。弘氏临刑，嘱其家人："可以黄纸、笔、墨置棺中。死而有知，必当陈诉！"（《还冤记》）又书写校尉等人姓名吞进肚里，以志不忘。

唐末垫江县令崔某与主簿李矩不和。时逢乱世，"群盗劫县，杀崔令"。事后李矩入宅检校，一名避乱的役吏看见了他，以为他与贼通，就报告了镇将。人们既知他与县令不和，对他不无怀疑，于是将他执送忠州。推问不伏，又押送江陵。推吏常某想尽快结案，竟锻炼成狱。"矩临刑，戒家人多烧纸笔，讼於地下。"（《北梦琐言》）

明朝天启年间，宦官魏忠贤专权。魏广微以同乡、同姓的名义投靠魏忠贤，得以入阁办事。御史李应升弹劾权阉及其在内阁的代理人，被矫旨逮问，榜掠备至，大呼二祖列宗（明朝历代皇帝）而死。死前一日，寄诗与亲友诀别："白云渺渺迷归梦，春草凄凄泣路歧。寄与儿曹焚笔砚，好将犁犊听黄鹂。"这里所谓"焚笔砚"，可以理解为祭奠时焚烧笔砚等明器，其含义略同于以纸笔随葬。

上述魏辉俊等人在人间讨不到公道，且不说山高皇帝远的地方，便是朝廷之上也无理可讲。造成他们冤假错案的，有"万岁"（高洋），有"九千岁"（魏忠贤），有内阁首辅，还有钦差大臣……最不济也有所谓狱吏之尊——有道是"县官不如现管"，在他那一亩三分地上竟也一手遮天。人们自古以来就有一种信念，相信公平和正义存在，相信人世间总有说理的地方。但在现实中，人们更多地看到的却是公平得不到实现，正义得不到伸张。特别是在封建专制下，强权代替公理，公平和正义何在？哪里是说理的地方？人们上下求索，四顾茫然。

当人们在现实中受到不公正对待，并且得不到改正时，往往把希望寄托在冥冥之中，以为那里才是公平和正义的所在。其实，公平和正义也同真理一样，是相对的，不是绝对的，绝对的公正只存在于相对的公正之中，离开了相对的公正，也就谈不上绝对的公正。但假如存在绝对的公正，那么必定存在于人们不了解的地方，而冥司正是这样的地方。由于从来没有人从那里回来，所以从来没有人否认那里的公正，而只能想象那里必定十分公正。如明代瞿佑的小说《剪灯新话》，借一位生前不得志、死后在冥司受到重用的书生之口说："冥司则不然、黜陟必明，赏罚必公，昔日负君之贼，败国之臣，受穿爵而享厚禄者，至此必受其殃；昔日积善之家，修德之士，阨下位而困穷途者，至此必蒙其福。盖轮回之数，报应之条，至此而莫逃矣。"可见在人们的观念中，冥司的审判是最后的审判，彼世的公正是最终的公正。其实，彼世的公正也就是人们观念中的公正，在观念的意义上无所谓荒谬，而可以作为现实的参照，像镜子似的照出现实的不公正。这也许是公平和正义的最后一道防线，倘若连这一道防线也不存在，那些有苦无处诉、有冤无处伸的人将彻底绝望。

尽管阴阳相隔，但阴间似乎与阳间一体，阳间的冤屈在阴间得以昭雪，阴间的审判最终还会反馈到阳间，于是死人的申诉可以直接影响活人的命运，即所谓现世报。据《还冤记》等书说，魏辉俊被杀后，不到一月张善就病死了，两月后卢斐也被高洋鸩杀；造成弘氏冤案的众多官吏，"未及一年，零落皆尽"，侵吞的木料也化为灰烬；李矩死后一月，造成其冤案的推吏常某就暴亡了，与此案有关的判官范某也被拘到阴间作证，如此等等。据此看来，那些冤魂似乎在阴间找到了说理的地方——这固属虚妄，却与史实有相符之处（如卢斐的确被高洋所杀），这就让世人更加相信冥司的审判体现了公正，从而坚定了对于公平和正义的信念。

中国人的这种信念在西方人中同样存在。古希腊人观念中的冥府是一切亡灵的归宿，却不是一个能见天日的地方，古罗马诗人称之为永恒的幽暗，死神看守着冥府的大门，一旦进去就别想出来。尽管如此，当苏格拉底被以莫须有的罪名判处死刑时，却欣然前往。在他看来，如果存在冥府，那里的审判必定与人间不同。在柏拉图的《申辩篇》中，他说——

> 如果灵魂抵达另一个世界，超出了我们所谓的正义的范围，那么在那里会见到真正的法官、弥诺斯、拉达曼堤斯、埃阿科斯，在那里的法庭上进行审判，还能见到特里普托勒摩斯以及其他所有半神，他们由于生前正直而死后成为神。那么，这样的旅行会不遇上惩罚吗？换个方式说，如果你们中有人有机会见到奥菲斯和穆赛乌斯、赫西奥德和荷马，那该有多好啊？如果这种解释是真的，那么我情愿死十次。我就要去那里跟他们在一起了，我会见到帕拉墨得斯和忒拉蒙之子埃阿斯，以及其他古时候的英雄。这倒是一种特别有趣的经历，因为他们都是因为审判不公正而被处死的。

弥诺斯是克里特的立法者，他与拉达曼堤斯、埃阿科斯以及半神特里普托勒摩斯都因生前正直而死后担任冥府的审判官，荷马史诗《奥德赛》描写弥诺斯"手握黄金权杖，正在给亡灵们宣判"。苏格拉底相信"他们无论如何不会因为（自己）这样的行为处死一个人"。奥菲斯和穆赛乌斯都是传说中的月神和缪斯之子，他们和荷马、赫西奥德（《工作与时日》的作者）都是诗人，苏格拉底宁愿死后与这些高尚而智慧的人在一起。帕拉墨得斯和埃阿斯都是荷马史诗中的特洛伊英雄，苏格拉底与他们同样因受到不公正的审判而死。苏格拉底面对死亡无所畏惧，反而将灵魂前往另一个世界表述为"一种无法想象的幸福"，就因为他在现实中受到不公正的审判，因而希望在冥府找到公平和正义。

中国心灵

不营佛果

南宋周密《齐东野语》记永嘉甄云卿"辩给雄一时，谑笑皆有余味"，尤其喜欢和同乡木蕴之开玩笑。将亡之日，请木蕴之前来主丧——

> 既旦，木闻之亟来，甄喜曰："吾将行，得君主吾丧，则济矣。"木许诺。乃入浴更衣，与木诀，坐而逝。既复开目曰："吾儒无此也。"复卧，乃绝。

甄云卿可谓死得从容，虽也曾在朝为官，却不想以死惊动多人，得生前好友一人主丧足矣。这段记述看似平淡，却也颇有耐人寻味之处，那就是他对死亡姿势的选择。坐着死还是卧着死，看似没有多大区别，而在他看来却是两种不同的死亡方式：坐着死有点像佛教所谓"跏趺而化"（又称坐化、坐脱），似乎意味着皈依佛门；卧着死则更像是"吾儒"应有的死法，似乎意味着去见孔夫子。

《礼记·檀弓上》记，曾子病危，弟子子春、儿子曾元和曾申侍疾床前。执烛童子感慨寝席华美，说："华而睆，大夫之箦与？"曾子听了不是味，于是命曾元扶起易箦，也就是换席子。曾子对曾元说："尔之爱我也不如彼（童子）。君子之爱人也以德，细人之爱人也以姑息。吾何求哉？吾得正而毙焉斯已矣。"易箦之后，曾子"反席未安而没"。

曾子为什么坚持要换掉席子？缘于童子一句"大夫之箦"提醒了他，他未尝为大夫，而华美的席子乃季孙氏所送，确系大夫之箦。躺在大夫的席子上前往另一个世界，在他看来似乎不合礼制；而他所谓"得正而毙焉"，就是要死得合乎礼制。礼制对死亡的姿势也许没有特别的规定，但这件事既载于儒家经典，也就丰富了礼制的内容，至少让人们看到孔门弟子是如何去见乃师的。此后古人用"易箦"指代死亡，似乎对死亡的姿势有所暗示。南宋理学家朱熹临终，"正坐整衣冠，就枕而逝"（《宋史》）。"正坐整衣冠"可见他临终不苟；"就枕而逝"说明他以卧姿为礼制之正。朱熹乃一代名儒，这样去死想必有他的道理。

甄云卿是否卧着死其实并不重要，值得注意的是他有意与佛教徒区别开来，而以"吾儒"的方式面对死亡。他在死亡面前似乎并不感到痛苦与恐惧，不仅如此，当他看到木蕴之如他所愿前来为他主丧，甚至还有些高兴。他临终的表现并不偶然，儒家思想在中国古代是统治思想，正统的圣人之徒对儒学持守执着、信念坚定，当然也就不可能兼信佛教，并且不忘时时处处与佛教划清界限，即便在临终弥留之际。正缘于此，历史上不乏有人留下遗嘱，明确拒绝做佛事，禁止家人用佛教仪式为自己超度亡灵。宋代邵伯温《邵氏闻见录》载，其祖父临终，对其父康节（即宋儒邵雍）说："吾平生不害物，不妄言，自度无罪。即死，当以肉祭，勿用佛事乱吾教。"邵伯温祖上范阳邵家"以中直笃实，读书谨礼为家法"，也就是遵从儒家的礼法，所以在其祖看来，一旦掺杂佛事就将"乱吾教"。南宋周辉《清波杂志》载：

> 吴长文不喜释氏，父卒，不召僧营佛果，闾巷常与父往还者，各赠二缣。……建安刘同知居留建康，薨于官，遗戒不事梵呗，其家恪遵治命。兴化陈丞相当属纩之际，亦以手笔示其子，谓追修无益于逝者。岂二公自信平生践履，必可升济，初不假荐助冥福，抑矫世俗溺信浮屠氏之说欤？

吴文长即北宋名臣吴奎，官至枢密副使、参知政事。《宋史》也说他"丁父忧，居丧毁瘠，庐于墓侧，岁时洁严祭祀，不为浮屠事"。"浮屠"是梵语佛的音译，"不为浮屠事"也就是不做佛事。"建安刘同知"当是南宋名臣刘珙，建宁崇安（今福建武夷山市）人，宋孝宗乾道三年除同知枢密院事，兼参知政事。"梵呗"是佛教做法事时的赞叹歌咏之声，"不事梵呗"也就是不做佛事。"兴化陈丞相"当是南宋名臣陈俊卿，兴化军莆田人，乾道四年授尚书右仆射、同中书门下平章事兼枢密使。他临终或许已不能说话，故以手笔示其子，制止包括做佛事在内的一切追荐活动。

当人们前往另一个世界的时候，借助于某种宗教的仪式，据说可以使生前的罪过得到赦免，如基督教徒临终的圣事：诵念祈祷经文、亲吻十字架、涂抹圣油等等。中国人临终没有此类仪式，却有为死者举行的追荐仪式，如佛教所谓道场，据说可以救度亡灵超脱苦难；道教所谓祭炼，据说可使死者生前的罪过得到宽宥，脱离鬼道，早升天界。上述诸人不做佛事，也不搞其他追荐仪式，一方面缘于他们"自信平生践履，必可升济"，"不害物，不妄言，自度无罪"，因而无须借助宗教仪式以洗涤罪过、超脱苦难，如刘珙和陈俊卿都以正直立朝，做过有益于社稷百姓的事；另一方面，则表明他们不信佛教，并有感于"世俗溺信浮屠氏之说"，而有意矫正世人沉迷佛教、热衷于做佛事的风气。

进一步说，不做佛事就意味着不向佛教寻求精神安慰，进而拒绝一切宗教的安慰。如果说宗教也可以满足人们的某种需求，那么，也许就在于为人们提供某种精神安慰，尤其是当人们面对死亡的时候，宗教的安慰似乎可以帮助人们减轻死亡的痛苦、解除对于死亡的恐惧。宗教迎合人的自我保存意向，否定了人的现世完结性，给人们以某种生命延续的许诺，如"基督教认为死亡是不真实的，因此拿死后还有生命的诺言，来安慰忧心忡忡的人们"（弗罗姆语），以及佛教所谓前生、今生、来生（前世、现世、来世）。宗教为人们开启了对于彼岸世界的想象空间，在那里，作为生命延续的主体不仅继续存在，还将超脱现实苦难而永享福乐，如基督教的天堂、佛教的佛国净土或西方极乐世界。这一切，对于虔诚的宗教信徒大约确有安慰作用，对他们来说，死亡也许不再是生命的终结，而是生命的延续；不再意味着痛苦，而意味着福乐；不再是一种可悲的沉沦，而是一种可喜的升华。既如此，他们面对死亡当然就没有理由感到痛苦和恐惧。

几乎所有宗教都具有这种安慰作用，惟独在中国传统文化中占据主导地位的儒家思想没有提供任何宗教安慰。尽管儒家思想有时也被称作儒教，但既不同于其他民族的宗教，也有别于中华民族所谓"三教"中的佛教和道教。儒家从不否认死亡是生命的终结，尽管儒家也有某种不朽观念，如立德、立功、立言"三不朽"，似乎也可以视为生命的一种延续方式，但这种延续纯属精神上的，只存在于人们的思想意识之中，而不脱离现实世界，没有任何超自然的因素。换言之，儒家所谓"不朽"，与生命主体的自我保存无关，主体照样消亡，只不过主体消亡之后，其活动的影响仍未断绝。以儒家思想为主导的中国人，有点像犹太人那样"现实地承认死亡这一事实"（弗罗姆语），只不过犹太人相信"人在世间可以达到幸福与正义的境界"（同上），中国人则相信人在世间或许可以实现生命的某种价值。的确，在对待死亡的问题上，儒家只注重价值评价，也就是要看死得值不值，是重于泰山，还是轻于鸿毛；面对生与死的抉择，只要值得，就不惜从容赴死。如南宋文天祥不屈而死，其衣带中有赞（一种文体）曰："孔曰成仁，孟曰取义，惟其义尽，所以仁至。读圣贤书，所学何事，而今而后，庶几无愧。"（《宋史》）其中"成仁"、

"取义"，既是对人生的价值取向，也是对死亡的价值评价。

平心而论，尽管西方意义上的宗教信仰从未在中国占据主导地位，但宗教的影响却不可低估，中国的民间信仰中甚至充斥着佛教和道教的内容。但这种影响在很大程度上是一种潜移默化，至于是否信仰宗教，信仰什么宗教，在很大程度上仍可出于个人选择。马克思说宗教是麻醉人民的鸦片，中国人对宗教这种精神鸦片的态度，正如对待物质的鸦片——尽管近代中国开设了许多大烟馆，但吸食与否，仍可由自己做主。

灵魂有无

北宋尹洙被贬崇信军节度副使，又移监均州酒税，在任得病。其时范仲淹知邓州，经请求朝廷并得到许可，尹洙得以到邓州就医。宋代邵伯温《邵氏闻见录》载：

> 师鲁（尹洙字）至，文正（范仲淹谥号）日挟医以往，调护甚备，师鲁无甚苦也。一日，文正偶以事未往，师鲁遣人招之，文正亟往，师鲁隐几端坐，已瞑目矣。文正伏而呼之，师鲁复开目，文正问曰："何所见也？"师鲁从容曰："亦无鬼神，亦无恐怖。"复闭目而绝。

这一段引文与前面所引《冷斋夜话》的叙述有所不同，但尹洙的回答并无不同。从"亦无鬼神，亦无恐怖"的回答，可见在当时人们的传说中是既有鬼神，又有恐怖的。世人谈神说鬼，却没有谁真的见过鬼神。尹洙虽然并不相信鬼神，但毕竟没有确凿的证明。据说当人前往另一个世界的时候，会有鬼神前来接引。尹洙自知大限已到，并且已经瞑目，也就是闭眼——这往往是死的委婉说法，只缘听到范仲淹呼唤，才又睁开眼睛。倘若鬼神存在，按说就该见到，但鬼神并没有出现，所以"亦无鬼神，亦无恐怖"就是一个确凿的结论。鬼神存在与否，是许多古人终其一生想不明白的问题，人们既然在自己的有生之年得不到验证，于是就想听亲朋好友，特别是信得过的人亲口说出结论。范仲淹与尹洙是知交，他们彼此互信如同相信自己。与好友诀别的时候，也是一个了解真相的机会，所以范仲淹问："何所见也？"而尹洙回答"亦无鬼神，亦无恐怖"，说明他们早有默契，也许在他们相处的日子里，曾经多次探讨这个问题。死者的回答无疑将坚定生者无神论的信念，并且随着这则轶闻的传播，更多的人将会受到无神论的影响，而这则笔记的作者显然首当其冲。

类似的记载也见明代朱国祯《涌幢小品》。该书所记叶广彬是一位谨厚君子，称得上乡贤，其子叶向高（号台山）在万历年间官至内阁首辅。叶广彬年轻时"为举子业甚精"，只为养亲才放弃科考，留在家乡治田园杂事。"然诵读自如，经史百家，下及阴阳、算术，无不淹贯。"称得上博学多识。对于鬼神，他并不相信其存在，却也有待于进一步验证，所以也是在生命的最后时刻才得出结论。据《涌幢小品》记：

喜熟寝，一日，其子桂山问曰："寝安乎？"曰："安，

殆将还造化矣。"又曰："世人谓将死有鬼物，甚妄，我但
觉气尽，如五谷黄熟自归。又天堂地狱亦杳茫，纵有之，
吾行可质鬼神，非所惧，慎勿效世俗供佛饭僧荐福也。"

叶广彬大约也认为气是万物的本源，人因气聚而生，气散
而亡，死亡也就是"还造化"，即回归自然。病死老死都是自然
死亡，像"五谷黄熟自归"那样，是一件自然而然的事。他并
没有给鬼神的存在留下空间，所谓"纵有之"，不过是假设而已，
意在说明"吾行可质鬼神"。

古人虽然有灵魂不灭的观念，但不能没有怀疑，尤其是儒
家，更不会轻信。孔子是圣人，他的学生子路请教他如何事奉鬼
神，他回答："未能事人，焉能事鬼？"（《论语·先进》）樊迟
问知，他回答："敬鬼神而远之，可谓知矣"（《论语·雍也》）。
"知之为知之，不知为不知"（《论语·为政》）是他对学生的教
诲，也是他自己终身践行的准则。对于自己不了解的事情，他
从不轻易下结论。鬼神超出了人的经验范围，所以"子不语怪、
力、乱、神"（《论语·述而》）。既然鬼神存在与否，以及能否
给人带来祸福，都得不到验证，那么，敬而远之就不失为一种明
智的态度。

在对待鬼神的问题上，孔子的态度不仅为儒家思想提供了
依据，而且对后世学者产生了巨大影响。"六合之外，存而不
论"，几乎成为古代读书人的共同信念。尹洙和范仲淹，以及叶
广彬等人，大约都是圣人之徒，他们继承儒家传统，对鬼神的存

在持一种理性的怀疑态度，并且最终依据直接经验或间接经验予以否定。就连魏晋时期"非汤武而薄周孔"的嵇康也认为："夫神祇遐远，吉凶难明。虽中人自竭，莫得其端，而易以惑道；故夫子寝答于来问，终慎神怪而不言。"（《难宅无吉凶摄生论》）鬼神离人太远了，普通人竭尽才智也弄不清楚，只会把心智搞乱；涉及鬼神的问题，孔子尚且不作明确回答，普通人最好存而不论。

儒家怀疑鬼神的存在，却又不废祭祀。至于如何对待祭祀，孔子的态度是"祭如在，祭神如神在"（《论语·八佾》）——不说存在，也不说不存在，只强调祭祀时应当心怀敬畏，就像真的存在那样。这仍然是"敬鬼神而远之"，其中理性怀疑精神一以贯之。祭祀活动是祖先崇拜的反映，中国古代确有祖先崇拜，一些西方学者据此认为中国人相信灵魂不灭；但假如祖先的灵魂存在，那么存在于什么地方，如何存在？自古以来就十分朦胧，没有明确的说法。对于这种"没有附带说明地点和特性的生存"，费尔巴哈指出：

> 这样，死了的中国人的灵魂，怎样生存呢？……是不是像活着的中国人一样地生存呢？不，他们只是作为死人，作为精神而生存着。所以，中国人把纪念死人的木牌叫做"神主"，意即精神之居所。他们作为精神而生存着，这就是说，他们只是在活着的中国人的精神中，回忆中，情感中，虽死而不变的尊崇中，生存着。只有这种依凭尊崇的

存在，才是死后灵魂之适合于中国人心愿的存在。(《从人本学观点论不死问题》)

中国人也说不上有什么真正的、实在的不死信仰。"就本质而言，中国人希望在他们自己死后所得到的祭礼，其最主要点无非在于使他们的后代能不时想念到他们，常有敬崇之心。"不过，虽然他们实际祭的是他们对已死祖先的纪念，然而，从仪式上看，"却好像是把死人当作还活着的那样"。(同上)

在中国的祖先崇拜中，祖先死后的存在是一种"精神中，回忆中，情感中"的存在，正如古人将"三不朽"作为生命延续的方式，是一种精神上、意识上的延续。前文所引宋儒邵雍之父临终说："即死，当以肉祭，勿用佛事乱吾教。"(《邵氏闻见录》)他拒绝做佛事，却不拒绝祭祀，因为祭祀是儒家文化中所固有的；但这并不意味着他相信灵魂不灭，当真以为自己会享受到子孙的肉祭，而多半不过是希望在子孙的祭祀中得到尊崇与纪念，从而活在子孙后代的心里。中国传统文化重视传宗接代，也许正缘于此。中国民间的某些风俗习惯，如每年清明扫墓、十月初一送寒衣，其意义在很大程度上在于让子孙后代想起祖先、纪念祖先。普通的中国人并不奢求天堂里永久的福乐，以为那是靠不住的东西；而只相信子孙后代会纪念自己，因为这是靠得住的。正如费尔巴哈所引迈涅尔斯的《宗教批判史》说："除了愿望自己死后能像自己尊崇祖先一样地受到尊崇以外，中国人在自己生活中未必再有什么别的愿望会如此强烈。"

　　世界上究竟有没有鬼神？这是一个形而上学的问题，也是古人普遍关心的问题，不仅使学者存疑，也让民间困惑。因为鬼神存在与否关系到灵魂是否不灭，而灵魂的不灭与否又与人们的生活密切相关。人们将依据对这个问题的回答安排自己的生活：假如灵魂不灭，生活是一个样子；假如灵魂不是不灭的，生活就将是另一个样子。人们据此认知生活的意义究竟是在现实世界，还是彼岸世界；决定将生活的重心放在今生，还是来生。特别是当人们面对死亡的时候，鬼神的有无，灵魂不灭与否，涉及到天堂和地狱的有无，关系到生命是否延续，以及死亡是何种状态，既会给人们带来希望，也会给人们带来恐惧。对这些问题的思考并非杞人忧天，而与每一个人有关，以至于连鲁迅小说《祝福》中的祥林嫂也会问："一个人死了之后，究竟有没有魂灵的？"而与孔夫子一脉相承的理性怀疑精神，使许多中国人对待灵魂也像孔子所谓"祭如在，祭神如神在"那样，持一种"信则有，不信则无"的态度，甚至作出"人死如灯灭"的结论。

时至即行

　　"天道幽且远，鬼神茫昧然。"这是东晋名士陶渊明的诗句。陶渊明不信鬼神，也不信佛道。他与名僧慧远有往来，慧远曾劝他参加莲社，他"攒眉而去"。慧远主张"形尽神不灭"，他则强调精神依附于形体，其《形影神》诗以神的口吻对形说："与君虽异物，生而相依附。"他深受儒家和道家影响，又接受了王充等人的朴素唯物主义思想，对待生死持一种顺应自然、委之大化的态度，在《形影神》诗中写道："纵浪大化中，不喜亦不惧。应尽便须尽，无复独多虑。"

"纵浪大化中，不喜亦不惧"也就是顺应自然，用哲学语言也可以说是服从自然的必然性，在这一点上，陶渊明与斯宾诺莎是相通的；"应尽便须尽，无复独多虑"，也与斯宾诺莎所说"自由人最少想到死"异曲同工。的确，个体的生存都有一个终点，终点到来时无须多想，终点尚未到来该干什么干什么，只要生活在继续，就没必要为死亡而伤神。

> 两个日子不允许防备死：
>
> 一个是注定要死的日子，
>
> 另一个是注定不死的日子。
>
> 在注定要死的那天，挣扎白费力，
>
> 在注定不死的那天，怕它是无益的。
>
> ——（德费尼《世界征服者史》）

"不允许防备死"，也就是不让死亡的预期占据自己的头脑，影响自己的生活。仔细想想，人生无非这两种日子——注定要死的日子只有一个，此外全是注定不死的日子，而无论在哪种日子，都不必为死亡而痛苦和恐惧。正如法国作家蒙田所说："对待死亡最勇敢最自然的办法，就是看到死亡来临，不仅不要惊

慌，而且要满不在乎，继续过自己的日子，直到死去。"（《反对怠惰》）

这话说起来容易，真正做到却需要勇气和智慧。如前所述，中国古人，至少是他们中相当一部分人，不仅没有西方意义上的宗教信仰，而且对鬼神的存在持一种理性怀疑态度，这就使他们面对死亡时，既得不到有效的宗教安慰，也无法寄望于灵魂不灭以实现生命的延续。他们确乎过于理智，既不肯自欺，也无法麻醉自己，不愿轻信超出自己经验范围的东西，正如一位法国汉学家谈到"中国心灵"时说："中国人头脑清醒，不会轻信那些解除痛苦的空幻梦想；他们面对现实，能抑制住心头的失望，无可解慰而不怯懦，高尚而不浮夸。"死亡既然不可避免，生命既然终将完结，所有解脱的药方既然都是靠不住的，那就只剩下直面死亡了。直面死亡是一种勇气，有点像古人刮骨疗毒而直视着自己的伤口；直面死亡又是一种智慧，是经过深思熟虑而对自然必然性的主动顺从。陶渊明的上述诗句，就可看作对这种勇气和智慧的概括。

"应尽便须尽，无复独多虑"，直白点说，正如一首歌里所唱"说走咱就走"；文一点，古人所谓"时至即行"可说是更加言简意赅的概括。据唐人笔记，唐宰相裴度生平"不信术数，不好服食，每语人曰：'鸡猪鱼蒜，逢着则吃。生老病死，时至即行。'其器抱弘达皆此类。"（《因话录》）"不信术数"即不信算命占卜，"不好服食"也就是不求长生，大约既无宗教信仰，也不迷信，所以当他面对死亡时，不能指望任何安慰，而只能直面死亡，这也就是"时至即行"的思想基础。时至即行，时不至则该干什么干什么——这需要相应的勇气和智慧，裴度能否做到这一点？有一则笔记似乎可以说明问题，据唐小说《因话录》：

> 裴晋公平淮西后，宪宗赐玉带一条。公临薨，却进，使门人作表，皆不如意。公令子弟执笔，口占状曰："内府之珍，先朝所赐。既不敢将归地下，又不合留向人间，谨却封进。"闻者叹其简切而不乱。

玉带乃唐宪宗所赐，原本是皇家之物，带进坟墓、留在民间在裴度看来都不合适，所以当他告别人世时，要将其带封还内府。为此需要撰写表章，他虽死在旦夕，寥寥数语仍力求妥帖，别人捉刀均难以如意，而他口述果然"简切而不乱"，足见他面对死亡情绪镇定、思路清晰，不惊慌失措，不拖泥带水，的确有一种时至即行的旷达。

所谓"时至"，也就是到了生命的终点或命定的时刻。这种时刻可能在不知不觉中到来，这样死去将没有痛苦，也不会恐惧，甚至被认为是一种福气；但不知不觉也不需要直面死亡的勇气和智慧。许多古人似乎具有自知死期的神奇能力，这意味着他们对命定的时刻有清醒的意识，其直面死亡的勇气和智慧于是得以充分体现。南宋宰相吴潜"预知死日，语人曰：'吾将逝矣，夜必雷风大作。'已而果然，四鼓开霁，撰遗表，作诗颂，端坐而逝。"（《宋史》）知道自己什么时候死，还预见到死时的天气，有某种特异功能也未可知；而自知死在目前，还能"撰遗表，作诗颂"，从容赴死，其直面死亡的勇气和智慧当不在裴度之下，或许应了那句"宰相肚里能撑船"的古话。清人张怡《玉光剑气集》记明代海宁人董沄，"比属纩，视日早晚，曰：'期至矣，吾其归与！'""属纩"是给将死的人口鼻盖上丝棉，以观察其有无呼吸，是死的委婉说法。可见董沄直到咽气，仍能清醒地面对自身的死亡。该书又载：

> 茅国缙生平不信佛，曰："人生死如水，聚而盈，散而涸。佛从何修？轮回从何转？"一日谓其子："吾将以闰六月十三日逝。无读非圣之书，无行不义之事，是所望于汝。"问："疾得无苦耶？"曰："否，但气散不自持耳。"遂瞑。

茅国缙拒绝宗教安慰，比较彻底地奉行了唯物主义，虽然他准确地知道自己的死期，却死得没有痛苦，其直面死亡的勇气和智慧可想而知。在他看来，他所预知的那个日子，不过是构成他生命的"气"消散的日子而已。

古人不仅自知死期，而且自择死期。南宋曾敏行《独醒杂志》所记陈忠肃（当为北宋陈瓘，南宋时谥忠肃）居南康日，一天夜里梦中得诗，有"清晓月明归去"之句。"次年徙居山阳，见历日于壁间，忽点头曰：'此其时矣。'以笔点清明日曰：'是日佳也。'人莫知何谓，乃以其年清明日卒。"陈瓘也许相信命运，他死于清明日显然并非命中注定，而可能与其心理暗示有关；但在排除自杀的情况下，说死在哪天就可以死在哪天，可见他直面死亡的境地，似乎已到了不是死亡支配他，倒是他在死亡面前获得某种自由。

血写风流

明朝初年，朱元璋诛杀功臣，受牵连而死的文武臣僚达四万人之多。翰林典籍孙蕡也受到诛连，罪名是为将军蓝玉题画。孙蕡临刑，口占一绝云："鼍鼓三声急，西山日又斜。黄泉无客舍，今夜宿谁家。"孙蕡死后，朱元璋听说有这首诗，说："有如此好诗，不覆奏，何也？"（《玉堂丛话》）于是将监斩官一并诛杀。

从这件事可以看到朱元璋何其草菅人命，还可以看到孙蕡面对死亡如何从容镇定——倘若乱了方寸，是不可能吟出如此好诗的。其实，这首诗并非孙蕡原创。五代王审知割据福建，建立闽国，死后国乱。建州（今福建建瓯）人江为有故人在福州（闽国都城）做官，惧祸逃亡，将投奔江南（南唐），间道拜访江为。江为留客数日，并为其起草投江南表。其人尚未出境，被闽国边吏捕获。役吏从其行囊中搜出江为所撰表章，于是连同江为一并收解，后又一同处死。江为临刑，词色不挠，说："嵇康之将死也，顾日影而弹琴，吾今琴则不暇弹，赋一篇可矣。"乃索笔为诗曰："衙鼓侵人急，西倾日欲斜。黄泉无旅店，今夜宿谁家？"

（《五代史补》）听到的人无不为之悲伤。

江为所赋，与孙蕡所吟显然是同一首诗，而江为很可能是这首诗的原创。诗中虽然不无告别这个世界的哀伤，以至于连草菅人命的朱元璋也受到感染；却也仅仅是哀伤而已，刀架在脖子上还能写出这样的诗，可见作者在死亡面前真的无所畏惧。孙蕡因"无书不读"而知道这首诗，难得他在屠刀之下还能吟诵自如，且有所润色，也称得上大勇不惧了。他这一吟不要紧，监斩官因而送命，也陷朱元璋于孤陋寡闻。

吟诗作文并非易事，即便文人墨客，也需要具备一定的精神状态，失魂落魄就不用说了，便是心烦意乱，也难以落笔成章。由此可见，那些刀架在脖子上还能文思泉涌的人，必定具有超强的心理素质，而归根结底还缘于在死亡面前有一种大无畏的精神。唐朝凤阁侍郎刘祎之，以私议武后应归政而为人告发，"临诛洗沐，神色自若。命其子执笔占为表，子号塞不通书，祎之乃自捉笔，得数纸，词恳哀到，人皆伤之。"（《新唐书》）其子面临丧亲之痛，故"号塞不通书"；而他面对自身的死亡，却能自捉笔，不仅得数纸，而且"词恳哀到"，可见其神志清楚，死亡并没有将他吓倒。

古代志士在死亡面前大勇不惧，较之于古希腊的苏格拉底有过之而无不及。三国时，魏国司马氏将篡，大肆屠戮异己，嵇康与夏侯玄等人均无辜被害。夏侯玄遭陷害，"考掠初无一言，临刑东市，颜色不异"（《世说新语》），在死亡面前保持了尊严。

嵇康"临刑东市，神气不变"，"顾视日影，索琴弹之"，奏《广陵散》，曲终，说："袁孝尼（袁准）尝请学此散，吾靳固不与，《广陵散》于今绝矣！"（同上）他们面对屠刀的勇气，被视为典范而千古称道，以至于连实际上缺乏这种勇气的人也思效法，如南朝范晔成为死囚，在狱为诗云："虽无嵇生琴，庶同夏侯色。"但这显然不是可以效法的，范晔临刑，"妹及妓妾来别，晔悲涕流涟"，以致与他一道受刑的外甥谢综讥讽他说："舅殊不同夏侯色。"

对于嵇康之死，史家以一句"《广陵散》于今绝矣"表示叹惋，后世有人对此颇感不平，如宋人何薳在《春渚纪闻》中评论："惜哉！史氏不能逆彼心寄，表示后人，谓其拳拳于一曲，失士多矣！"平心而论，史家所记，已相当富于表现力，内涵十分丰富，后人也正是通过他们笔下的寥寥数语了解嵇康之死的，而决不仅仅惋惜《广陵散》的失传；即便惋惜《广陵散》失传，也首先是对带走《广陵散》的那个人的惋惜，《广陵散》固然是绝响，嵇康也只有一个，所以"太学生三千人请以为师"。从"顾视日影"，可见嵇康还想知道时间早晚，离受刑还有多久，在这最后的时刻还能做些什么；从"索琴弹之"，可见嵇康自信还能弹成曲调，他深知《广陵散》的价值，既然已不能流传于世，那么他所能做的，就是为世人最后弹奏一曲，使这支名曲真正成为绝响。弹琴须心情极为平静，且不说失魂落魄弹不成曲，便是稍有畏惧，人的技法以及作品的艺术性都将大受影响。由此看来，表现嵇康在死亡面前从容镇定，莫过于顾日影而弹琴了。这一点，诚如何薳所论：

> 孔子既祥五日，弹琴而不成声。言其哀心未忘也。夫哀戚之小存于中，则弦手犁然而不谐，此理之必然者。余观嵇中散（嵇康曾为中散大夫）被谮就刑，冤痛甚矣，而叔夜（嵇康字）乃更神色夷旷，援琴终曲，重叹《广陵》之不传。此真所谓有道之士，不以死生婴怀者。若彼中（胸中）无所养，则赴市之叫，神魄荒扰，呼天请命之不暇，岂能愉心和气，雍容奏技，如在暇豫时耶？（《春渚纪闻》）

孔子祭祀父母五天之后，心中仍有悲哀之情，以致弹琴而不成曲调。以圣人为参照，更可见嵇康临刑境界之高，心态之好。一句"《广陵散》于今绝矣"，好像不是在乎自己的生命，而是在乎《广陵散》的命运。但这决不意味着他不重视生命的价值，恰恰相反，他相当珍惜生命，著有《养生论》，以为人虽不能修成仙，但"导养得理，以尽性命，上获千余岁，下可数百年，可有之耳"。并且他自己也服食养身，相信药物可以祛病延年。珍惜生命的人，而能舍弃生命，称得上轻死——不是轻视生命价值，而是蔑视死亡。

范晔死于南朝宋文帝时，所以用"夏侯色"来对"嵇生琴"；倘若多活三十年，就会得到一个绝对。南朝宋明帝病危，顾虑皇后之兄、中书监王景文（王彧字景文）门族强盛，恐日后为害，遂遣使送药赐其死，诏曰："与卿周旋，欲全卿门户，故有此处分。"接到赐死的诏书，景文正与客对弈——

> 扣函着（原文如此，则"函"当敕书封套解；一说"看"，则"函"当棋匣解），复还封置局下，神色怡然不变。方与客棋思行争劫竟，敛子内奁毕，徐谓客曰："奉敕见赐以死。"方以敕示客……乃墨启答敕，并谢赠诏。酌谓客曰："此酒不可相劝。"自仰而饮之。（《南史》）

古人以琴棋书画并称，弹琴要求心态好，而下棋不仅要心态好，而且注意力高度集中，《孟子》所谓"弈之为数，小数也；不专心致志，则不得也"。王景文接到赐死诏书还能将棋下完，足见他在死亡面前神识不乱。所以，用"王令棋"（景文曾拜中书令）来对"嵇生琴"，岂不更好？

一笑而卒

清人朱梅叔《埋忧集》记：乾隆年间成都有笑和尚，见人不言，一味憨笑。邻人张裁缝知其非常人，俟其出，必从之游。笑和尚于是将其荐于徐疯子为徒。师徒二人云游数年，返见笑和尚——

> 和尚迎笑曰："汝二人来乎！好，好。"抱张颈狂笑，声如鸾凤，使人心魄俱摇。疯子从旁骂曰："憨和尚，汝笑至今犹以为未足耶？"和尚膜拜曰："吾知罪矣。然老僧不

死，笑终不可止也。"竭力忍笑上床趺坐而逝。

笑和尚像是有道之人，其笑声像是有意，却莫测高深；笑声中似有况味，却非一般人所能领略。仅就笑而论，"声如鸾凤，使人心魄俱摇"，的确比笑口常开的弥勒佛还笑得夸张。人生不如意事十常八九，笑得出来已属不易，笑口常开就更难得，何况笑着过了一生，似乎还没笑够，临终还说"老僧不死，笑终不可止也"。"尘世难逢开口笑"（杜牧），笑着来到这个世界上的人不多，笑着离开这个世界的人更少。特别是离开这个世界，通常被认为是悲哀的事，哭还来不及呢，有几人能笑得出来？还别说，这样的人虽然不多，却也并非凤毛麟角。

元人陶宗仪《南村辍耕录》记：钱唐道士洪丹谷与一妓有缘，娶以为室。其妻病危，对丈夫说："妾死在旦夕，卿须自执薪。还肯作一转语乎？夫妾，歌儿也，卿能集曲调于妾未死时，使预闻之，虽死无憾矣。"洪道士于是作文道："二十年前我共伊，只因彼此太痴迷，忽然四大相离后，你是何人我是谁？……"文辞滑稽，其妻听罢，一笑而卒。洪妻出身教坊，平生唱曲无数，以曲娱人且自娱，所以临终希望丈夫作一篇歌词为她送行。其夫文虽不典，所作却颇合其时旨趣，以致她一笑而卒；洪妻虽没什么道行，却能于听罢丈夫的搞笑文词后一笑而卒，仅凭这一点就颇让人叹服。

一笑而卒，笑声中也许有几许无奈，多少带点苦笑的意味。但即便如此，仍属难能可贵，因为他面对死亡似乎并不恐惧，而能一笑置之。倘更进一步，若能谈笑着离开这个世界，那就更加了不起，因为他在死亡面前没有放弃人的自主性，保持了人的自由。明代谢肇淛《五杂组》记其乡（福建长乐）人王鑛——

> 年逾八十，自知死期，戒训子孙无作佛事，仍赋长诗一篇，既而曰："明日未能便去。后日望日也，吾当以十六日去。"至期，沐浴衣冠，谈笑而逝。

这位王鑛平生默默无闻，临终却从容镇定，不仅自知死期，而且"沐浴衣冠，谈笑而逝"，死得何其潇洒！他离开人世的那天，是死亡为他设置的大限，也是他自己的选择，仿佛他想死在哪一天就可以死在哪一天；又好像不仅是死亡要夺走他的生命，而且是他主动顺应死亡、配合死神，以促成死亡的实现，可说是真正称得上来去自由。

洪道士夫妇大约是俗人，但在死亡面前有雅人所不及的表现；王鑛确实是常人，但在生死关头的气度，连某些大儒也相形见绌。谢肇淛将其与会通儒释道三教、创始三一教的福建大儒林兆恩加以比较。林兆恩不仅学养深厚，而且热心社会公益事业，赈民救灾，协助地方抗倭，做过不少好事；但"自谓海内一人，面临死乃病狂丧心，便溺俱下"，也有让人难以称道之处。谢肇淛于是评论道："死生之际，一生学问大关头也，然有名为巨儒，而处死反不及常人者。"（《五杂组》）"处死"在这里是动宾结构，犹言对待死亡。对于读书人，尤其是人文学者而言，如何对待死亡不仅是一门学问，而且是"一生学问大关头"。参不透生死，虽然并不意味书就白读了，但总觉得人生缺少点根本性的东西。

洪道士之妻大约是文学爱好者，听着丈夫特意为送别而作的歌词去世，也算死于自己的兴趣爱好。在自己平生喜爱的消遣中度过生命的最后时刻，也是一种不错的选择。元好问《续夷坚志》记襄城人卫文仲，"平居好歌东坡《赤壁词》。临终，沐浴易衣，召家人告以后事。即命闭户，危坐床上，诵《赤壁词》，又歌末后二句，歌罢，怡然而逝。"苏东坡有《念奴娇·赤壁怀古》，又有前后《赤壁赋》。卫文仲所诵倘属前者，末二句当是"人生如梦，一尊还酹江月"，临终有此感慨十分自然，自不必说；倘属后者，当是《前赤壁赋》最后两句："相与枕藉乎舟中，不知东方之既白。"此前则是"肴核既尽，杯盘狼籍"，人生的宴席既散，也该长眠不醒了。在美文的诵读声中释放出人生的最后一点情感，人世渐去渐远，直到无知无觉，正所谓"怡然而逝"。

但笑着离开这个世界，也不尽是怡然，也有人用笑声表示对死亡的蔑视。清顺治十八年，皇帝驾崩，遗诏至苏州，巡抚以下官员集中在苏州府治（衙门）。诸生借机控告吴县知县任维初贪赃不法，被巡抚朱国治拘捕五人。第二天，诸生群哭于文庙，又被以大不敬（震惊先帝之灵）的罪名下狱治罪者十三人，其中就有金圣叹（人瑞）。其时海寇犯江南，"衣冠"即有功名的人一旦受牵连，即以反叛罪论处。郡县生员大约也在籍吃皇粮，即有所谓儒冠，所以与"衣冠"沾边。官府（乃至朝廷）于是大兴冤狱，同案诸生十八人俱被附会以叛逆罪坐斩，家产籍没入官。清代王应奎《柳南随笔》记：

> 闻圣叹将死，大叹诧曰："断头，至痛也；籍家，至惨也！而圣叹以不意得之，大奇！"于是一笑受刑。

由此可以窥见那个时代黑暗之一斑，且不必说。同案十八人死得比窦娥还冤，而金圣叹竟能一笑受刑，从他的笑声中可以看（听）到对死亡的蔑视，《老子》所谓："民不畏死，奈何以死惧之？"同时也可以看到对贪赃枉法，而又草菅人命的当权者的蔑视，以及对鱼肉人民的"王法"和黑暗世道的蔑视。如果再多一点反抗精神，就正如叶挺的诗句：

> 对着死亡我放声大笑，
> 魔鬼的宫殿在笑声中动摇。

辞别亲友

"人生天地间，忽如远行客。"远行的时候，人们会辞亲别友；前往另一个世界的时候，也应和亲朋好友说声再见。何况远行还有归来的时候，而前往另一个世界就一去不复还了，倘若不辞而别，也许会留下永久的遗憾。中国古人在死亡面前从容镇定，还表现在当他们离开这个世界的时候，如果还能自主，往往会和亲朋好友打声招呼。

北宋孙载"天资乐易，于吏治尤所长，使四路，典三大郡，咸著循迹"。在朝议大夫任上致仕（辞官），"体素无疾，先一月，至其先人坟垅，遍谒尝所往来者，若将别然。既，亟呼妻子与诀，属（嘱）以后事，问日早晏，盥手焚香，即寝而逝"（《中吴纪闻》）。这位孙载做人像做官一样有章法，无灾无病，也没见什么显征，却已预感到自己不久于人世，提前一个月便开始准备，与曾经交往的人一一作别，待到一切就绪，命定的时刻也到了，诀别妻儿随即上路，何其从容！

南宋谢方叔罢相，"燕居无他，忽报双鹤相继而毙，公喟然叹曰：'鹤既仙化，余（我）亦从此逝矣。'于是区处家事，凡他人负欠文券，一切焚之。沐浴朝衣，焚香望阙遥拜，次诣家庙祝白，招亲友从容叙别，具有条理。遂大书偈曰：'罢相归来十七年，烧香礼佛学神仙。今朝双鹤催归去，一念无惭对越天。'瞑目静坐，须臾而逝。"（《齐东野语》）虽然仙鹤与人的命运之间未必有什么联系，但这位谢方叔说死就死，何其干净利索！且朝廷、家庙、亲友顺序而别，面面俱到，不愧为做过宰相。

明朝学者郝敬（著有《九经解》），崇祯己卯那年八十二岁，冬日的一天，早上还自己起床、自己穿衣服，傍晚就感到身体不适，随即"命内外扫除，沐浴，隐几作书别友人，称：'郝敬顿首绝。'亲朋惊愕来视，危坐木榻，拱手为别。乘缏车至西山，从容下舆，索笔题堂柱曰：'升沉难定，但深壑藏舟，夜半凭谁有力？来去自由，如惊风飘瓦，天公于我何心。'少顷，属纩而

绝。"（《玉光剑气集》）

　　死亡之于郝敬，来得突然了点，使他来不及遍谒亲友，因而隐几作书别友人。这一来，招致亲友来视，无意中形成一次聚会，遂"危坐木榻，拱手为别"，时间虽短，却来得及与亲友当面诀别。可见通过聚会可以批量辞别亲友，较之于上门遍谒亲友，效率高了许多，而这也正是古人曾经采用的一种方式。

　　明朝天台人卢浚将卒，招诸亲友会饮，第二天又集妻子儿孙宴于堂，痛饮尽欢，沐浴坐堂上，说："我今复为酆都郡守矣。"遂逝。（出《涉异志》，据《玉光剑气集》）酆都是传说中的冥府所在地。卢浚生前曾知黄州，在人间曾任郡守，所以有"复为酆都郡守"之说。这大约是死亡的委婉说法，至于他对死亡的真实看法，已不得而知。可以认知的是，他以饮宴告别人世，颇为独特。

　　如果人能自主地选择以某种方式告别人世，窃以为莫过于举行一次饮宴或聚会。人生最值得纪念事莫过于出生和死亡，出生不能自主，而一旦出生，年幼时父母给过生日，年老时儿孙给祝寿，不小不老时自己也会纪念生辰，其中大的纪念活动如六十大寿之类，往往还要饮宴；窃以为比出生更值得纪念的是死亡，因为死亡不像出生那样可以多次纪念，自己参与其中纪念自身的死亡，最多也只有一次，倘若不能自主也就罢了，若能自主，不纪念一下岂不遗憾？如今人们隔三岔五聚会饮宴，"酒驾"层出不穷，浪费也很严重，可见饮宴已成寻常事，而在真正值得饮宴的临终之时，却没听说有谁饮宴的。

　　古人临终饮宴，于史可稽的虽也不多，却并非偶然。如《玉壶清话》记道教祖师之一、北宋华山道士陈抟临终，"山斋晓起，服道衣，聚诸生列饮，取平生文稿悉焚之，酒数行而逝。"所以"取平生文稿悉焚之"，缘于预感到这天是自己的死期；预感到死期而"聚诸生列饮"，饮宴就是他自觉地选择的告别人世的方式。《癸辛杂识》记故都吴生，"兵火后，忽谢绝妻子，剪发为僧，居吴门东禅寺，众寮素与游者邀之饮酒食肉，皆不拒也。"临终那天，"忽置酒治具，尽招平日狎游诸友大会，歌笑竟日。酒将阑，据坐胡床，命笔作偈，跏趺端坐。众皆大笑而呼之，则果逝矣。"像有道者似的。

　　上述诸人（除陈抟和吴生外）大多是圣人之徒，做人中规中矩，讲究礼数，即便在死亡面前也不苟且。倘若换了今人，人都要死了，还管得了那么多？其实，临终之时辞别亲友，主要的还不是顾虑如果不辞而别会对不起谁，而更多的是自己的心理需求。人活在人群之中，交往为人生所必不可少，亲朋好友构成自我的重要组成部分。在一定意义上，个人拥有的人生，个人生存其中的社会，对个人来说，就表现为那些"尝所往来者"，因而同这个世界告别，其实就是同亲友告别。既然个人生活得怎样，在很大程度上取决于自己周围的人，既然为亲为友都是一种缘分，那么，离开这个世界的时候，似乎也应该向他们告知一声，为相交一场画上个句号。当然，如果辞别亲友纯粹出于礼节，甚至成为一种负担，则完全没有必要勉为其难，如法国作家蒙田所说：

> 向朋友告别时心碎多于安慰。我很乐意忽视应酬的义务（因为在友谊的职责中应酬是唯一使人不快的职责），所以我会乐意忽视神圣的永诀。永诀仪式有百弊而只有一利。我见许多临终之人被这种仪式纠缠得可怜：拥挤使他们窒息。这与义务背道而驰，证明来者并不怎么爱你，也很少操心让你安安静静死去：这人折磨你的眼睛，那人折磨你的耳朵，还有人折磨你的嘴；所有感官无不受到袭击。听见朋友的呜咽你的心会因怜悯而痛苦，听见假惺惺的哭泣你的心也许会因扫兴而难受。（《论虚妄》）

如果像蒙田所描述的那样，的确没必要受那份折磨。此外，如果与人告别其实是害怕被人忘记，则不如相忘于江湖，对这个世界藕断丝连，不如快刀斩乱麻来得痛快。但如果是出于自己的心理需求，为什么不让自己最后再满足一次呢？如果临终的饮宴能给自己带来最后一点欢乐，就像卢梭那样，"集妻子诸孙，宴于堂，痛饮尽欢"，又何乐而不为？而以此为乐，的确需要对死亡有一种透辟的理解，需要有一种勘破生死、直面死亡的境界，如郝敬临终所对之句："来去自由，如惊风飘瓦，天公于我何心"。此外，还需要对死亡有充分的思想准备，知道自己将在什么时候告别人世，因而可以未雨绸缪，以了结人生未了之事，而不是像许多现代人，直到生命的最后时刻，还不甘心失去这生命，所以当死亡降临时，即便想和人告别，已来不及了。

最后时刻

古希腊哲学家苏格拉底，直到生命的最后时刻还在和学生们讨论哲学问题。中国古代也不乏有人在讲论学问中辞别人世。如南宋董槐罢相，以观文殿大学士提举洞霄宫，"（景定）三年五月二十八日既夕，天大雨，烈风雷电，槐起，衣冠而坐，麾妇人出，为诸生说《兑》《谦》二卦，问夜如何，诸生以夜中对，遂薨。"（《宋史》）明代宁藩中尉郁仪"好学修行，著书百有二十种"，"易箦之前，犹与诸子说《易》，分夜不倦。"（《玉光剑气集》）明代哲学家王阳明的弟子、学者刘邦采——

> 疾革时，诸生环榻前，犹讲学不倦。一生问："此际视平时何如？"答曰："夫形岂累性哉，今吾不动者自若也，但形如槁木耳。"少顷遂卒。（《玉光剑气集》）

形与性的关系大约是刘邦采与其弟子一直探求的问题。想必他主张"形不累性"，所以当他亲历死亡之际，仍不忘对这一论断加以验证，并将自己的感觉告诉学生，正如苏格拉底试图以死验证灵魂的有无。刘邦采在死亡面前不动心，足见其心学（王阳明一派的学说）造诣之高，真是到了不以生死萦怀的境界。

上述诸人或讲论心学，或讲论《易》学，总之，直到生命的最后时刻仍在探求真理，发扬了圣人"朝闻道，夕死可矣"的精神。他们之所以在死亡面前从容镇定，同他们对智慧的爱好、对真理的信念是分不开的，诚如苏格拉底所说：

　　真正的哲学家为他们的信念而死，死亡对他们来说根本不足以引起恐慌。（柏拉图《斐多篇》）。

　　如果你们看到某人在临死时感到悲哀，那就足以证明他不是智慧的热爱者，而是身体的热爱者。（同上）

　　由此可见，哲学家不论大小，追求真理的信念则是一样的。上述诸人的学术成就虽然比不上苏格拉底，但他们也有比苏格拉底了不起的地方：苏格拉底是非正常死亡，生命力尚未耗尽，因而在喝下毒药前完全可能有充足的精力讨论哲学；上述诸人则是自然死亡，死时已经油尽灯枯，而竟然还能讲论学问，足见毅力何其坚强、信念何其坚定。

　　人在离开这个世界的时候最想做什么？也许没有人这样提出问题，但不乏有人以自己的行为回答着这个问题。人在离开这个世界的时候最想做的，很可能是他深深热爱或心向往之、毕生从事乃至以为生命、倾注了他的心血和汗水的事业。上述诸人直到临终还在讲论学问，学问就是他们的最爱。他们或者以探求和传授学问为业，或者身在官场却倾心学术，辞官之后投身学术，并在生命的最后时刻，不约而同地选择以讲论学问的方式告别人世。

　　"但愿我死时还在工作。"这是古罗马诗人奥维德的心愿，也代表了以工作和事业为生命的人们的心声。笔者年轻时一位同事的爱人是老一代诗人，被"文化大革命"耽误了创作，恢复工作后争分夺秒，为自己设想的死亡方式，就是端坐写字台前执笔而逝。明朝文徵明以书画名世，年至九十仍挥洒不辍，"方与人书墓志，甫半篇，投笔而逝"（《四友斋丛说》）。书画已成为他的生命，以至于只要一息尚存，手中的笔就停不下来。

对于古代诗人来说，吟诗作赋是一种娱乐，不仅是独处时的一种消遣，而且是朋友聚会时的一个节目，就像现代人在KTV包房自娱自乐。他们借诗词抒发情怀，表达人生感悟，寄托喜怒哀乐，活着浅吟低唱，死时也会用诗句告别人生。金代元好问《续夷坚志》记员外郎董文甫，"正大中，以公事至杞县，自知死期，作书与家人及同官，又与杞县令佐（副职或辅助官）诗，多至三十余首，书毕坐化。"他淡泊世味，而以诗文为乐，临终一路作将下去，一直作到另一个世界。清人张怡《玉光剑气集》记明朝胡孝思巡抚河南，在明世宗南巡荆楚时"咏诗纪事"，有怨家指其诗中"穆天子"、"湘竹"等句为咒诅（舜与周穆王均南巡不归），明世宗一怒，将其下狱论死——

> 时年八十矣，了无怖畏，吟咏不辍。取狱中扭械之类，为诗记之。曰《制狱八景》。众咎之曰："君以诗坐累，尚呻吾何为！"公掀髯笑曰："坐诗当死，不作诗得免死耶？"久之，上怒稍解，杖六十放归。

这位老先生确实想得开：既然不作诗也不能免死，何如作诗而死？何况八十老翁，即便皇帝不处死，自己也该去向阎王报到了。难得他被判死刑仍诗兴不减，在狱咏狱中景物，倘若到了刑场，恐怕也不会无作。后唐秦王从事高辇，受秦王从荣牵累被擒，"（康）知训以其毁形难认，复使巾帻著绯，验其真伪，然后用刑。"高辇临刑，神色自若，就此情此景而吟："朱衣才脱，白刃难逃。"颇有点黑色幽默的味道。前述五代江为，也是在这种情况下吟出"黄泉无旅店，今夜宿谁家"的绝唱的。

当人们走到生命的终点，回顾一生，往往有所感慨，诗人于是借诗书怀，用诗句总结自己的人生。清初吴伟业心存亡国之恨，却身不由己做了满清的官，临终在绝命词中写道："忍死偷生廿载余，而今罪孽怎消除？受恩欠债须填补，纵比鸿毛也不如。"（《池北偶谈》）对自己的人生作出否定的评价。前述谢方叔"一念无惭对越天"，则自我感觉良好，对自己的一生似乎没有抱怨。明朝诸生叶广才临终，让人抬来棺木，自己爬了进去，闭上眼睛，就像睡着了一样。不一会儿又睁开眼说："有一偶句，而（你）为我书之。"吟道："辟谷身轻，总把清高还造化；降生任重，尚惭忠孝谢君亲。"（《涌幢小品》）既以出世的清高对待死亡，又用忠孝的价值衡量人生。

当一生走到尽头，生活中能得到的都得到了，没有得到的就得不到了，而无论得到的还是得不到的，都将对自己失去价值。也许只有到了这种时候，人们才真正认识到，一切身外之物都"生不带来，死不带去"。而对于诗人来说，只有诗句是自己的，他们于是最后一次用诗句说出自己的心声。《续夷坚志》记陵川秦简夫，数试不第后远离考场，临终诗云："躯壳羁栖宅，妻孥解（邂）逅恩。云山最佳处，随意著诗魂。"《玉光剑气集》记海宁诗人董沄，晚年潜心钻研儒、释、道而有所感悟，死时视日早晚，说："期至矣，吾其归与！"吟道："我非污世中者俦，偶来七十七春秋。自知此去无尘染，一道天泉月自流。"同书所记蒋卿美临终作诗曰：

> 归住青山十六年，歌游多在万桃间。万桃如我浮云耳，请借西风吹上天。

> 吾儒传性即传神，岂向风尘滞此身。分付万桃冈上月，要须今夜一齐明。

现代人会作诗的少了，会唱卡拉 OK 的多了，但死到临头总不至于去唱卡拉 OK 吧？于是大多死得无声无息。对于现代人来说，不仅弥留之际吟出一首诗来会把人吓跑，便是饮宴聚会吟出一首诗来，也显得不够自然，所以饭店包间往往备有卡拉 OK，而不是文房四宝。尽管如此，在生命的最后时刻，无论讲论学问还是作诗对句，其实都值得称道，因为面对死亡仍从容镇定到讲论学问的地步，或者还能作出完整的诗篇，并不容易。鲁迅小说《阿 Q 正传》中，阿 Q 被押赴刑场，"忽然很羞愧自己没志气：竟没有唱几句戏"。阿 Q 作不了诗，活着只会唱一句"手执钢鞭将你打"，死时也想说"过了二十年又是一个……"但又是一个什么呢？尽管想死得有志气，却连一句话也说不全了。

预演死亡

明代顾起元《客座赘语》载："史痴翁常（尝）预出生殡，己杂宾客中，步送出南门，一时传为奇事。"另据《玉光剑气集》等书，金陵史痴名忠，字廷直，善画山水竹石，天趣浑成；能歌，音吐清亮，"年逾八十，自知死期，预命发引，亲友皆送，翁随而行，谓之生殡。"此事颇具轰动效应，以至于"一时传为奇事"，人们大多不以为然，却也有人心许以至于效法：

> 万历中，齐府一宗人仿而为之，治丧七日，宾客往吊，命其婢妾号哭，恸者赏之以金，不则詈而挞之，曰："我在，尔尚不哭，矧（况且）异日身后邪！"殡日极仪物之盛，己自乘笋舆随其后而观之。（《客座赘语》）

齐府这位宗人不仅妻妾成群，而且丧事办得相当隆重。虽说是跟在史痴翁后面亦步亦趋，却也颇为惊世骇俗，所以《客座赘语》评论道："虽事出不经，要之达生玩世，异乎世之老病而讳言死亡者矣。"

在上述两起生殡中，事主都成了看客，史痴翁"己杂宾客中，步送出南门"；齐府宗人则坐着竹制小轿跟在送葬的队伍后面观看。他们在看什么？或许是看自己的"死"，就像某些死而复生的人所讲述的那样，出窍的灵魂俯视着自己的形体，只不过是在想象中罢了。但如果是那样，他们自己则不应参与其中，不应像那位齐府宗人，一手拿着金子，一手拿着鞭子，监督着婢妾们号哭。确切点说，他们是在看亲友如何为自己办丧事，或者其实是看别人如何对待自己的死亡。他们想象着，假如他们死了，别人会怎样发送他们，丧事办得是否隆重，送葬时是否会万人空巷，他们是否会极尽哀荣；假如他们死了，亲友是否悲痛，前来吊唁的宾客是否会流下伤心的泪水，人们是否在乎他们的死，乃至世上一旦少了他们将会怎样；假如他们死了，人世间的故事还将没完没了地演绎下去，活着的人可能觉得平淡无奇，但对于死后的人——当他们在生前想到这一点时，必定以为无比引人入胜，他们是多么想知道，哪怕是一点点……

史痴翁颇为特立独行，但所谓生殡却并不是他的发明，类似的记载古已有之。南宋洪迈《夷坚志》记秀州顾六耆——

> 顾老为人犷悍，豪于里间，且御诸子严甚，尝呼语之曰："吾闻人死之后，祭祀多不克（能够）享，盍（何不）及吾未瞑目时，借行丧礼。汝辈各衰麻（斩衰戴孝）如仪，排比灵席，为吾朝晡哭拜设奠，竟百日而止。"其子不忍豫凶事，泣而谏请，叱怒弗听，卒如其戒。又十余年始死。

这位顾六耆大概也想知道自己死后，子孙们将如何给他办丧事，只不过他更享受这丧事。他听说人死后"祭祀多不克享"——这本来不错，人死后，祭祀的确就享受不到了，实在要享受，也只好在生前；但生前的享受自有不同于死后的方式，并非将死后的祭祀原封不动地搬到生前，而此老所追求的却正是这种效果。据《夷坚志》，"此老恃富无义，广营舍宇，穿掘井地，无时暂宁"，正在享受所谓"顽福"。可见其个性张扬，不知止足，属于那种"猛人"，大约生前能享的福差不多都享受过了，没享受的只有死后的福，即所谓冥福，且不相信死后还能享受，于是就想在生前一并享受了。他的生殡决非草草，而要求"竟百日而止"。在百日之内，他每天接受子孙们哭拜祭奠，是怎样一种享受，一般人没有体验，也难以设想，恐怕也只能说是一种"顽福"，即兼具愚妄、贪婪和游戏意味。然而，若说生殡是一种愚顽的游戏，却屡屡在文人雅士中上演，据冯梦龙《古今谭概》——

> 张孝资与张籹善，尝谓籹曰："予（我）倘先君殁，当烦设祭。及吾来也，盍先诸？"籹奇其意，为卜日，悬祭文，设几筵笾豆。孝资至，先延之后阁，令傧相赞礼，伶人奏乐，出之，正襟危坐，助祭者朗诵祭章，声伎满堂，香烟缭绕。籹赠以诗云："祭是生前设，魂非死后招。"

张籹（一说张幼于字献翼），"每念故人及亡妓，辄为位置酒，向空酬酢"（《玉光剑气集》），可谓性情中人，而且念旧，张孝资所以向他提出生祭的要求。张孝资大约也像顾六耆似的，颇为享受这生祭，在张籹为他而设的祭奠上，有"几筵笾豆"这类物质的东西，有"伶人奏乐"这类精神文化方面的东西，有"声伎满堂"这类有钱人喜欢的高消费，还有即兴赋诗这类文人雅士的节目，较之于顾六耆只知道让子孙"朝晡哭拜设奠"，显得更为丰富多彩。

当顾六耆接受儿孙们哭拜，或者张孝资听人宣读祭文时，不知是怎样一种心情。他们不惜让子孙或朋友耗费财力物力去做这样一件事，原本就是为了体验死后的情形，享受对一个死人的哭拜和祭奠，因而应当把自己设想成死人。不知献给亡灵的泪水和跪拜、香烟和供品、悼词和祭文等等，对生者的灵魂将会产生什么效应，如果一定要说是一种享受，那么大约是一种审美意义上的享受，至少对文人雅士而言当有某种审美活动在其中，比如，深刻体验一种对于自身死亡的悲哀之情。况且，他们多少有点离经叛道，不乏荒诞感和幽默感，所以完全有可能以此为赏心乐事。正如法国作家蒙田所说："如果我必须早些操心此事的话，我认为洒脱的做法是，模仿有些人生前就享受坟茔的等级和排场，乐于漠然观望自己死时的样子。善于冷漠地享受和满足自己的感官，活着时能想象自己死时的样子，岂不是件赏心乐事！"（《情感驱使我们追求未来》）

敢于冷眼旁观自己的死亡，甚至以为赏心乐事的人，可说是勘破了生死，至少在心理上赢得了对于死亡的胜利，因而堪称达人。但如果并非真正达观，就要慎玩死亡游戏，以免乐极生悲。据北宋吴淑《江淮异人录》——

唐末沈汾侍御，退居乐道，家有二妾。一日，谓之曰："我若死，尔能哭我乎？"妾甚愕然，曰："安得不祥之言。"固问之，对曰："苟若此，安得不哭？"汾曰："汝今试哭，吾欲观之。"妾初不从，强之不已，妾走避之。汾执而扶之，妾不得已，乃曰："君但升榻而坐。"汾如言。二妾左右拥袂而哭。哭毕视之，汾已卒矣。

事情就这么冲，以致古人完全可能归因于冥冥之中。其实，排除了一切神秘因素，也完全说得通。沈汾显然是猝死，也许他患有某种心源性疾病，随时都有丧命的危险；但不早不晚，偏偏死在二妾哭他的时候，就不能不让人怀疑他的死与二妾之哭有关，只不过这种关系并不神秘。仅仅是哭并不会致人于死，但如果因哭而引起心理和情绪上的波动，那就不好说了。二妾或许想到了其他伤心事，或许真情所至，想到沈汾总有一天会死，或许想象着沈汾死后她们孤苦无依的惨状，不禁悲从中来，哭得好不伤心，以致深深地打动了沈汾，使他也伤心起来。沈汾则由二妾的哭想到自己的死，并因此而体验到死亡的痛苦和恐惧，从而成为猝死的诱因。如果是这样，那么他的修炼显然不够，称不上真正达观。

古人死后出殡，才会有生殡；现代人死后开追悼会，所以又有给活人开的追悼会。企业家史玉柱曾发表如下微博：

> 刘永好、马云、冯仑、茅永红、郑跃文、张征宇和我，在重庆集体研究决定：举办一个集体追悼会，每人给自己致悼词。结束过去，开始未来。每活一天就净赚 24 小时，珍惜每一天，充实每一天，快乐每一天。

这则微博曾经引起网友热议。这些企业家都是成功人士，用媒体的话说，是商界叱咤风云的人物。同样的事，不同的人去做确有不同的意味：假如失足青年为自己开追悼会，人们会说"浪子回头金不换"；但如果是成功人士做同样的事情，就得说是"结束过去，开始未来"。大约他们都觉得自己的业绩足以告慰一生，或者说提前实现了此生的价值，因而要举办一个追悼会，以此为标志，将此后的生命视为赚头，所以有"每活一天就净赚24小时"之说。这其实是一个不错的想法，只不过未必真的要开一个追悼会才能"结束过去，开始未来"罢了。

最后居所

秀才陆遐龄前往福建去做幕僚，途径浙江江山县遇雨，借宿沈姓人家。所居厢房地下停放着一具棺材，陆秀才于是恐惧不安，取出随身携带的《易经》看到二更，不敢灭烛，和衣而睡。还没睡着，就听棺中窸窣有声，注目而视，只见棺盖掀起，一白须老翁伸腿而出，到秀才读书处翻看《易经》，又取出烟袋就烛吃烟。秀才吓得颤抖不已，睡榻为之颤动。老翁闻声视榻而笑，收起烟袋，钻进棺中，自覆其盖。秀才彻夜未眠，第二天一早，主人与客人有如下对答——

主人出问客："昨夜安否？"

强应曰："安。但不知屋左所停棺内何人？"

曰："家父也。"

　　陆曰："既系尊公，何以久不安葬？"

　　主人曰："家君现存，壮健无恙，并未死也。家君平日一切达观，以为自古皆有死，何不先为演习？故庆七十后，即作寿棺，厚糊其里，置被褥焉。每晚必卧其中，当作床帐。"

　　说完，将秀才拉至棺前，请老翁起来，行宾主礼。老翁笑道："客受惊耶？"三人拍手大笑。这个故事出自清人袁枚的志怪小说《子不语》，却并无怪诞色彩，而更像是记实。

　　南宋洪迈《夷坚志》所记王季德事，与此极为相似。王季德外放平江（苏州）知府，到官一月卒。府僚为其治丧，入殓时尸身涨大，放不进棺材，其子于是哭诉于众：

　　　　"先人顷自作寿具（棺材），颇为华壮。在家之日，每小有不适，辄偃卧其中，或至三两夕。寻常见之则喜笑，必引手摩挲。今寄于震泽（太湖）一甲仆家。料神灵（灵魂）欲是物送终，故显此异。若急遣人取之，载以小舟，不两日当可到。"

　　剔除其中的神秘因素，其子述其生时情状，与《子不语》中主人之父如出一辙；而据"寻常见之则喜笑，必引手摩挲"，还可做出别样的心理和情感考量。

　　古人将棺材视为死后的居所，这有古人自己的说法为据。据清代陆以湉《冷庐杂识》，德州陈正夫自作一棺，题名"休息庵"，作诗有句云："板屋萧然四壁周，愚人息矣圣人休。"萧山汪龙庄自制棺材，题名"汪龙庄归室"，作诗道："平生愿力志全归，六十三年幸庶几。得到藏身须茧室，居然无缝是天衣……"作者同乡徐瘦生茂才终身不娶，自署其棺曰"独室"，并题联云："埋忧待荷刘伶锸，行乐先题表圣诗。"作者陆以湉之父从台州购得嘉木制为棺，题曰"止止居"，书一联云："一生倏忽少壮老，万事脱离归去来。"居与室不用说都是住处，而"庵"的本义是圆形草屋，古代文人也用以称自己的书斋。

死后的居所，也是人生最后的需求。人活着衣食住行一样都不能少，死后就只需有个藏身之处了。这种需求无须急于满足，而一旦需要，似乎也并不容易解决，尤其是在物质匮乏的时代，穷苦人家的孩子甚至有卖身以葬父母的。但如果不计物力，又当别论，尤其是天子和诸侯，讲究"体尊物备"，加之举国以奉一人，不存在物力短缺问题，所以从摇篮到坟墓，所需一切都须具备。《礼记·檀弓》："君即位而为椑，岁一漆之，藏焉。"椑是亲尸之棺，人君无论少长，即位之初就预备好棺材，每年漆一次，有人说"示如未成"，好像还没有完工似的，其实是为了防备不时之需。人有旦夕祸福，帝王也不例外，正缘于此，外出巡狩时还要载之以从。据《大唐新语》：

> 玄宗北巡狩，至于太行坂，路隘，逢椑车，问左右曰："车中何物？"曰："椑，礼云天子即位，为椑，岁一漆之，示存不忘亡也。出则载以从，先王之制也。"玄宗曰："焉用此！"命焚之。天子出不以椑从。自此始也。

可见这种先王之制一直延续到唐玄宗，至此画上句号。古人正视死亡，才有存不忘亡的先王之制。但后来的帝王有不少人希求长生而讳言死亡，即如唐玄宗，一旦得知从即位起就给他预备好棺材，便毫不犹豫地让人烧了。也许正是这把火，将这种礼制从宫廷烧到了民间：此前由于是帝王的专利，其他人照搬便有僭越之嫌，所以民间几乎没有类似记载；此后这一先王之制被废弃，民间才有人预制棺材，甚至也有人载之以从了。清代王应奎《柳南随笔》记：

> 吾邑有周子肇者，以鬻书为业，而喜交士大夫，又时时载书出游，足迹几半天下。年甫六十，即制一椑，极其精美。所至辄载以自随，谓逆旅旦夕不测，身后可无虑也。会邑中魏允恭以泰安令行取入都，得疾遽殁，仓卒欲市一棺而未得其佳者。子肇故与允恭善，是时亦适在京邸，乃即以所载棺与之。

周子肇是书商，载书出游的同时载棺自随。他为自己准备的棺材，自己没用上，却给朋友用上了。他能正视而不讳言死亡，却顾忌死后没有棺材，这也许难言真正达观，但由于一般人对死亡不能没有忌讳，且缺乏充分的准备，所以他的行为仍被传为佳话。

对这最后的居所，古人相当重视，从材质到型制都很在意，托付给别人也许还不放心，所以要在生前自制。又因为完全出于自己的意愿，所以制成之后往往由衷地喜爱，以至于像王季德那样，看一眼都会笑出声来。这大概就像今人喜欢自己的新居，但恐怕更甚，因为活人还会搬家，只有死人才会永远呆在一个地方。特别是那些孤寡老人，没有子女托付后事，为自己准备好棺材就成为人生最后的大事。笔者的一位表亲终身未娶，说起自己晚年所做的几件大事，一是砌了个藏（砖墓），二是打了副寿器（棺材）。

人们既在乎生前的尊严，也在乎死时的尊严，所以即便是死亡，也希望能自主。也许正缘十此，王季德"每小有不适，辄偃卧其中，或至三两夕"，似乎不亲自躺进棺材就不那么放心。此外，人们还有一种心理，那就是不自觉地以为死后还有感觉，所以颇在乎里面的舒适度。也正缘于此，《子不语》中的老翁要"厚糊其里，置被褥焉"。死后的居所是否称意？真正死去就体验不到了，实在想体验，也只好趁活着的时候。大约起初不过是想尝试一下舒适与否，结果感觉不错，就干脆当作床帐，每晚必卧其中了。对此还不妨加以揣测：正因为是对死后的体验，所以特别想得开，睡得特别安稳，也特别踏实。

当沈翁躺进棺材的时候，必定会想到死后的情形。死后怎么样？不过如此，就像睡眠一样轻松。也许明天不再醒来，那就永远睡过去吧，睡在这里似乎也不坏。生与死的界限是早晚都要跨越的，当他们躺进棺材的时候，似乎在心理上已经实现了这种跨越。他们原本是准备一睡不醒的，虽然第二天可能又醒来了，但由于勘破了生死，不惮于同死亡亲密接触，死亡对他们已不再占有优势，倒是他们高居于死亡之上，对死亡表示了蔑视。这就像他们提前去归还一笔欠债，由于债主拒绝接受，他们于是坦然回家，照常居家过日子。他们将这剩余的生命看作造化的格外赐予，抱着感恩的心情度过余年。等到死亡真的降临时，他们知道那笔债终于到期了，死对于他们来说，不过是把本来属于死亡的东西还给死亡。

　　除自制棺材外，坟墓也是最后的居所，所以古人又有自为生藏或生圹的。东晋十六国时，梁国兒为后秦镇北将军，封平舆男，"于平凉作寿冢，每将（携带）妻妾入冢饮宴，酒酣，升灵床而歌。时人或讥之，国兒不以为意。"（《晋书·载记》）据清代王士禛《池北偶谈》，"近淄川高侍郎念东，亦自作生圹，时与友人唐翰林济武饮酒赋诗其中。"另据清代王晫《今世说》，浙江鄞县文人林岳隆"自为生藏，每佳日命仆夫荷簏（食盒），携一卷诗，日造饮其所。人过问之，林笑答曰：'卜吾真宅，爱此寂居。游云翩翩，古今无期'。"这位林先生大约以生为寄，所以称他的墓室为真宅。他喜爱那里的安静，万古长与白云为伴，每想到这些他就会感到快乐。无论梁国兒还是高念东、林岳隆，营造自己死后的居所对他们来说也许真的是一件赏心乐事，所以他们喜欢在其中饮酒赋诗，即便不会作诗也要"升灵床而歌"。也许他们试图体验死后的快乐，如果执意寻求死后的快乐，那么也只好在生前营造这种快乐的氛围了。

魂归何处

美丽的地方

笔者的一位长辈死于胃癌，死前几年第一次胃出血，差一点就去了，听到亲人呼唤才又活回来。他苏醒后说，感觉自己走进一条山谷，那里绿草如茵，繁花似锦，流水潺潺，阳光明媚，而自己也身轻体健，心情舒畅。正想弄明白身在何处，就听到亲人呼唤。如果再走远点，可能就回不来了。这位种体验很容易让人想到形神分离，对于灵魂不灭与否，这位长辈原本将信将疑，有了这次体验后，信念可能有所增强。他最终告别人世的时候，想必还会有某种体验，只是别人永远无法知道了。

虽然听说过濒死体验，却不明白深受病痛折磨的人，为什么反而会有美好的感觉。后来阅读有关资料，才知道濒死体验往往如此。如有的人叙述自己的地狱之行："我穿过一片令人快乐的黑暗，看见了灿烂的阳光。我感到无比快乐。"有的人讲述自己穿过一个黑洞，融进一片光明，飞过森林、草原、高山、大河，眼前展现出无限美景。甚至还有人做过这样的实验：科学家在濒临死亡的志愿者脑中植入电极，用电脑接收志愿者的脑电波，并将其译成文字，有一位患白血病的志愿者反馈回这样一条信息："这是一个美丽的地方，我很高兴来到这里，此间经常阳光充足。"

大约从上世纪六十年代起，西方学者就对濒死体验进行了认真的探索，试图做出种种科学的解释，姑且不论。在此之前，如果稍加留心，从各种图书资料中也不难找到蛛丝马迹。如契诃夫的小说《主教》写于1902年，那时濒死体验尚未引起人们的注意，更谈不上进行科学探索，而契诃夫描写主教彼奥德尔死时的感受，却与几十后有濒死体验者的讲述如出一辙：

> 这时他已经不能说话，他也听不懂别人的话了，他觉得自己成了一个简简单单的、平凡的人，正在很快的、高高兴兴的走着，穿过田野，用手杖点着地，在他的头顶上是开阔的天空，阳光普照，他现在自由，逍遥，跟鸟一样，爱上哪儿去就可以上哪儿去！

契诃夫在大学里是学医的，有医科文凭，并有临床经验，尽管未以行医为终身职业，但医学对他的创作仍有不少助益，特别是他对生活的观察和分析，常常如临床诊断般准确。他也许不知道濒死体验这回事，他对主教弥留状态的描写，也许仅仅出于他的医学造诣，是以医生的丰富经验和敏锐观察对患者做出的准确分析。

退一步说，即便对医学一窍不通的人，也不排除对类似现象有所了解，如中国古代笔记小说中就有不少疑似濒死体验的内容。这不难理解，既然现代人可以接触有濒死体验者，并听其讲述，古人当然也有同样的机会，只不过文化背景不同，所做的解释也不同罢了。对于现代人作为濒死体验去研究的现象，古人可能做出灵魂不灭的解释；濒死者在迷离恍惚中感觉自己去到的地方，古人可能以为是灵魂的归宿。

正如有濒死体验者大多感觉良好，古人自我感觉形神分离，也大多是一种福乐状态。如纪昀《阅微草堂笔记》转述："有乡人患疫，困卧草榻，魂忽已出门外，觉顿离热恼，意殊自适。"又如南宋洪迈《夷坚志》所述：

> 李成季少时得热疾，数日不汗，烦躁不可耐。自念若脱枕席，庶入清凉之境，便觉腾上帐顶。又念此未为快，若出门，当更轩畅，即随想跃出。信步游行，历旷野，意殊自适。

热疾大约是发高烧，与下文所说寒疾可能同属于伤寒的疾患，在今天也许不算特别严重，但在古代却可能要命，如可能并发肠出血、肠穿孔等，严重时的感觉大约近乎濒死体验。人们常用"死过一回"形容类似状态，毋宁说也是一种濒死体验。据科学家说，濒死体验往往产生于病人对自身处境尚有一定的意识的时候，或者处于苏醒边缘的时候，或者死亡危险已不太大的时候，上述患者想必就处在这种时候。当此之际，"魂忽已出门外"、"便觉腾上帐顶"云云，正是濒死体验中形神分离的感觉，这种感觉可能出现在思维极其微弱的时候，如深度昏迷或即将苏醒，从身体传到大脑的信息极少，就可能导致一种奇怪的体验，仿佛灵魂出窍，或者形体已不存在，连飞起来的感觉都有，"历旷野，意殊自适"更不在话下。

当自我感觉灵魂仿佛离开形体的时候，正如契诃夫所写，"自由，逍遥，跟鸟一样，爱上哪儿去就可以上哪儿去！"假如灵魂可以自由前往任何地方，那么，他必定会去他想去的地方，并且可能是肉体凡胎难以到达的地方，特别是可能像上述志愿者所反馈的那样，去的是"一个美丽的地方"。事实上，古人对形神分离状态的描述也正是这样，当灵魂离开形体之后，所到之处往往相当美好。明人朱国祯《涌幢小品》写冯具区得寒疾，"五日不交睫，忽大鼾卧，寤而汗如沐"，自述：

> "方鼾时，梦出门，见远山蔽天，身入空室中，如纱厨。外错星霞，手拭之，石也。行里许，大海中万山色正如郁蓝金碧相射，涛声雷震。其澄彻处，蛟龙鬼神可数指也。仰视诸山，秀色可餐，忽已在足下。耸身而入，两隶前导，启朱门，中有伟丈夫数十，以旌幢迎。庭中树多异香，风吹作声如丝竹。阶砌峻整，宫宇弘丽，皆有封识。俄然洞开，其中物似光妙所成，又似家所常御。出门返顾，其额曰'宛委之山'云。"

"宛委之山"是传说中的山，据说在会稽东南，传说大禹登宛委之山，得金简玉字之书，此山想必为冯具区所神往。冯具区大约也是文人骚客，讲述已自生动，加以朱国祯润饰，其境界之美，又非现代人濒死体验可比。冯生前就喜欢美丽的地方，筑精舍于风景如画的西湖孤山，那里曾是南宋诗人林逋隐居之处，他说："得附林处士足矣。"如果说他隐居孤山、买舟西湖实现了生前的心愿，那么，他在疑似形神分离的迷离恍惚状态中所到之处，就可以看作他灵魂的归宿。

以现代人对濒死体验进行探索的视角，去看古人有关形神分离的描述，如果剔除其中灵魂不灭的因素，就可以看作一种濒死体验。这不难理解，一方面，古人所谓形神分离很可能正是一种濒死体验；另一方面，濒死体验中所出现的幻境往往为人所神往，因而也可以理解为灵魂的归宿。如清代长白浩歌子《萤窗异草·落花岛》所写申翊，随海商出海经商，因不习惯风浪而病死海上，却不自知其死，只觉得身轻如燕，"因思效列子御风，遨游水面，虽风涛汹涌，毫无沾濡，不禁大喜"。他曾在梦中听人说起落花岛，心想其境一定不同寻常，刚想前往一游，转眼已到山前，其山"形如覆盂，悬于波际，其色若蜀锦，五色缤纷，且香气浓郁，馥馥数百里，心爱好之"，随即上岸，山行里许，但见——

> 山径皆落花，约寸许，别无隙地。踏花前进，滑软如茵褥，而香益袭鼻，神气为之发越。环瞩皆茂树合抱，花即生于其上。细玩之，诸色具备，浓淡相间，香如庾岭之梅，而馥郁过之，尚有存于树杪者，则低枝似坠，绕干如

飞，亦多含苞欲吐者，意盖四时咸有焉。欣然前行，约数百步，花益繁而落者益厚。且四望并无屋宇，即山之层峦叠嶂，亦隐现于花中，不以全面示人。

梦里家园

清人袁枚文言小说《子不语·地穷宫》中，保定督标守备李昌明死而复苏，自述死后经历——

"既死，觉身体轻倩，颇佳于生时。所到处，天色深黄无日色，飞沙茫茫，足不履地，一切屋舍人物，都无所见。我神魂飘忽，随风东南行许久，天色渐明，沙少止。俯视东北角，有长河一条，河内牧羊者三人，羊白色，肥大如马。我问：'家安在？'牧羊人不答。"

这显然也是一种濒死体验，不必究其境之真假。耐人寻味的是，李昌明尽管意识到自己已死，却问牧羊人："家安在？"为什么刚离家又要回家？既要回家又何必离家？对于能否回家，难道他可以自主？对于家在何处，难道陌生的牧羊人比他还清楚？牧羊人为什么不回答他的问题？而当他去了一回地穷宫，等候到"着送归本处"的谕旨后，正是仍在原处的牧羊人送他回家的，似乎那牧羊人也颇为神秘，他们知道人们的家在哪里，还可以帮助人们回家。这虽然不过是小说，但作者有无深意，笔下的意象有无来由，不得而知。

　　李昌明虽然自我感觉死后"颇佳于生时"，所到之处却谈不上美好，反倒沙尘漫天。也许正是这种迷失归路的空间，使他的神魂不知飘向何方，这时遇到牧羊人，他本来可以问路，出口却问成了"家安在"，可见他飘忽的神魂仍然想回家。这不难理解，因为除了家以外，他根本没有目的地，没有归宿，从来没有想过要去别的地方。在现实中，当人们感到没有其他地方可去的时候，或者离家一段时间、到过一些地方以后，总是要回家，用如今的潮语说："出来混，总是要还的。"生前如此，死后亦然。在灵魂不灭观念中，当神魂无所归依时，首先想到的便是回家，似乎惟有家才可以安放灵魂。对于"回家"，钱钟书先生早年在一篇《谈中国诗》的演讲里阐释如下：

　　　　希腊神秘哲学家早说，人生不过是家居，出门，回家。我们一切情感、理智和意志上的追求和企图，不过是灵魂的思家病，想找着一个人，一件事物，一处地位，容许我们的身心在这茫茫漠漠的世界里有个安顿归宿，仿佛病人上了床，浪荡子回到家。出门旅行，目的还是要回家，否则不必牢记着旅途的印象。

　　在这里，"回家"已不完全是通常意义所理解的那样，已成为一种象征。人们回家的意愿，除了一般意义的想家以外，还可以是"一切情感、理智和意志上的追求和企图"；人们所要回的家，除了真正的家以外，还可以是一个人、一件事物、一处地位，要在能让"我们的身心在这茫茫漠漠的世界里有个安顿归宿"。人们的身心所需要的安顿归宿，对身体来说是家，对心灵来说则可以理解为某种精神寄托。这种精神寄托可以是别的，也可以是家。家如人们所说，是精神的港湾，家作为人们心灵的安顿归宿，具有与其他安顿归宿如信仰和追求同样的性质，毋宁说也是一种信仰和追求。在荷马史诗《奥德赛》中，家就具有这样的意义。

《奥德赛》讲述的是一个回家的故事。特洛伊战争结束后，希腊英雄纷纷回到故乡，只有足智多谋的俄底修斯还漂泊在海上，历尽磨难而未能实现回家的梦想。他陷身于女神卡鲁索普的海岛，愁容满面，"一心企盼遥望家乡的炊烟，盼愿死亡。"家对他具有生死攸关的意义，他以"神一样"的抱负让回家的信念超越于各种愿望之上。回家的愿望人人都有，但如果这种愿望不强烈，没有成为一种不屈不挠的信念，则难以实现。俄底修斯的同伴由于缺乏坚定信念，或者吃了忘果而抛却往事，或者经受不住食物的诱惑而变成猪群……而在俄底修斯心中，由于回家的信念高于一切，所以能抵御一切诱惑，包括拒绝女神许诺的永生，抛弃神仙般安宁舒适的生活。这种信念赋予他思想和行动的自由，给予他勇气和计谋，使他一次次战胜险境，终于回到家乡。

人总有离家出门的时候，因而也大都存在回家的问题，都有回家的愿望和思乡的情感，这原本普遍而又寻常。但在《奥德赛》中，这种寻常事情和普遍情感却被典型化了，从全部生活的背景上突显出来，着意表现出来，加以升华并推向极致，以至于人们从字里行间读出的只有回家。俄底修斯之所以不顾一切地要回家，固然因为家里有他的财产，他的妻子、儿子和白发老父，但更重要的在于家是他的精神依托和生命本源，只有回到自己的家里才有属于他自己的生活。

现代人活动的范围和生活的空间较古人更为广阔，人们无论走到哪里，都可以有属于自己的生活，但思乡仍然是游子的普遍情感，故乡仍是我们魂牵梦萦的地方。作家孙犁晚年在《老家》一文中写道：

> 前几年，我曾诌过两句旧诗："梦中每迷还乡路，愈知晚途念桑梓。"最近几天，又接连做这样的梦：要回家，总是不自由；请假不准，或是路途遥远。有时决心起程，单人独行，又总是在日已西斜时，迷失路途，忘记要经过的村庄的名字，无法打听。或者是遇见雨水，道路泥泞；而所穿鞋子又不利于行路，有时鞋太大，有时鞋太小，有时倒穿着，有时横穿着，有时系以绳索。种种困扰，非弄到急醒了不可。

这是梦中的情形，而醒来之后，据先生自己说，并不想回家，因为家里已没有亲人，乡亲又多不认识，"不管怎样说和如何想，回老家去住，是不可能的了。"老家只剩几间老屋，"也不拆，也不卖，听其自然，倒了再说。"由此可见，家乡观念即便渐渐从思想和情感中淡出，仍然深深根植于意识深层，即使清醒的时候不做回家之想，睡梦中也会无数次踏上回家之路，正所谓"梦中每迷还乡路，愈知晚途念桑梓"。

　　思乡的理由可以有千条万条，而归根到底就因为家乡是我们生命的本源，不仅是我们物质的本源，而且是我们精神的本源，不仅是我们生物性的本源，而且是我们社会性的本源。我们降生在那一方水土，那一方水土养育了我们，我们扎在那一方水土里的根是那样深，以至于一直可以追溯到遥远的世代，我们的祖祖辈辈都在那一方水土上休养生息。笔者离家时年届弱冠，那一百多斤的身体发肤，没有一丝一毫不是来自那一方水土；那一个自我，那一种青年人的精神世界和情感世界，也无不是在那一方水土上养成。当我们生活在家乡的时候，我们时时刻刻都在和那一方水土上的一切进行着物质上的和精神文化上的信息交换，进行着物质和精神的同化作用，因而我们无论走到哪里，都与家乡保持着不可替代的同一性。笔者也许还不到做回乡梦的时候，但每当清醒的时候想起家乡，却是那样的刻骨铭心。假如灵魂不灭，那么笔者的魂归之地必定是家乡。

狐死首丘

　　神龙藏深渊，猛虎步高岗。

　　狐死归首丘，故乡安可忘！

　　这是曹操《却东门行》中的诗句，其中"狐死归首丘"语出《礼记·檀弓上》："大公封于营丘，比及五世，皆反葬于周"。

西周姜子牙虽然受封于齐国，因留在周天子身边做太师，死后便葬在周地；他的子孙虽世袭齐国，因不敢忘本，五代人死后都从齐地返葬于周地，为的是回到祖先身边。君子于是评论道："乐其所自生，礼不忘其本。古之人有言曰：'狐死正丘首。'仁也。"按元代陈澔《礼记集说》解释，"乐生而敦本，礼乐之道也。生而乐于此，岂可死而背于此哉？狐虽微兽，丘其所窟藏之地，是亦生而乐于此矣；故及死而犹正其首以向丘，不忘其本也。"值得注意的是这个"乐"字，应该就是乐于、乐意的意思，人活着愿意同长辈、亲友在一起，死后也乐于回到他们身边，就像狐狸，死也要将头朝向其巢穴所在的方向。

古希伯来人（即犹太人）关于死亡的一种说法，是"归到本民那里去"。其中"本民"又译作"列祖"。《摩西一书》（即犹太教《圣经》、基督教《旧约》中的《创世记》）第十五章上帝与亚伯拉罕立约："但你要享大寿数，平平安安地归到你列祖那里，被人埋葬。"第二十五章亚伯拉罕之死："亚伯拉罕寿高年迈，气绝而死，归到他列祖那里。"第四十九章雅各临终叮嘱他的儿子们："我将要归到我列祖那里，你们要将我葬在赫人以弗仑田间的洞里，与我祖我父在一处"。后两条引文在"列祖"一词下都注有"原文作'本民'"。"本民"这种说法，似乎更强调人的本源，归到本民也就是回归本源，这与《礼记》所谓"礼不忘其本"具有同样的意味。

"生者为过客，死者为归人。"（李白）古今中外许多民族都将死亡表述为回家。如黑人送葬的灵歌："当我回到了老家，／我要向神诉说我的一切烦恼。"锡克教徒也说："好人死去像是回家，／他没有死，／只是获得了永生。"联系曹操"狐死归首丘"的诗句，以及古希伯来人将死亡说成"归到列祖（或本民）那里去"，所有这些"回"和"归"，其实都是死亡的代名词。既如此，为什么不直接说死亡，而说回家或归到本民呢？这两种表述有什么区别？对此，费尔巴哈在《从人本学观点论不死问题》中写道：

> 然而，前者把死形容为单独的物理现象，而后者，却是把死形容为许多别的人——例如，我的至友、双亲、祖先——所遇到过的事件，这样，死就不显得突然，从而，也就不显得荒诞。前者只是一种冷酷的、散文式的说法，而后者，却是一种富有诗意的、富有情感的说法。在前一种场合，我只是想到死，而在后一种场合，我却想到了那曾经活着的、现在我也还没有忘记掉的死人。

由此可见，"归"至少是比"死"更有人情味的说法。但以"归"代替"死"，又不仅是表述上的不同，而且有价值上的差异：如果说"死"是人们想要排斥的，那么"归"则是人们可能趋向的，后者较前者容易为人所接受。以"归"代替"死"，还因赋予死亡以某种内涵，而具有认识价值：认为死其实不是死，而是回到他所从来，并且必然要回到的地方，回到给自己生命、是自己本源的祖先那里去。回家在这里又不仅是一种比喻，而且是一种文化观念，尤其对于相信灵魂不灭的人来说，尽管死亡使他离开了今世的家，但他在地下似乎还有一个更大的家，而死亡就意味着回到他地下的家里，与死去的家人团聚。当雅各遗嘱将他葬在赫人以弗仑田间的洞里，"与我祖我父在一处"时，他也许会觉得，众多先他而去的亲人已在那里等他，他到那里并不孤单，相反会有一种回家的感觉。

将死亡表述为回家，窃以为还可能出于人们的某种体验，或者至少渗入了人们的体验。人虽然不能真正体验死亡，但如前所述，当人尚未真正死去时，也可能有某种濒死体验，人们有可能在这种体验中找到回家的感觉。如一位有过濒死体验者讲述自己穿过一个黑洞，洞口出现了他那已经过世的父亲，笑吟吟地朝他走来，他一生的重大经历随即在头脑中迅速闪现。另一位有濒死体验者说，他在隧道口遇见了许多已经逝世的亲朋好友，他们似乎在列队欢迎他，和蔼可亲地鼓励他："来吧，来吧。"还有一位濒临死亡的志愿者脑中植入电极，所反馈的脑电波译成文字，据说是："很多人与我在一起，他们都知道我的一切，并使我感到奇妙愉快。""我的祖父和我在一起，我很爱他……"不只一人在濒死体验中感到了爱，如一位有濒死体验者说："这时候，我心中只感到安宁、和睦和无限的爱……我正穿过一股同情、温柔和理解的暖流。"这与回到家里、见到亲人的感觉完全一致。这种体验虽属偶然，但久而久之，也会积淀在人们的意识深层，以致每当人们面对死亡，总是想到回家。

人在濒死体验中出现的幻觉，往往是他希望看到和愿意看到的。家既然是他"生而乐于此"的地方，亲人既然是他深深怀念和最想见到的人，那么人在濒死体验的幻觉中见到亲人就不难理解。人在健康清醒的时候也不是不想见亲人，只不过他知道，要见死去的亲人是不可能的。——其实，即便死去的亲人，也曾经是现实的存在，只不过时间将生者与他们隔开；而在濒死体验的幻觉中，横亘在生者与死者之间的不可逾越的时间障碍已不存在，不可能于是成为可能。何况，在那种状态下可能出现什么幻觉，与人的文化观念也有关。既然人们常常将死亡同回家联系起来，既然人们知道假如灵魂不灭，死后的家人就将见面，那么这种观念即便不足以成为人的信念，至少也是些思想的碎片，在人的意愿的引导下，足以构成人在濒死体验的迷离恍惚中的幻觉。

濒死体验如此，当死亡真的到来时想必也如此。有濒死体验的人不一定就会死去，而真正死去的人却必定会有濒死体验，只不过他一去不回，不能讲述自己的体验，因而别人无从知道罢了。尽管如此，人们还是可以根据他们的神情，或多或少地察觉或猜测到他们的精神活动。契诃夫的小说《主教》用全知视角描写彼奥德尔之死，姑且不论；英国作家艾米莉·勃朗特的《呼啸山庄》则用限知视角，让画眉田庄的女管家艾伦描述女主人凯瑟琳的最后时刻：

　　"她脸上带着甜蜜的微笑躺在那儿，她最后想的是恍恍惚惚地回到了愉快的童年时代，她的生命是在一个温柔的梦里结束的——愿她在另一个世界里醒来时，也一样愉悦欢快！"

凯瑟琳在生命的最后时刻看到了什么？她那甜蜜的微笑意味着什么？想必也如有濒死体验者的讲述，出现了某种美妙的幻觉，或者见到了亲人。作者说她"回到了愉快的童年时代"，给人们留下充足的想象空间，这与回家或见到亲人并不矛盾，因为人在童年时代，往往处在一个温暖的大家庭里，一些后来失去的亲人那时还健在。而无论如何，她的生命都是在一个温柔的梦里结束的。

归骨桑梓

徒泣巴山路，空悲蜀道程。

弟兄仁达意，千古各垂名。

这是北宋王巩（字定国）为苏轼所撰挽词。"弟兄"指苏轼、苏辙兄弟；"仁达意"即仁意和达意，古人所谓"归葬仁也，留葬达也"（王祥）。归葬之所以仁，即以"狐死正丘首"为仁，不背本忘初之意；留葬之所以达，就在于有一种"哪里的黄土不埋人"的达观。一般认为苏轼卒于常州，也有人说卒于许州，后者似与葬在郏山（与许州均属今河南地）比较吻合，而葬在郏山则可在苏辙《卜居赋序》中得到确认。无论如何，苏轼未能归葬故乡，虽非他所愿，但朝好的方面说，就可以说是比较达观的选择；苏轼死时，苏辙尚健在，按说归葬与否尚不能确定，但他既有归葬之意，就已做出"仁"的选择，何况在其生前归之于仁，还有祝他实现心愿的意思。苏辙《卜居赋序》写道：

> 昔先君相彭眉之间，指其庚壬曰："此而（你）兄弟之居也。"今子瞻不幸，已藏郏山。予（我）年七十有三，异日当追蹈前约。昔贡少翁为御史大夫，年八十一，家居琅邪，一子年十二，自忧不得归葬，元帝哀之，许以王命办护其丧。谯允南年七十二，终洛阳，家在巴西，遗令其子轻棺以归。今予废弃（罢官）久矣，少翁之宠，非所敢望；而允南旧事，或可庶几？

题目中的"卜居"，在这里大约是选择阴宅的意思。"庚壬"是天干第七位和第九位，又分别表示西方和北方、秋天和冬天，或许有（秋）收（冬）藏之义，也未可知，不过在这里显然指坟地。苏家父子未出川时，老苏在眉山已看好一处墓地，并暗示苏轼和苏辙将来也回到那里。贡少翁即西汉贡禹，字少翁，琅邪（今山东诸城）人，在长安做官，卒于任上，他生前因年老子幼，曾担心无力归葬，汉元帝于是特命官府护其丧归葬；谯允南即三国时期蜀国谯周，字允南，蜀亡后随后主刘禅到洛阳做官，临终遗嘱其子自办归葬。苏辙虽然也曾官居高位，但已致仕多年，归葬之事不能指望官府，而只能靠自家子孙，所以其《卜居赋》云："诸子送我，历井扪天，庶几百年，归扫故阡。"

苏轼未能归葬，苏辙以为不幸，不幸何在？恐怕就在于既未能实现自己的意愿，也未能履行对其父的承诺、与其弟的约定。苏辙显然不想重复这种不幸，所以他说"异日当追蹈前约"。他在《颖滨遗老传》中也说："先君之葬，在眉山之东，昔尝约祔於其庐（藏），虽远，不忍负也。"所不忍负者，既是其父的愿望，更是一种传统，与贡少翁所以忧不得归葬、谯允南所以遗令其子轻棺以归，缘于同一种传统，即《礼记》所谓"乐其所自生，礼不忘其本"，也就是人们常说的叶落归根。然而，"按长公（苏轼）葬汝州郏城县钓台乡上瑞里嵩阳峨眉山，少公（苏辙）祔焉。今《河南志》并载二公墓。而《四川志》止载老苏墓，不及少公"（《池北偶谈》），如此则苏辙寄予诸子送他归葬的遗愿似也未能实现。

　　在古人看来，流落他乡的死者无不希望归葬故土，实现他们的遗愿则是孝顺子孙应尽的义务。唐诗人杜甫原籍襄阳，因其父曾任巩县令而生于巩县，病故于湘江舟中，初葬于耒阳（一说岳阳）。他希望死后葬身何地，生前也许没有来得及安排，但他曾说自己是西晋名臣杜预的后代，而杜氏世葬偃师首阳山，所以其子将他迁葬偃师首阳山，显然比较符合他生前的意愿。

　　中国古人安土重迁，但为了生存，仍不免四处奔波，于是客死异国他乡就被视为莫大的不幸。西方人（如古希腊罗马人）自古就有到处开发殖民地的习惯，却也具有同样的情感。在古罗马诗人维吉尔的《埃涅阿斯纪》中，特洛伊陷落后逃出来的埃涅阿斯（特洛伊英雄）在海上遇到风暴，他呼喊道："你们这些有幸死在父母脚下、死在特洛伊巍峨的城墙之下的人们，真是福分非浅啊！"尽管他在特洛伊战争中幸存下来，在海上也并非没有战胜风暴生存下来的希望，但在他看来，死于家乡比流浪海上似乎还要幸运一些。埃涅阿斯的呼喊，大约出于诗人抒发情感的需要，但包括古罗马人在内，世界上许多民族都有浓厚的故土观念，却是不争的事实。

古希腊人极重丧葬，笃信死者的遗体如得不到安葬，其灵魂便不能进入冥土。在荷马史诗及有关特洛伊战争的神话中，交战双方的勇士最关心的不是自己的生死，而是战死后尸体能否回到故乡安葬。特洛伊主将赫克托耳在与希腊勇士埃阿斯决战前，向双方宣布他的惟一条件："如果我的对手用长矛将我杀死，他可以剥取我的（铠甲）武器作为战利品，可是应该把我的尸体归还特洛伊，让它在家乡得到隆重的安葬"；如果对手死在他的矛下，他也会将尸体交还对方，以便将其送回家乡安葬。当他在另一次战斗中被阿喀琉斯刺中后，央求对手说："阿喀琉斯，我指着你的生命请求你，别让恶狗吞食我的尸体！无论你要多少金银都可以，只要把我的尸体送回特洛伊，让特洛伊人按照殡仪将我安葬！"他死后，其父普里阿摩斯暗自造访阿喀琉斯，将他的尸体赎回，在特洛伊城举行了隆重的葬礼。

古埃及人认为埃及是世界的中心，是神的国度，他们生为埃及人，是神的子民，为此深感自豪。当他们远离家乡时，总是怀着深深的思乡之情，万一可能死在异国他乡，也总是希望回国安葬。中王国时期有一位王宫侍者，因宫廷政变逃离埃及，在国外受到优待，获得土地和财富，并娶国王的女儿为妻。但他深深地眷恋着故土，向神祈祷："是哪位神引导我来到这里的？请怜悯我，带我返回家乡吧！你肯定会让我看到我心向往的地方！更重要的是，我的尸体应该埋葬在我的出生地！请帮助我吧！当我身居异乡，死神降临时，我该怎么办呢？神啊！请同情我吧！"（据《古埃及的智慧》）

人们希望回归故土，缘于对故乡怀着深深的热爱之情。汉高祖富贵还乡，召故人父老子弟佐酒，酒酣情浓，"上乃起舞，慷慨伤怀，泣数行下。谓沛父兄曰：'游子悲故乡。吾虽都关中，万岁之后吾魂魄犹思沛。'"（《汉书·高帝纪》）宋太祖赵匡胤生于洛阳夹马营，爱其山川，乐其风土，曾有迁都之意而未果。开宝九年西幸洛阳，驻跸故居，叹道："我生不得居此，死当葬于此。"（《杨文公谈苑》）据说他登阙（一说在其父安陵）发鸣镝，箭落之处就是他亲自选定的永昌陵。关于对故乡的这种热爱，费尔巴哈在《从人本学观点论不死问题》中写道：

"可见，人也愿望在自己死后存在于自己的同乡那里，或者，安息在自己亲友安息着的地方。然而，虽然如此，他并不因此而归给自己或自己的亲友以生命。他不过企求自己被安葬在自己所心爱的地方"。

旅魂思乡

"华表柱头千载后，旅魂依旧到家山。"这是明朝方孝友受其兄诛连而死时所作的诗句。明朝燕王朱棣篡位，方孝孺不肯为其草即位诏书，方氏十族（高祖至玄孙并五服异姓之亲外加朋友、门生）八百七十三人一时俱死。方氏故乡在浙江宁海，尸骨既不能归葬，那么灵魂就被认为在异乡流浪，所以说"旅魂"。但流浪的灵魂仍然会思念故乡，即便千年万载以后，仍然想要回到故乡。

借用钱钟书先生的话（前文《梦里家园》所引），灵魂有一种思乡病。钱先生所说的灵魂，大约指心灵、思想，其思乡病自然也另有所指；而笔者在这里所说的灵魂，则是消逝的生命在人们观念中留下的影像，也就是鬼。在古人看来，后者不仅有思乡病，而且对家乡的思念有甚于生人，因为"生者为过客，死者为归人"，活着难免离家外出，死后却一定要回归故乡，何况这一回是永归，这一归便不再离开。故乡是灵魂的归宿，灵魂似乎只有回到故乡才能得到安宁，而常留异国他乡似乎便无所归依。古罗马诗人奥维德由于写了一首《爱的艺术》的诗，被皇帝渥大维流放到黑海之滨的托米斯（今罗马尼亚），在那里度过了九年的流放生活，最后死在那里。他生前在《哀歌》中恳求道："至少请把我的遗骸带回祖国，这样，在我死了之后，我也许就不再是一个被放逐者了。"他被放逐至死，所以死后仍然是被放逐者，有点像中国人所说的孤魂野鬼。

唐代李德裕在武宗朝以功拜太尉，进封卫国公，唐宣宗即位后罢相，被贬潮州司马，再贬崖州司户，卒于贬所。据裴庭裕《东观奏记》，李德裕死后，丞相令狐绹两次在梦中见到他，一次他对令狐绹说："某（我）已谢明时，幸相公哀之，许归葬故里。"另一次他又说："某委骨海上，思还故里。与相公有旧，幸悯而许之。"对令狐绹来说，这与其说是梦，不如说是死者在向他求助。他既为宰相，又与李德裕有旧，就有义务在皇帝面前论奏。第一次梦见，他征求其子的意见，顾虑政敌有可能不利于他，犹豫而未敢言；第二次梦见后对其子说："向来见李卫公，精爽尚可畏。吾不言，必掇祸。"于是上奏宣宗，获准由德裕之子象州立山县尉李烨护丧归葬。

这个故事乍一看有点志怪的意味，仔细琢磨却并无神秘之处。令狐绹既与李德裕有旧，那么梦见死者就不足为奇，何况兔死狐悲，他的前任被贬至死，他对此不能无动于衷，因而一梦再梦也就不难理解。从令狐绹对待这件事的态度，可见古人在观念上与今人大异其趣。在今人看来，做梦的是令狐绹，不关李德裕什么事；而在令狐绹看来，是李德裕的灵魂要来见他，他无法拒绝。他对其子说"向来见李卫公，精爽尚可畏"，可见他并不以为是梦，而以为真的见到了李德裕。李德裕的故乡在河北赵郡，却死在远离家乡的海南岛，这对古人来说是莫大的不幸，难怪他阴魂不散，一心想要归葬故里，这在令狐綯看来合情合理。

　　古人既然相信游魂仍有还乡的要求，于是就为他们设想还乡的可能。据南宋洪迈《夷坚志》，太学上舍生陈茂英进士及第，赴任长兴县尉不到一月，梦见同学王寅来访。陈问王因何到此，王回答说："寅流落已久，不能归，可为作一方便，使达故乡。"陈醒来后寻思："不相问七八年矣，岂非死于此乎？"第二天一打听，王寅果然在来这里拜谒知县时不幸病故，其家已接到通知，并收骨归葬。既已归葬，而魂魄尚留滞于此，想必仍受城社之神（城隍神和土地神）拘录。陈于是具酒祭祀，以县尉文牒"牒城隍、社庙、关津河渡主者，令不得阻截王上舍（太学上舍生）神魂，俾得善还福州长溪祖先坟墓"。三天后，梦王前来告辞："得君移文，乃遂（实现）归计。"

　　现实中关山阻隔，游子还乡并非易事，人们于是以为灵魂在另一个世界亦复如是。古人观念中的阴间也如人间，也有郡县之类设置，地方上也有官府和保护神，有各自的管辖范围和权限，因而游魂走州过县，特别是通过某些关卡，也需要有文书或路条，这也就是陈茂英之所以行文"关津河渡主者"的缘故。在古人看来，这样做并非多此一举，清代薛福成《庸庵笔记》中有一则"旅鬼索路凭归费"的故事，可资为证：某学院幕客（省级教育管理机构的佐理人员）患疟疾发癔症，称曾住同屋的已故前任老幕友相访。一天，该幕客再次癔症发作，以老幕友的口吻对众人说："我久客思归，而苦无路凭，恒为关津吏所留阻，诸君如能为我办一文书，感且不朽。"众幕僚言于学官，以老幕友的姓名填一张路票，加盖印信，祷而焚之。须臾，病者又作老幕友状拱手谢道："诸君惠我实厚，虽然我欲启行，而苦无旅费，若之何？"众人于是又为他凑钱买纸钱纸锭（银）烧之，病者又拱手谢道："荷诸君之赠，行囊颇丰，吾从此逝矣！"

癔症并不神秘，古人对此缺乏科学认识，才以为有鬼附身。对上述患者的呓语，众幕客看作老幕友的灵魂借患者之口表达还乡之愿，于是一切照办；又见旋风卷走纸灰，病者霍然而愈，于是深信老幕友的灵魂还乡而去。按说老幕友已死多年，已归阴间而非人间管辖，需要路凭尽可以找阴间的有关部门，如《聊斋志异·李伯言》：李伯言被请到冥府代理阎罗，返回途中见阙头断足鬼数百伏地哀鸣，"则异乡之鬼，思践故土，恐关隘阻隔，乞求路引"。只不过人们总是固执地以为灵魂的需求无法自行满足，因而离不开活人的帮助。也许正缘于此，人们常常越俎代庖，包办灵魂的事务，包括代行阴司的职能，以为鬼既可以干预人事，人也可以干预鬼事，阴阳两界似乎也存在某种相辅相成的关系，人间的文书和指令可以达到阴间，并对灵魂产生影响。

在纪昀的《滦阳消夏录》中，给灵魂发放文牒甚至成为官方有组织的行为。纪昀被遣戍乌鲁木齐时，有军吏拿来数十份文牒请他判发，说："凡客死于此者，其棺归籍，例给牒，否则魂不得入关。"大约从军戍边客死异乡者并非个别，所以护送死者归葬的事务须专人负责并成批办理。其中军吏所谓"例给牒，否则魂不得入关"，与上述老幕友所谓"苦无路凭，恒为关津吏所留阻"出于同一观念。既然还乡的灵魂也需要路凭，那么在护送死者的棺木归葬原籍的同时，为了让死者的灵魂也能顺利通过关卡，也需要照会另一个世界，于是开具类似于介绍信的证明文书如下：

> 为给照事：照得某处某人，年若干岁，以某年某月某日在本处病故。今亲属搬柩归籍，合行给照。为此牒仰沿路把守关隘鬼卒，即将该魂验实放行，毋得勒索留滞，致干未便。

其文"鄙诞殊甚"，显然不是纪昀的手笔，想必原本就有这种文书，纪昀不过是照录而已。这事既已成惯例，可见少有人异议。尽管如此，纪昀仍难以置信，以为办事人员借此捞取好处，于是禀过将军，废除其例。十来天后，就有人听到城西墟墓中有鬼哭，并说因无文牒，客死者之魂不得还乡，纪昀斥责其虚妄。再过十来天，鬼哭之声已近在城边，纪昀斥之如故。又过十来天，鬼哭已到纪昀居所窗外，他仍以为办事人员装神弄鬼，出门寻找却不见人影。同事说："公所持理正，虽将军不能夺也。然鬼哭实共闻，不得照者，实亦怨公。盍（何不）试一给之，姑间执谗慝之口。倘鬼哭如故，则公益有词矣。"纪昀勉强照办，当天夜里便不闻鬼哭之声。他于是赋诗一首：

> 白草飕飕接冷云，关山疆界是谁分？
> 幽魂来往随官牒，原鬼昌黎竟未闻。

　　此诗既非杜撰，可见事出有因。只是仍不能作为灵魂不灭的证明，因为如果真像纪昀所推测乃"胥役所伪"，那么文牒到手，"托词取钱"的目的已达到，自然就没有必要装下去了。但经此一事，纪昀更加认为"天下事何所不有"，所持有鬼论于是更加坚定。

所治之地

　　三国时，魏国颜斐由京兆太守调任平原太守，京兆吏民沿途哭送，以致他所乘车难以前行，步步稽留，十多天才出了郡界。颜斐留恋京兆，也许一路上不无伤感，行至崤山病已沉重。家人和随行人员看到他病成这样，劝他说："平原当自勉励作健（保重身体）。"古人习惯用职务作为对官员的尊称，"平原"是颜斐的新职务，但他不喜欢这个称呼，说："我心不愿平原，汝曹等呼我，何不言京兆邪？"（据《三国志》裴松之注）不久就去世了。京兆吏民听到他去世的消息，痛悼流涕，为他立碑颂扬功德。

　　颜斐是济北人，而魏国平原郡（今德州一带）正属古济北国。能回家乡做父母官，这在古代被视为一种优待，然而却非他所愿。他死后，尸骨还平原，心却永远留在了京兆。京兆在西汉时期是拱卫都城长安的近畿三辅之一，东汉末年董卓曾迁都于长安，因而成为董卓之乱的重灾区，后又经曹操与马超之战，接连的战乱使当地百姓难以安土，无心农殖。颜斐的四位前任都"取解目前"，用今天的话说就是"短期行为"，不为百姓谋长远利益。颜斐到任后，率领百姓整阡陌，树桑果，取材造车，养小畜换大牛，免徭役，鼓励吏民子弟读书。不几年，政事修理，风化大行，郡中无闲田，家家有车牛，富甲雍州十郡，而他自己清简自律，所以深受京兆吏民爱戴。他调任平原时，想必已自感衰老，不可能在新的任上干出什么名堂。当他说"我心不愿平原"时，可能暗示自己年命将尽，将止于京兆。

"为官一任，造福一方"，是以经世济民为己任的古代良吏的人生价值观。他们的任职之地，寄托着他们的希望，倾注了他们心血，施展了他们的才干，体现了他们的价值，成为他们魂牵梦萦的地方。"魂归何处"的说法，在许多情况下也许只是一种修辞，但人在生命最后时刻的回光返照，或者说在濒临死亡的迷离恍惚中意识所到之处，也可以认为是他灵魂的归宿，而这很可能就是他生前魂牵梦萦的地方。何况相信灵魂不灭的古人，完全可能有意识地为自己的灵魂寻找一个归宿。根据颜斐"素心恋京兆"，以及宁愿别人称他京兆，有理由认为京兆就是他的魂归之地。这层意思如果说三国颜斐还没有明确地表达出来，那么五代陆思铎则说得明白。陆思铎生前曾交代诸子："我死则藏骨于宛丘，使我栖魂于所治之地。"（《旧五代史》）宛丘在今河南淮阳，是五代陈州的治所，而陆思铎曾任陈州刺史，"典陈郡日，甚有惠政"，所以那里就成为他灵魂的归宿。他死后，诸子遵从他的遗愿，将他葬在那里。

希望栖魂于所治或所守之地，在古代官员中并不鲜见，无论是否称得上良吏或循吏，只要忠于职守，都可能做出类似选择。元末舒穆噜伊逊守处州，兵败州破，率数十骑出走建宁，本想聚积力量以图恢复，因所到之处人心已散，知事不可为，于是叹道："处州，吾所守也，今吾势穷，无所往，不如还处州，死亦为处州鬼耳！"（《续资治通鉴·元纪》）朱元璋嘉其尽忠死事，遣使祭奠，恢复处州民为其所立生祠。明末姜垺因言获罪，遣戍宣州卫，明亡后病死于苏州，临终遗嘱二子："吾奉先帝（崇祯）命戍宣州，死必葬我敬亭之麓。"（《明史·姜垺传》）宣州有敬亭山，其子遵嘱将他葬在那里。

人生的价值，不在于自视如何，而在于社会评价，百姓的爱戴就是官员的一面镜子。如果人死而有灵，如果灵魂可以自由地选择栖息地，那么，还有比一个深爱着自己，并且也为自己所深爱的地方更好的去处？西汉朱邑，论官职做到大司农，论政绩在北海太守任上考为第一，但他最怀念的，却是年轻时在家乡舒县桐乡担任啬夫的那一段时光。啬夫是乡官小吏，"主知民善恶，为役先后，知民贫富，为赋多少，平其差品"（《后汉书·百官志》），官不大却不好做，而朱邑却做到了"廉平不苛，以爱利为行，未尝笞辱人，存问耆老孤寡，遇之有恩，所部吏民爱敬焉"（《汉书·良吏传》）。他知道桐乡百姓对他的爱超过了其他地方，甚至超过了自己的子孙后代，所以他临终遗嘱其子："我故为桐乡吏，其民爱我，必葬我桐乡。后世子孙奉尝我，不如桐乡民。"（同上）他死后，其子遵从他的遗愿，葬他于桐乡西郭外。桐乡百姓果然为他起冢立祠，岁时祠祭，终汉世不绝。

上述诸人之所以希望魂归所治之地，一方面缘于他们的人生价值观，另一方面也可能与他们的不死观念有关。当他们相信灵魂不灭时，可能有意识地为自己的灵魂寻找一个归宿；而当他们不相信灵魂不灭时，并不妨碍他们认同某种不死观念，如古人所谓"三不朽"。朱邑所谓"后世子孙奉尝我，不如桐乡民"，这里的"奉尝"有祭祀的意思，在相信灵魂不灭的意义上，他相信人死后还有某种需求，他的这种需求在桐乡可以得到更充分也更长久的满足；在不相信灵魂不灭的意义上，他知道桐乡百姓爱他，他将活在他们的心里，而立祠祭祀不过是一种纪念方式，通过这种方式，生命得以在人们的意识中延续下去。后世子孙的祭祀虽然也有同样的意义，但仅仅活在后世子孙的记忆中，当然不如活在桐乡百姓的记忆中，前者只有家族意义，后者才有社会意义。

明朝徐九思于嘉靖年间任句容知县，力行惠民之政，深受百姓爱戴。离任后，句容百姓为他建祠于茅山，即所谓生祠。后来他任工部主事等职，又给百姓办过一些实事，却因得罪上司而辞官。他是江西贵溪人，致仕后家居二十二年，在他八十五年的生涯中，任句容知县只有九年，茅山似乎已成为一个遥远的记忆，但他临终却举手说："茅山迎我。"（《明史·循吏传》）也许在濒死状态的迷离恍惚中，他的眼前出现了车马驺从前来迎他的幻觉；也许他只不过知道句容百姓在茅山之上为他建有生祠，随时恭候着他的到来，那将是他灵魂的居所，他在那里将享受绵延不绝的香火，他的在天之灵因而不受冻馁。

帝乡何处

"两间正气归泉壤，一点丹心在帝乡。"（据《明史纪事本末》）这是明朝方孝孺的弟子、刑部侍郎胡子昭坐方党受戮，临刑前留下的诗句。他的生命掌握在别人手里，他惟有一死，别无选择。作为圣贤之徒，他在死亡面前惟一可以自主的，只有用儒家的价值标准来评价自己的死亡。"孔曰成仁，孟曰取义"，于君他死于忠，于师他死于义，他的死可说是仁至义尽。如果说他还可以做出什么选择，那么他惟一可以选择的，就是他的一点丹心所向，不是觊觎皇位、挑起战乱、陷百姓于水火的朱棣，而是在他看来具有无可争议的合法性的建文帝（即惠帝）。这也意味着，在灵魂不灭的意义上，他惟一可以选择的是灵魂的归宿，他生为建文帝之臣，死为建文帝之鬼，假如他死而有灵，假如死去的帝王在另一个世界还有一个朝廷，那么他的灵魂所归，显然是建文朝，而非后来的永乐朝。

封建宗法社会的君臣之间是一种人身依附关系，对于帝王治下的臣民而言，命运的主宰不是像西方人心目中的上帝那样的至上神，而是人间的帝王，天下是帝王的天下，臣民是帝王的私人。这种关系反映在人们的彼世观念中，人们观念中的彼岸世界同样有一个封建王朝。如《晋书·载记》记汉列宗刘聪之子刘约死而复生——

> 　　时聪子约死，一指犹暖，遂不殡殓。及苏，言见元海于不周山，经五日，遂复从至昆仑山，三日而复返于不周，见诸王公卿将相死者悉在，宫室甚壮丽，号曰蒙珠离国。

刘约所经历的大约也是一种濒死状态。他在迷离恍惚的幻觉中魂游不周山、昆仑山，见到刘渊即元海。刘渊乃刘聪之父、刘约之祖，他在西晋之乱中建立了匈奴民族统治的汉国，即十六国中前赵的前身。三国时期，匈奴民族被魏武帝曹操分为五部，分居晋阳汾河一带，与华夏民族杂处，深受汉文化影响，所以刘约魂游之地不周山、昆仑山，都是中国古代神话传说如《山海经》中的地名；何况《晋书》乃唐代官修，不可能不体现统治阶级的思想，所以这幅彼岸世界的图画，不仅具有浓厚的中国色彩，而且比较典型地反映了封建君臣的彼世观念。从"诸王公卿将相死者悉在"可见，死去的帝王在另一个世界也有一个朝廷，生前依附于他的王公卿相文臣武将，死后仍将聚集在他的庙堂之下。

与西方如古罗马"国无常主"不同，中国古代是家天下，因而古人尤其是古代官员自我认知中最重要的一点，也许是将自己看作某朝某姓甚或某人的臣民；又因为古人大多相信灵魂不灭，所以他们生前效忠的朝廷，就成为他们死后灵魂的归宿。北宋英宗晏驾，辇官毕达恸哭于仁宗永昭陵下，与冥冥中的仁宗对话："臣事陛下四十余年，得服役天上，死不恨。"（《邵氏闻见录》）他虽也曾服侍英宗（在位仅四年），但自认为是仁宗之臣，所以英宗死后，他却痛哭于仁宗陵前，并于当夜暴卒。他若死而有知，想必得遂凤愿，到另一个世界服侍仁宗去了。南宋秦桧专权误国，陷害岳飞等抗金英雄，朝野上下噤若寒蝉，而韩世忠却力排和议，不惜触犯秦桧。有人劝他明哲保身，他说："今畏祸苟同，他日瞑目，岂可受铁杖于太祖殿下？"（《宋史·韩世忠传》）他本是宋高宗赵构之臣，但在他看来，宋朝的天下是太祖赵匡胤的天下，所以太祖的庙堂就是他灵魂的归宿。明末史可法以兵部尚书、大学士督师扬州，自知无力挽救明王朝的覆灭，于是作书寄家人："死葬我高皇帝陵侧。"（《明史》）可见他对南明小朝廷虽已不抱希望，对大明王朝却依然忠心耿耿，所以希望死后回到开国皇帝朱元璋身边。崇祯皇帝吊死煤山，东宫讲官周凤翔自经殉国，题诗于壁曰："碧血九原依圣主，白头二老哭忠魂。"（同上）当忠孝不能两全时，毅然选择以死殉君。

有道是："一朝天子一朝臣。"明朝那些在所谓"靖难"之变中殉难以及逃亡的忠臣义士，无疑是建文皇帝的臣民。清代官修《明史》中，卷一四一至一四三主要为他们树碑立传，其中也有无名氏如河西佣：

　　河西佣，不知何许人。建文四年冬，披葛衣行乞金城市中。已，至河西，为佣于庄浪鲁氏。取直（工钱）买羊裘，而以故葛衣覆其上，破缕缕不肯弃。力作倦，辄自吟哦，或夜闻其哭声。久之，有京朝官至，识佣，欲与语，走南山避之。或问京朝官："佣何人？"官亦不答。在庄浪数年，病且死，呼主人属（嘱）曰："我死勿殓。西北风起，火我，勿埋我骨。"鲁家从其言。

这位河西佣的行踪相当神秘。或许由于缺乏确凿的证据，便是严谨的史官也不敢断言其身份；但既然在《明史》卷一四三写上一笔，显然对其身份已有所暗示。一个流浪者，靠出卖苦力换取衣食，却像文人骚客似的"辄自吟哦"；"夜闻其哭声"，又似有大悲苦而不可与外人道者；尤其是能被京官认出，可见绝不是一般人；一旦被认出，便逃到南山中去躲避，可见为当世所难容；而京官对他的身份也讳莫如深，可见他的身份敏感，说出真情可能危及他的生命。他出现于建文四年冬，这一年六月燕兵破南京，朱棣自立为帝，数月后他便行乞于金城市中，在时间上与"靖难"之变的幸存者从南京逃亡到河西完全吻合。综合以上种种迹象，其真实身份便呼之欲出：非建文帝遗臣而谁！而他临终的遗嘱，也印证了这一点。他要求主人在西北风起时火化他，想必希望乘风归去。去向何方？他打工的河西庄浪在今甘肃永登一带，西北风只会吹向东南方，而那正是明朝故都南京所在的方向。

火葬随佛教传入中国，一度蔚成风气，"自释氏火化之说起，于是死而焚尸者，所在皆然。"（《容斋续笔》）火葬的起源与灵魂不灭的观念有关，大约"冀望借助于焚尸使死者灵魂得以解脱而飞升天界"（《世界各民族历史上的宗教》）。这种观念想必与火葬一道传入，一度为国人所认同。据此看来，河西佣希望随风飘去的，与其说是自己的骨灰，不如说是自己的灵魂。只有人们想象中的灵魂可以在烈火中上升，并驭风而行，去寻找自己的归宿。让河西佣魂牵梦萦的地方，不排除他的故乡，但只要他肯向新的朝廷俯首称臣，是不必流浪河西的，因此他的魂归之地，更可能是建文帝的故宫或葬身之地。或许，他流浪河西时已想到了这一步，他活着不能与故主同在，死后也要让西北风把他吹到故主身边。

不践商土

南宋恭帝德祐元年，元兵大举南下，沿江制置使、江淮招讨使汪立信受命募兵于建康府，行至芜湖，与平章军国重事贾似道相遇——

> 似道拊立信背哭曰："不用公言，以至于此。"立信曰："平章、平章，瞎贼今日更说一句不得？"似道问立信何向？曰："今江南无一寸干净地，某（我）去寻一片赵家地上死，第要死得分明尔。"（《宋史·汪立信传》）

贾似道是南宋最后一名权奸，对南宋的灭亡起了掘墓作用。

数年前，南宋尚有半壁江山，而襄阳危急，汪立信曾致书贾似道，陈述国家大事及安边之策。贾似道得书大怒，掷之于地，大骂："瞎贼（汪立信目微眇）狂言敢尔。"上述对话即由此说起。

汪立信行至健康，守兵悉溃，知大势已去，事不可为，叹道："吾生为宋臣，死为宋鬼，终为国一死，但徒死无益耳，以此负国。"率所部数千人至高邮，欲为后图，旋即听到贾似道所督诸路军马溃败的消息，叹道："吾今日犹得死于宋土也。"遂置酒与宾佐诀，慷慨悲歌，扼吭而死。

扼吭而死其实很难，难在用自己的力气将自己扼死，一般人做不到。汪立信之所以能将自己扼死，就因为他抱定必死之心，毫不迟疑，也决无悔意。他既想死于宋土，就必须果断，倘若犹豫徘徊，脚下的土地就有可能改姓；而一旦赵宋王朝不复存在，他便是想"生为宋臣，死为宋鬼"，也不可得了。南宋虽已腐朽不堪，却仍是他的故国，何况他身为大臣，负有守土的使命，既不能扶大厦于将倾，就只有以死报国。他死在身为宋臣的时候，又死在赵家的土地上，庶几可以做一名宋鬼。

汪立信所谓"干净地"，不排除还有更丰富的内涵，如未被污染的土地；但显而易见的，是指故国的土地，未遭异族蹂躏的土地，也就是宋土或者说赵家的土地。他死于1275年，这一年又是元世祖至元十二年，而他还来得及死在元军尚未占领的土地，所以他死在宋恭帝德祐元年。死于宋土固然意味着成为宋鬼，魂归赵宋王朝的庙堂；但从另一方面说，也意味着拒绝生活在元朝，拒不踏上元朝的土地，拒不接受元朝的奴役。

土地是生命的本源，人类生存离不开土地，而在"溥天之下，莫非王土"的时代，也就意味着离不开某朝某代的土地。秦始皇灭六国，刻石自颂："六合之内，皇帝之土"，"人迹所至，无不臣者"。当国家是皇帝的国家、天下是皇帝的天下时，人们即便走遍天下，也走不出一家一姓的土地，就像孙悟空跳不出如来佛的手掌。人们既然无法选择生存的土地，那么可以选择的，就只剩下生存还是死亡的问题。特别是在改朝换代之际，当人们想继续生活在久已认同的故国热土而不可得，却又坚定拒绝在改姓易主的土地上生活时，似乎也只剩下死亡可以选择了。《庄子·让王》有个寓言，商汤率诸侯推翻了夏桀，让天下于瞀光，瞀光推辞道："废上，非义也；杀民，非仁也；人犯其难，我享其利，非廉也。吾闻之曰：'非其义者，不受其禄；无道之世，不践其土。'况尊我乎！吾不忍久见也。"在瞀光看来，武力犯上是不仁不义，摘取这样的胜利果实是不廉，他既不愿做这样的天子，也不愿生活在这样的"无道之世"，于是负石自沉于庐水。

古有不食周粟的伯夷、叔齐，处于周代而不食周粟，生活之难可以想见，但窃以为这还不是最难的，不食周粟，还可以到首阳山上采薇而食；最难的是像瞀光那样不践商土，处于商代而不践商土，既无以立足，更谈不上生活，似乎也只剩下负石自沉一途了。《让王》出自《庄子》外篇，不一定是庄子所作，所主张的也不一定是道家的思想，而更像是儒家的思想。道家主张顺应自然的必然性，而儒家主张服从某种先天的、观念的必然性，如孔子所谓道（真理），以及宋明理学所谓天理。瞀光之所以不践商土，就因为用在他看来是天经地义的价值标准衡量，商汤伐夏是不义和无道的行为，而他不愿立足于这样的"无道之世"。

历史上虽然未必真有瞀光这个人，但经过占统治地位的儒家思想千百年教化，却培养出不少真实的瞀光。特别是在前述明朝所谓"靖难"之变中，不愿受犯上作乱、窃据大位的"非其义者"朱棣之禄的不乏其人。燕王兵临南京城下，工部侍郎张安国对其妻贾氏说："大事去矣，无能为也！余（我）职非司马，既不能率师应敌，又不能屈膝事人，奈何？"贾氏说："盍隐诸（何不隐居起来）？"他同意了，于是与其妻乘舟入太湖。在船上，忽听人说京师陷落，皇帝自焚，张安国悲痛不已，对妻子说："食人之禄而存于新主之世，耻莫大焉！"（《明史纪事本末》）于是凿其舟以沉。他的自沉，说明他的逃离并不是怕死，而是不忍背叛故主、侍奉新君。他本来已选择弃官隐居，不食朱棣之禄也就是了，但当篡位弑主的事真的发生后，他才发现自己连做朱棣治下的平民也引以为耻。

如果说张安国与建文帝有君臣之义，以死殉君尚属为臣者的本分，那么，不食朝廷俸禄、无官一身轻的平民百姓，按说并没有为建文帝尽忠尽节的义务，但以死抗争者同样不乏其人。浙东临海东湖上有一位樵夫，每日负薪入市，口不二价。朱棣的即位诏书传到临海，湖上居民被召集到县衙听诏，归来对樵夫说：

"新皇帝登极。"樵夫愕然问："皇帝（建文帝）安在？"回答说："烧宫自焚。"樵夫大哭之后，投湖而死（《明史纪事本末》）。另一位温州乐清樵夫，从山上打柴回来，听说京师陷落，本乡在朝做户部侍郎的卓敬被诛三族，于是呼天号哭："国既就篡，我不愿为其民。"（同上）弃柴投水而死。后者也可能就是"指挥张安"，他在交战中被俘，本已逃出，隐居温州乐清，以打柴为业，没人知道他是谁，但他也像瞽光似的，根本就"不忍久见"弑君篡位、迫害大臣、滥杀无辜等不仁不义的行为，不愿生活在这样的"无道之世"，不愿做暴君治下的百姓。

无论在什么时代，人们都应该珍爱生命，因而"不践商土"未免迂腐，却也并非完全没有道理。在封建社会，被奴役者往往没有不受奴役的行动的自由，然而，谁都无法剥夺他不受奴役的思想的自由。你可以说一种统治并不比另一种统治更好，但如果他愿意接受一种统治而不愿接受另一种统治，不愿意生活在暴君治下的"无道之世"，也完全可以理解。这对他来说并非无所谓，而是关系非轻，因为统治者不仅会让他耳闻目睹一幕又一幕残无人道的暴行，而且直接主宰着他的命运，使他不得不为其所用而无可逃遁，如为其纳税、服役，为统治集团提供生活资料，甚至被迫参与统治者的暴行。在上述所谓"靖难"之变中，燕山有一位名叫储福的普通士卒，不愿为燕王所用，扶母携妻逃往山中。朱棣即位后，要从起家之地选录一些戍卒入卫京师，储福不幸被选录，不得已携妻将母上路，途中仰天大哭："吾虽一介贱卒，义不为叛逆之人。"在舟中日夜啜泣，竟不食而死（《明史纪事本末》）。如何看待他的行为，用得着古罗马思想家塞涅卡的一句话："学会怎样去死的人，不知道怎么做一个奴隶。"（《致卢奇里论道德的信》）

从瞀光不践商土，到汪立信死于宋土，说明人们自古以来就希望生活在一片理想的土地上。但在家天下的时代，人世间哪有什么"干净地"？佛教有所谓弥勒净土，据说在高不可攀的兜率天上。现实中感到无所归依的人们，也许只有在另一个世界才能找到他们心目中的故国热土。

魂归帝所

《史记·赵世家》载，赵简子得了一种怪病，五天昏迷不醒。其臣甚为忧惧，遂请名医扁鹊前来诊视。扁鹊诊断后说：过去秦穆公也曾这样，昏迷七天才醒，醒来后说："我之（去到）帝所甚乐……"主君的症状与秦穆公同，不出三天就会好起来，好起来一定会有说法。两天半后，赵简子果然醒来，说：

　　"我之帝所甚乐，与百神游于钧天，广乐九奏万舞，不类三代之乐，其声动人心……"

此事在《史记·扁鹊仓公列传》中也写了一笔，并非没有来由，而由秦穆公和赵简子之臣书而藏之，因而为司马迁采信。扁鹊列传还记载，扁鹊使虢太子死而复生，人们以为他能"起死人"，扁鹊则说虢太子并没有死，只不过是"尸蹶"——这里的"尸蹶"就有点像现代人所谓濒死状态。据此来看有关秦穆公和赵简子的记载，二人所述略同，或许他们患有同样疾病，病中同样出现过濒死状态，同样在迷离恍惚中魂游帝所，也未可知。

"帝所"即上帝或曰天帝的居所。上帝的观念起源于部落联盟时期的天神崇拜，作为名词最早见于商代的甲骨文。从部落联盟到奴隶制国家形成，各氏族和部落原有的自然崇拜逐步演变为统一的自然神，原本在社会和人事方面各司其职的神灵也逐步演变为统一的社会神，殷人的上帝大约就是在这种自然神和社会神的基础上综合、抽象和升华而来，是高居于诸神之上、具有无上权威的最高神。上帝观念的形成，与政治权力的集中相适应，是奴隶制国家发展到一定阶段的产物，又是社会矛盾特别是人与人的极度不平等在宗教领域的反映。

"之帝所"则与祖先崇拜有关。祖先崇拜源于氏族社会，每个氏族或部落都将自己的祖先或首领奉为祖宗神。随着王族取得对其他氏族的统治地位，其祖宗神也相应取得对其他氏族祖宗神的支配地位。天神崇拜与祖先崇拜相结合，于是形成王权神授的理论，夏、商、周三代的统治者都用这种理论论证家天下的合法性，作为思想统治的工具。"之帝所"即去到或回到上帝身边的观念，大约就是在这种背景下产生的，意在显示王族的祖宗神与上帝的特殊关系。殷人和周人都以自己的祖宗神配享上帝，殷人声称本族的祖先"宾于帝"，即成为上帝的尊贵客人，在冥冥中关心、佑护着本族的子孙。周人灭殷，取代了殷人的统治地位，其祖宗神也取代了殷人祖宗神原有的地位，并且更进一步，《诗经·大雅·文王》说：

> 文王在上，於昭于天。周虽旧邦，其命维新。有周不（丕）显，帝命不时。文王陟降，在帝左右。

文王是周王朝的祖宗神，死后不仅上升到天上，而且比上帝还明察（於昭于天），受到上帝的特殊恩宠，进退升降都在上帝左右。殷人的祖先不过"宾于帝"，而周朝的帝王则号称天子，进一步与上帝结成亲如父子的特殊关系。

在商、周两代，死后回到上帝身边者，一般限于帝王和王族的祖先；却也有例外，如殷虚卜辞中有"咸不宾于帝"的记载，咸是殷王的旧臣，死后竟也可以去到上帝那里，与殷王仍保持君臣关系。春秋时期礼坏乐崩，周天子有名无实，诸侯以至大夫的领地成为独立王国，当此之际，秦穆公和赵简子出现"之帝所"的幻觉也就不足为奇。从赵简子的描述可见，让他和秦穆公"甚乐"的帝所，其实就是统治者心目中理想的彼岸世界。

前往这样的"帝所"原本是统治者的专利，但随着宗教文化的发展，特别是历经春秋战国时期的思想解放，天神崇拜中"天"的人格神含义被剔除，原有的上帝观念无论在国家祭祀还是民间信仰中都被淡化以至不复存在，而仅仅作为一种神话保存在历史文献中，也许只有读书人才会偶然提及。宋代女词人李清照有词云：

　　仿佛梦魂归帝所，

　　闻天语，

　　殷勤问我归何处。

　　"帝所"在李清照这里确乎只是一种文学想象。然而许多史料说明，上帝的观念在许多士大夫中依然存在。前述唐宰相令狐绹梦李德裕请求归葬，说："吾获罪先朝，过亦非大，已得请于帝矣……"（《南部新书》）明朝大臣陆树声的同年、"唐行人志大"死后九年还家，自述："我之帝所，帝以我恬然声利为贤……令待罪散班，凡三年迁一职……"（《玉光剑气集》）这里的"帝"大约就是上帝。虽事涉荒诞，但由此可见，至少在笔记作者的观念中，上帝仍然存在。

　　"帝所"作为彼岸世界的一种空间，一旦形成概念，书诸史传，就挡不住人们自由撷取并发挥想象力，从而为我所用，寄托各自的理想和希望，直至作为灵魂的归宿。金代元好问《续夷坚志》记参知政事梁肃，"临终前二日，言'上帝召我为北面天王'，遂卒。"所说虽无稽，但不排除在濒死状态中出现类似幻觉。他曾身居高位，并得以善终，对此生当无不满，之所以梦为北面天王，大约是梦想继续乃至超越生前的富贵尊荣。南宋曾敏行《独醒杂志》记进士毛子仁博学能文，"前死之夕，梦一绛袍童子持玉函，中有丹书，谓子仁曰：'帝命召汝，使掌文籍。'"这又与唐代李商隐《李贺小传》所述"玉楼赴召"的故事，以及明代朱国祯《涌幢小品》所记蒋焘梦上帝召为《丹台记》，极为相似。

他们或者才华横溢而困顿一生，或者时誉籍籍而官职低微，或者少年得志却来不及做官，总之怀才不遇，生前未能施展抱负，所以当他们临近生命的终点，才会梦想被上帝召到天上，掌文籍、撰文辞。对他们来说，这样的帝所也就是天堂，如《李贺小传》和《宣室志》所称："天上差乐，不苦也。""今为神仙中人，甚乐，愿夫人无以为念。"

"帝所"固然只是一种梦想，但并非完全没有价值，对于宁信其有的人来说，或许可以起到某种精神安慰或麻醉作用，从而减轻人生不幸的打击。据《宣室志》，李贺死后，其母"哀不自解"，后来在梦中见到其子，听他说在天上挺好的，"自是哀少解"。鲁迅先生说，"假使寻不出路，我们所要的倒是梦"。人有时需要梦，因为有梦就有希望。即便在前往另一个世界的时候，假使可以给人生留下一条光明的尾巴，又何乐而不为？

如果记载可信，那么李贺、蒋恭和毛子仁等人确乎是怀着梦想前往帝所的，至于是否真的去到帝所，已经不重要了，因为在去到帝所前，他们的灵魂早已消失得无影无踪。正如鲁迅先生在《现今的新文学的概观》中写道："空想被击碎了，人也就活不下去，这倒不如古时候相信死后灵魂上天，坐在上帝旁边吃点心的诗人们福气。因为他们在达到目的之前，已经死掉了。"此话从何说起？德国诗人海涅的《还乡记》有如下诗句：

> 我梦见我自己做了上帝，
>
> 昂然地高坐在天堂，

天使们环绕在我身旁，
不绝地称赞着我的诗章。

我在吃糕饼、糖果，喝着酒，
和天使们一起欢宴，
我享受着这些珍品，
却无须破费一个小钱……